제인 에어 1

Jane Eyre

제인 에어 1

큰 글씨 책

샬럿 브론테

최인하 옮김

midnight bookstore

차례

제1장

산책은 꿈도 꿀 수 없는 날이었다. 사실 아침나절에는 한 시간쯤 잎이 다 떨어져버린 관목 숲 사이를 이리저리 걸어 다녔다. 하지만 점심을 먹고 나자(리드 부인은 손님이 없는 날이면 일찌감치 식사를 마쳤다) 매서운 겨울바람이 불면서 시커먼 구름이 몰려오더니 온몸이 홀딱 젖을 만큼 굵은 빗줄기가 쏟아지기 시작했다. 더 이상 나가 노는 것은 어림없었다.

나로서는 기쁜 일이었다. 오랫동안 걷는 건 정말 싫었다. 특히나 으슬으슬 추운 날 오후에 하는 산책은 더욱 끔찍했다. 어둑어둑 땅거미가 질 무렵 추위에 떨며 집으로 돌아올 때면 손가락과 발가락이 모두 꽁꽁 얼어붙어 얼얼했다. 보모인 베시에게 꾸지람을 들어 속이 상한 데다 일라이자나 존, 조지아나보다 훨씬 체력이 약하다는 사실까지 생각하면 나 자신이 한껏 초라하게만 느껴졌다.

일라이자와 존, 조지아나는 지금 거실에서 자기들 엄마 곁에 빙 둘러앉아 있다. 난롯가의 소파에 비스듬히 누운 채 사랑스러운(지금은 서로 다투거나 울지도 않는) 아이들과 함께 있는 리드 부인의 모습은 정말이지 행복해 보였다. 하지만 나는 그 자리에 낄 수가 없다. 리드 부인은 나를 함께 어울리지 못하게 하며 이렇게 말했다.

"안됐지만 어쩔 수 없는 일이구나. 넌 좀 떨어져 지내렴. 네가 더 상냥하고 어린애답게, 또 사랑스럽고 활기차게 행동하려 애쓴다고 베시가 알려주거나 내 두 눈으로 직접 확인할 때까지 말이야. 더 밝고 솔직하고 꾸밈없이 굴기 전까진 행복하고 귀여운 어린이만 받을 수 있는 특권을 너한테는 주지 않을 거다."

나는 억울하다는 듯이 물었다.

"베시가 저를 뭐라고 말했는데요?"

"제인, 나는 말꼬리를 잡거나 꼬치꼬치 따지고 드는 사람을 정말로 싫어해. 더구나 이렇게 버릇없이 윗사람에게 대드는 아이는 딱 질색이라니까. 어디 아무 데나 가서 앉아라. 그리고 공손하게 말할 수 있을 때까지 입 다물고 있어."

거실 옆에는 아침 식사를 하는 조그만 식당이 붙어 있었다. 나는 식당 안으로 살그머니 들어갔다. 그곳에는 책장이 하나 있었다. 나는 그림이 많이 들어 있는 것을 고르려고 신경 쓰면서 책 한 권을 꺼냈다. 그러고는 창가 자리에 앉아 다리를 들어 올려 의자 위에서 터키 사람처럼 책상다리를 했다. 모직으로 된 두툼한 붉은 커튼을 내 쪽으로 잡아당겨 둘러치자 이중으로 감춰진 은신처에 자리 잡은 듯한 기분이 들었다.

내 오른쪽에는 여러 겹으로 주름진 진홍빛 커튼이 시야를 막아주고 왼쪽에는 투명한 유리창이 11월의 스산한 날씨로부터 나를 지켜주었다. 물론 완전히 분리시켜주지는 못했다. 책장을 넘기는 틈틈이 나는 겨울날 오후의 풍경을 살펴보았다. 저 멀리에는 희뿌연 안개와 구름만이 가득했고 눈앞에서는 흠뻑 젖은 잔디와 폭풍우에 사납게 흔들리는 관목들이 펼쳐져 있었다. 그 위를 비가 쉼 없이 쏟아지며 한바탕 휩쓸고 지나가자 연이어 강풍이 휘잉 구슬픈 소리를 내며 오랫동안 불어댔다.

나는 다시 책으로 눈길을 돌렸다. 읽고 있던 책은 비윅의《영국 조류사》였다. 나는 (대체적으로) 책의 본문에는 그다지 관심이 없었다. 그런데 머리말에서 어린 내가 보기에도 그저 새하얀 빈 종이처럼 넘겨버릴 수 없는 흥미로운 부분을 발견했다. 바닷새의 서식지, 다시 말해 바닷새들만 사는 '외떨어진 돌섬과 갑(岬)' 그리고 '최남단 린드니스나 네이즈에서 북쪽의 노스케이프에 이르기까지 섬들이 빼곡히 자리 잡고 있는 노르웨이의 해안'에 대한 내용이었다.

북쪽 대양이 멀고 먼 세상 끝

벌거벗은 채 슬픔에 잠긴 섬들 주변에서 크게 소용돌이치고

대서양의 거센 파도가

폭풍우 몰아치는 헤브리디스 제도 사이로 쏟아져 들어온다.

라플란드, 시베리아, 스피츠베르겐, 노바 젬블라, 아이슬란드, 그린란드의 황량한 해안을 이야기한 부분도 내 눈길을 사로잡았다.

거기에는 이렇게 적혀 있었다.

"광활하게 펼쳐진 북극대, 쓸쓸한 공간으로 이루어진 황량한 지역, 몇 세기에 걸친 추위 속에서 단단하게 쌓인 빙원이 산등성이마다 새하얀 빛을 입히고 극지를 에워싸며 몇 곱절은 더 강해진 혹한이 수렴되는, 서리와 눈의 저장소."

나는 나름대로 이 죽음과 같은 순백의 땅을 상상해보았다. 아이들의 머릿속에 흐릿하게 떠오르는 알 듯 말 듯한 생각들이 다 그렇듯 어렴풋하긴 하지만 이상하리만치 인상적이었다. 머리말 속의 글은 뒤에 등장하는 그림들과 연결되어 있었다. 거대한 파도와 물보라 속에 외롭게 홀로 서 있는 바위, 적막한 해안에 발이 묶인 부서진 배, 지금 막 가라앉고 있는 난파선을 구름 사이로 내려다보는 을씨년스럽게 창백한 달 등에 의미를 더해주었다.

외딴 교회 그림도 있었는데 비문이 새겨진 묘비와 묘지 입구, 나무 두 그루가 그려져 있었다. 또 낮은 지평선이 부서진 담벼락에 가려져 있으며 막 떠오른 초승달이 저녁 무렵이라는 것을 알려주었다. 그림을 보는 내내 머릿속에서 떠오르는 감정이 무엇인지 나는 도무지 알아낼 수가 없었다.

잔잔한 바다 위에 꼼짝 않고 떠 있는 두 척의 배를 보고 나는 바다의 유령이라고 생각했다.

도둑이 둘러맨 짐 가방을 악마가 뒤에서 잡아 누르고 있는 그림이 나오자 나는 황급히 책장을 넘겨버렸다. 너무나 무서웠기 때문이다.

멀리 떨어진 바위 위에 앉아 교수대 주변에 모인 군중을 바라보는 검은 뿔이 달린 악마의 그림도 무섭기는 마찬가지였다.

각각의 그림에는 이야기가 담겨 있었다. 내 미숙한 이해력과 유치한 감정으로는 이해하기 어려운 것들도 있었지만 무척이나 흥미로웠다. 겨울밤 베시가 이따금 들려주던 이야기만큼이나 말이다. 베시는 어쩌다 기분이 좋을 때면 놀이방 난롯가에 다리미판을 가져다 놓고 근처에 우리를 둘러 앉혔다. 그리고 리드 부인의 레이스 장식을 손질하거나 나이트캡 가장자리의 주름을 잡으면서 옛날이야기나 더 오래된 민담 또는 (나중에서야 알았지만) 《파멜라》나 《모어랜드의 헨리 백작》에 나오는 사랑 이야기나 모험담 한 구절을 들려주곤 했다. 그럴 때면 우리는 이야기에 푹 빠져 열심히 귀를 기울였다.

무릎 위에 비윅의 책을 올려놓은 채 읽고 있으니 정말이지 행복했다. 나만의 행복이었다. 이 순간 방해받지 않기를 바랐지만 희망대로 되지 않았다. 식당 문이 벌컥 열렸기 때문이다.

"야! 청승!"

존의 목소리가 울려 퍼졌다. 그러고는 잠시 잠잠했다. 방이 텅 비어 아무도 없는 듯 보였기 때문일 것이다.

"도대체 어디 간 거야?"

존이 다시 말을 이었다.

그러고선 누이들을 향해 소리쳤다.

"일라이자! 조지아나! 제인은 여기 없어. 비가 오는데도 밖으로 뛰쳐나갔다고 엄마한테 일러. 못된 계집애 같으니라고!"

'커튼을 쳐놓길 잘했어.'

나는 존이 내 은신처를 발견하지 못하기를 간절히 빌었다. 존 혼자서는 절대 찾아내지 못했을 것이다. 눈썰미도 좋지 않고 머리도 둔한 편이었으니까. 그런데 그때 일라이자가 문틈으로 머리를 슬쩍 들이밀더니 이렇게 외쳤다.

"오빠! 틀림없이 저 창가 자리에 있을 거야!"

그 말이 들리자마자 나는 커튼 밖으로 나갔다. 존에게 질질 끌려나올 생각을 하니 몸서리가 쳐졌기 때문이다.

"무슨 일인데?"

나는 주눅이 든 채로 머뭇거리며 물었다.

"아니, '주인님, 무슨 일이십니까?'라고 해야지! 이리 와봐!"

존은 이렇게 말하며 팔걸이의자에 앉더니 자기 앞으로 가까이 오라고 손짓했다.

존 리드는 열네 살 먹은 학생이었다. 열 살인 나보다 네 살이 더 많았다. 나이에 비해 몸집은 크고 퉁퉁했는데, 피부색이 거무죽죽하고 어딘가 아파 보였다. 넓적한 얼굴에 이목구비는 흐릿하고 팔다리가 두툼하며 손발이 컸다. 식탁에서 늘 허겁지겁 게걸스럽게 먹는 습관 때문인지 담즙이 많이 나와서 눈빛은 늘 흐리멍덩하고 볼살이 축 늘어져 있었다. 지금 학교에 있어야 하는데도 '허약한 체질이라는 이유로' 어머니가 집으로 데리고 온 지가 벌써 한두 달이 지났다. 담임선생인 마일스 씨는 집에서 보내주는 케이크나 사탕을 조금만 덜 먹어도 건강에 아무 이상이 없을 거라고 장담했다. 그러나 어머니에게 그런 쓴소리가 귀에 들어올 리 없었다. 리드 부인은 존의 혈색이 나쁜 이유를 공부할 양이 지나치게 많고 집이 너무 그립기 때문일 거라고 생각했다.

존은 어머니나 누이들에게 그다지 애정이 없었다. 그리고 나를 미워해 못살게 굴었다. 일주일에 두세 번이나 하루에 한두 번 정도가 아니라 시도 때도 없이 괴롭혔다. 내 온 신경은 존이 두려워 바들바들 떨렸고 그가 가까이 오기만 해도 뼈에 붙은 살점이 모두 오그라드는 듯한 기분이었다. 공포심이 밀려올 때면 나는 당황해서 어찌할 바를 몰랐다. 존이 겁을 주거나 괴롭혀도 호소할 데가 없었다. 하인들이 내 편을 들어 어린 주인의 비위를 건드릴 리도 없고 리드 부인도 이 문제에는 눈과 귀를 막아버렸다. 부인은 자신이 버젓이 있는 자리에서 존이 나를 때리거나 욕해도 보이지도 들리지도 않는 척했다. 물론 부인이 없을 때 나를 괴롭히는 일은 훨씬 더 자주 일어났다.

평소처럼 나는 존이 시키는 대로 그의 의자 옆으로 다가갔다. 존은 삼 분 동안이나 혀뿌리가 빠질 정도로 힘껏 나를 향해 혀를 내밀었다. 나는 존이 당장이라도 때릴 거라는 걸 알고 있었다. 날아올 주먹이 겁나기는 했지만 나는 그저 그의 역겹고 추한 모습을 바라볼 뿐이었다. 내 생각이 표정에 그대로 드러났는지 존은 느닷없이 있는 힘껏 때렸다. 나는 비틀거리다가 겨우 균형을 잡으며 의자에서 한두 걸음 물러섰다.

"이건 좀 전에 우리 엄마한테 건방지게 말대답한 벌이야."

존이 거칠게 말했다.

"그리고 커튼 뒤에 몰래 숨어들어 간 데다가 방금 그런 눈으로 날 쳐다본 벌이라고! 이 쥐새끼야!"

존 리드의 욕설에 이골이 나 있던 나는 전혀 말대꾸할 생각이 없었다. 그저 욕설 뒤에 어김없이 따라오는 주먹질을 어떻게 견딜까 하는 걱정뿐이었다.

"커튼 뒤에서 뭐했어?"

존이 물었다.

"책 읽었어."

"책 줘봐."

나는 창가로 가서 책을 가져왔다.

"너는 우리 집 책을 보면 안 돼. 엄마가 그러는데 너는 우리 집에 얹혀사는 거래. 돈도 없으면서. 네 아버지는 돈 한 푼 안 남기고 죽었대. 그러니까 넌 구걸해서 먹고 살아야지, 여기서 우리 같은 좋은 집 애들이랑 같이 살면서 우리 엄마 돈으로 산 옷을 입으면 안 된단 말이야. 이제부터 내 책장을 뒤지면 가만 안 둬. 이 책들은 내 거야. 이 집에 있는 건 전부 다 내 거라고. 몇 년만 있으면 그렇게 될 거야. 얼른 문 옆에 가서 서. 거울이랑 창문은 피해서."

나는 영문도 모른 채 시키는 대로 문가에 가서 섰지만 책을 집어던지려는 존의 모습을 보고는 깜짝 놀라 본능적으로 비명을 지르며 몸을 피했다. 그러나 이미 늦었다. 나는 날아온 책에 맞아 쓰러지며 머리를 문에 부딪혔다. 상처에서 피가 흐르고 몹시 쓰라렸다. 두려움이 극에 달하자 순간 다른 감정이 북받쳐 올랐다.

"이 잔인하고 못된 놈아!"

나는 흥분된 목소리로 외쳤다.

"넌 살인마야. 노예감독, 로마 폭군아!"

나는 골드스미스의 《로마서》를 읽었기 때문에 네로나 칼리굴라 같은 폭군 황제에 대해 잘 알았다. 마음속으로야 늘 존을 폭군들과 비교하고 있었지만 이렇게 큰 소리로 외치게 될 줄은 몰랐다.

"뭐? 뭐라고! 나한테 하는 소리야? 일라이자, 조지아나. 너희도 이 계집애가 하는 소리 들었지? 엄마한테 다 일러줄 거야! 그전에 우선……."

존은 무작정 달려들어 내 머리칼과 어깨를 움켜잡았다. 난 필사적으로 맞서 싸웠다. 존의 모습은 정말이지 폭군이나 살인마와 다름없었다. 머리에서부터 목덜미를 타고 피가 한두 방울 흘러내리는 게 느껴졌고 상처가 꽤 욱신거렸다. 그러자 아픔 때문인지 나는 순간적으로 두려움을 까맣게 잊고 미친 듯이 그에게 덤벼들었다. 내 손으로 무슨 짓을 했는지 모르지만 그는 "쥐새끼! 쥐새끼!"라고 마구 소리를 질러댔다.

존의 구원자는 가까이에 있었다. 일라이자와 조지아나가 어머니를 부르러 위층으로 달려간 것이다. 부인은 금세 베시와 하녀 애벗을 데리고 나타났다. 그들은 존과 나를 떼어놓으며 이렇게 말했다.

"어머, 어쩜 이렇게 도련님한테 사납게 덤벼드는 거지?"

"살면서 이런 꼴은 처음 보네!"

그러자 리드 부인이 말했다.

"저 애를 붉은 방으로 데려가!"

말이 떨어지기가 무섭게 네 개의 손이 나를 붙잡아 위층으로 끌고 갔다.

제2장

끌려가는 내내 발버둥을 치며 반항했다. 나로서는 처음 있는 일이었지만 평소에도 나를 안 좋게 보던 베시와 애벗은 나를 더욱 나쁜 아이라고 생각하게 되었다. 사실 나는 살짝 제정신이 아니었다. 프랑스 사람들 말로 하자면 '정신이 나간 상태'였다. 한순간 반항한 대가로 이상한 벌을 받게 되리라는 사실을 알아차린 나는 반항하는 노예처럼 자포자기한 상태에서 죽기 살기로 저항해보자고 마음먹었다.

"애벗, 팔 좀 꽉 잡아봐요. 미친 고양이가 따로 없네."

"창피해라! 창피해! 제인 아가씨, 도련님을 때리는 괘씸한 짓을 하다니요. 아가씨한테는 은인의 아드님이고 어린 주인님이시잖아요."

애벗이 외쳤다.

"주인이라고요? 걔가 어떻게 내 주인이에요? 그럼 내가 하녀예요?"

"아니죠. 하녀보다도 못해요. 자기 밥값도 못하잖아요. 여기 앉아서 뭘 잘못했는지 생각해봐요."

그들은 리드 부인이 말한 방으로 나를 끌고 가서 의자 위에 앉혔다. 나는 마치 용수철처럼 벌떡 일어나려 했지만 네 개의 손이 어느새 나를 꼼짝 못 하게 붙잡았다.

"가만있지 않으면 묶어놓는 수밖에 없어요. 애벗, 양말 대님 좀 빌려줘. 내 것은 금방 끊어질 거야."

베시가 말했다. 애벗은 굵은 다리에서 대님을 풀려고 몸을 돌렸다. 그 모습을 보면서 또 한 번 묶여 굴욕당할 생각을 하니 흥분이 좀 가라앉았다.

"풀지 말아요. 가만히 있을게요."

나는 흥분을 가라앉히고 말했다.

그리고 이를 증명이라도 하려는 듯이 의자를 두 손으로 꼭 잡았다.

"그럼 얌전히 있어요."

베시가 말했다. 그리고 내가 정말 진정됐는지 확인하고 나서야 나를 붙잡고 있던 손을 놓았다. 그들은 팔짱을 끼고 서서 정말 제정신으로 돌아왔는지 믿지 못하겠다는 표정으로 내 얼굴을 쳐다봤다.

"지금까지는 한 번도 이런 적이 없잖아."

베시가 애벗을 돌아보며 말했다.

"하지만 그럴 만한 성격이었어요. 가끔 마님께 이런 애라고 말씀드린 적이 있는데 같은 생각이시더라고요. 조그만 게 어찌 나 앙큼한지. 저만 한 나이에 저렇게 감추는 게 많은 애는 처음 이에요."

애벗의 말에 베시는 아무 대답도 하지 않았다. 하지만 곧 내 게 물었다.

"마님께 신세지고 있다는 사실을 잊지 말아요. 아가씨를 키 워주시잖아요. 여기서 쫓겨나면 고아원에 가게 될 거라고요."

이 말을 듣자 나는 뭐라 할 말이 없었다. 처음 듣는 말도 아 니었다. 가장 어렸을 때의 기억을 더듬어봐도 늘 그런 이야기를 들었다. 내가 얹혀살고 있다는 소리는 귀에 못이 박히도록 들 었다. 마음이 아프기는 했지만 정확히 그게 무슨 뜻인지 이해 되지 않았다. 그때 애벗이 끼어들었다.

"마님이 같이 키워주신다고 도련님이나 다른 아가씨들하고 똑같다고 생각하면 안 돼요. 그분들은 부자가 되겠지만 아가 씨는 아니에요. 겸손하게 행동하고 그분들의 마음에 들려고 노 력해야 해요."

"이게 다 아가씨를 위해 하는 말이에요."

베시가 전보다 나긋나긋해진 말투로 덧붙였다.

"더 상냥하고 쓸모 있는 사람이 되려고 노력해보세요. 그러면 계속 여기서 살 수 있겠지만 성질 부리고 버릇없이 굴면 틀림없이 쫓겨나고 말 거예요."

"그리고 하나님도 벌을 주실 거예요. 심술을 부리면 벼락에 맞아 죽을지도 몰라요. 그럼 어디로 가는지 알아요? 베시, 우리 이제 나가요. 무슨 말을 해도 도저히 안 통하겠어요. 제인 아가씨, 혼자서 기도하고 있어요. 회개하지 않으면 저 굴뚝에서 악마가 내려와 잡아갈지도 몰라요."

애벗이 말했다. 두 사람은 방을 나가며 문까지 잠가버렸다.

이 '붉은 방'은 평소엔 거의 사용하지 않았다. 어쩌다 게이츠헤드 저택에 손님이 몰려와 다른 방들을 전부 사용하는 상황이 아니면 이 방에서 자는 일은 절대 없었다. 하지만 '붉은 방'은 이 저택에서 가장 넓고 호화로운 침실 중 하나였다. 육중한 둥근 기둥으로 받친 마호가니 침대는 짙은 빨간색의 비단 커튼이 드리워져 마치 방 한가운데에 서 있는 신전 같았다. 항상 블라인드가 내려진 두 개의 커다란 창문에도 주름 장식과 꽃무늬가 있는 비단 커튼이 반쯤 쳐져 있었다. 카펫도 붉은색이고 침대 발치에 놓인 탁자도 빨강 탁자보로 덮여 있었다. 벽은 분홍빛이 도는 옅은 황갈색이었다. 옷장과 화장대, 의자는 까만 광택이 나는 마호가니로 만들었다. 이처럼 주변이 어두운 가운데 베개와 겹겹이 쌓인 이불이 눈처럼 새하얀 마르세유산 비단 침대보에 덮여 저 높이서 하얗게 빛났다. 침대 머리맡에는 푹신한 쿠션이 깔린 커다란 소파가 있었다. 새하얗고 앞에 발 받침대까지 있어 마치 희끄무레한 빛을 띤 옥좌처럼 보였다.

불을 거의 때지 않아 방 안에는 냉기가 돌고 아이들 방과 부엌이 멀어 떨어져 있다 보니 조용했다. 또 사람들이 거의 드나들지 않는다고 알고 있어 그런지 엄숙한 느낌마저 들었다. 유일하게 하녀가 매주 토요일에 들어와 지난 한 주간 거울과 가구 위에 쌓인 먼지를 청소했다. 그리고 리드 부인이 가끔씩 옷장 비밀서랍에 넣어둔 물건들을 확인하러 들어오곤 했다. 서랍 안에는 갖가지 서류와 보석함 그리고 죽은 남편의 초상화 등이 들어 있었다. 바로 이 죽은 남편이라는 단어에 이 방의 비밀이 담겨 있었다. 마치 마법의 주문처럼 이처럼 으리으리한 방을 쓸쓸하게 내버려두도록 만든 것이다.

리드 외삼촌은 구 년 전에 돌아가셨다. 이 방에서 숨을 거뒀고 장의사들이 시체를 안치해 관을 옮긴 곳도 바로 여기였다. 그날 이후로 우울한 장례식 느낌 탓인지 사람들은 이 방에 잘 들어오지 않게 되었다.

베시와 못된 애벗이 나를 붙잡아 앉힌 자리는 대리석 벽난로 옆에 놓인 나지막하고 길쭉한 의자였다. 눈앞에는 침대가 보였고 오른쪽에 시커멓고 높다란 옷장이 서 있었다. 옷장 표면은 사물들이 은은하게 반사되면서 여러 가지 빛깔로 반짝였다. 왼쪽에는 커튼이 쳐진 창문이 있고 옷장과 창문 사이에 있는 커다란 거울이 공허하면서도 장엄한 방과 침대를 비추고 있었다. 움직일 용기가 나자 나는 문이 정말 잠겨 있는지 가까이 다가가 확인해보았다. 맙소사, 문은 감옥보다 더 굳게 잠겨 있었다. 다시 자리로 돌아가려고 거울 앞을 지나치다가 나는 마치 뭔가에 홀린 듯 거울 속 깊은 곳에 시선을 빼앗겼다. 그 속에서는 모든 것이 실제보다 더 차갑고 어둡게 보였다. 거기에는 작고 이상한 아이가 마치 유령처럼 나를 보며 서 있었다. 어둠 속에서 창백한 얼굴과 팔이 도드라져 보이고 모든 것이 정지된 가운데 두려움에 가득 찬 두 눈만 이리저리 움직이는 모습이 유령을 보는 듯했다. 베시가 저녁때 종종 들려주던 이야기에 등장하는, 반은 요정이고 반은 도깨비인 작은 유령 같았다. 그 유령은 날이 저문 뒤 수풀이 뒤덮인 쓸쓸한 황야의 골짜기를 걸어가는 나그네 앞에 자주 나타나곤 했다. 나는 앉아 있던 의자로 돌아왔다.

그때 나는 공포에 사로잡혀 있었다. 그렇다고 완전히 무릎 꿇은 것은 아니었다. 내 피는 여전히 뜨거웠고 반란을 일으킨 노예가 된 기분에 취해 있었다. 지금의 암울한 상황에 겁먹기도 전에 지난 일들이 울컥 떠올랐다. 머릿속에 지나간 날들에 대한 기억이 빠른 속도로 밀려들었던 것이다.

존 리드의 갖은 구박과 학대, 거만한 누이들의 냉대, 리드 부인의 증오, 하인들의 편애까지 모든 것이 마치 더러운 우물 밑바닥에 쌓여 있던 침전물들을 휘저은 듯 불안한 내 마음속에서 떠올랐다. 왜 나는 늘 시달리고, 주눅 들고, 의심받고, 야단맞아야 하지? 왜 사람들은 나를 싫어하지? 왜 나는 사람들의 마음에 들려고 애써도 잘 안 되지? 고집 세고 이기적인 일라이자는 존중을 받는다. 그리고 모든 사람이 성질이 고약하고 심술궂은 데다가 건방진 조지아나의 응석을 받아준다. 사람들은 그 애의 예쁘장한 모습과 발그레한 볼, 굽실거리는 금발 머리를 보기만 해도 기분이 좋아져 어떤 잘못을 해도 모두 눈감아 주는 듯했다. 존은 비둘기의 목을 비틀거나 새끼 공작을 죽여도, 양떼 사이에 개를 풀어놓는 것뿐 아니라 온실에서 포도나 가장 귀한 화초의 꽃봉오리를 따더라도 혼을 내기는커녕 누구 하나 말리는 사람이 없었다. 그는 자기 어머니를 '할망구'라고 불렀다. 자신한테 가무잡잡한 피부색을 물려줬다며 욕설을 퍼붓고 어머니의 말 같은 건 대놓고 무시했다. 어머니의 비단 옷을 찢어놓거나 더럽히는 일은 수없이 많았다. 하지만 그는 여전히 '사랑스러운 내 새끼'였다. 반면 나는 실수하지 않으려고 애썼다. 주어진 일마다 잘하려고 노력했다. 그런데도 버릇없고 성가시고 엉큼하며 뚱한 애라는 소리만 들었다.

방금 전 존에게 맞아 넘어지면서 다친 머리가 아직도 욱신거리며 피가 났다. 존이 별다른 이유 없이 나를 때려도 나무라는 사람이 아무도 없었다. 오히려 맞지 않으려고 대든 나만 실컷 혼이 났다.

"불공평해! 불공평하다고!"

너무 괴로운 나머지 순간적으로 아이답지 않게 내 이성이 이렇게 외쳤다. 그리고 이성만큼 한껏 고무된 내 의지도 견디기 어려운 이 억압에서 벗어나려면 지금까지와는 다른 방법을 써야 한다고 부추겼다. 가출을 하거나 아니면 밥도 안 먹고 물도 안 마시다가 굶어 죽어버리는 거다!

을씨년스럽던 그날 오후 내 영혼은 얼마나 놀랐던가! 머릿속은 혼란스럽고 마음속에는 반항심이 가득 차올랐다. 그러면서 내 마음은 지독한 무지와 어둠 속에서 얼마나 싸웠던가! '나는 왜 이렇게 고통받는 거지?' 하는 의문이 끊임없이 떠올랐지만 도무지 그 답을 알아낼 수가 없었다. 정확히 몇 년이 걸렸는지는 모르지만 아주 오랜 시간이 지난 지금 나는 그 이유를 아주 잘 알고 있다.

나는 게이츠헤드 저택과 어울리지 않았다. 그 집에서 나는 없는 사람이나 마찬가지였다. 리드 부인이나 그 집 아이들뿐 아니라 하인들과도 잘 맞지 않았다. 그들이 나를 좋아하지 않았던 것처럼 나도 그들을 좋아하지 않았다. 그들은 자신들 가운데 누구와도 통하지 않는 사람까지 애정을 가지고 대할 필요가 없었다. 나는 기질과 재능, 성향이 전혀 다른 이질적인 존재이자 그들에게 아무런 이익이나 즐거움도 주지 못하는 쓸모 없는 존재였다. 그들의 대우에 분노하고 그들의 판단을 경멸하는 병균을 품고 있는 해로운 존재였다. 비록 지금처럼 남의 집에 얹혀살면서 의지할 곳 없는 처지라 해도 내가 쾌활하며 밝고 털털하며 예쁘고 잘 뛰어노는 아이였다면 리드 부인은 나를 좀 더 너그럽게 대했을 것이고 아이들도 친구처럼 친절하게 대해 줬을 것이다. 하인들도 걸핏하면 나를 아이들 방의 희생양으로 삼지는 않았을 것이다.

붉은 방을 비추던 햇빛이 서서히 사라지기 시작했다. 네 시가 지나면서 구름이 잔뜩 끼었던 오후가 쓸쓸한 황혼녘으로 바뀌었다. 쉬지 않고 계단 창문을 두드리는 빗소리와 집 뒤편 숲에서 휘몰아치는 바람 소리가 들렸다. 온몸이 점점 돌처럼 차가워지고 용기도 서서히 사그라졌다. 몸에 밴 굴욕감과 회의, 고독감이 스러져가는 내 분노에 찬물을 끼얹었다. 모두 내가 못됐다고 하는데 어쩌면 맞는 말인지도 모른다. 어떻게 굶어 죽을 생각을 했을까? 그것은 틀림없이 죄악이었다. 나는 죽을 수 있을까? 게이츠헤드 교회의 지하 납골당이 그렇게 매력적인가? 리드 외삼촌도 그 납골당에 안치되었다는 말을 들은 적이 있다. 이런 생각을 하고 있자니 차츰 무서워졌다. 사실 나는 리드 외삼촌이 기억나지 않는다. 내가 아는 것이라곤 그가 내 외삼촌이며 어릴 적 고아가 된 나를 데려왔고 임종 때 리드 외숙모한테서 친자식처럼 키우겠다는 약속을 받아냈다는 것뿐이다. 리드 부인은 그 약속을 지켰다고 생각할지도 모른다. 그녀의 성격으로 볼 때 그게 최선을 다한 것이었을지도 모른다. 남편이 세상을 떠난 마당에 아무 관계도 아니고 피 한 방울 안 섞인 훼방꾼을 어떻게 진심으로 좋아할 수 있겠는가? 억지 약속에 얽매여 사랑할 수 없는 남의 아이에게 어머니 노릇을 해야 하고, 마음에 안 드는 아이가 자기 가족 틈에 끼어 사는 모습을 보는 것은 정말 짜증 나는 일이었을 것이다.

문득 이런 생각이 들었다. 리드 외삼촌이 살아 있었다면 틀림없이 나를 예뻐해 주셨을 것이다. 나는 하얀 침대와 그늘진 벽을 바라보기도 하고 이따금 은은하게 빛나는 거울에 시선을 주기도 하면서 죽은 사람들을 떠올려보았다. 죽은 사람들은 임종 때 했던 유언이 지켜지지 않으면 무덤 속에서도 눈을 감지 못하고 약속을 어긴 사람들에게 벌을 주고 학대받는 이들의 복수를 하기 위해 이 세상에 다시 나타난다고 했다. 그러자 리드 외삼촌의 영혼이 구박받고 사는 조카를 보다 못해 교회나 죽은 사람들이 사는 세계를 빠져나와 여기 내 눈앞에 나타날지도 모르겠다는 생각이 들었다. 나는 얼른 눈물을 닦고 울음을 삼켰다. 엉엉 소리 내어 울면 나를 달래려고 초자연적인 목소리가 들릴 것만 같았고 어둠 속에서 후광을 띤 얼굴이 나타나 나를 측은한 눈길로 내려다보지 않을까 두려웠기 때문이다. 머릿속으로 이런 생각을 하면 위안이 될 수 있겠지만 실제로 눈앞에서 일어난다면 무서울 것 같았다. 나는 이런 생각을 하지 않으려고 애쓰며 마음을 최대한 진정시키려고 했다. 눈을 덮은 머리카락을 쓸어넘기고 고개를 들어 용감하게 캄캄한 방 안을 둘러보았다. 그때 한 줄기 빛이 벽에 어슴푸레 비쳤다. 나는 커튼 틈으로 달빛이 스며들었나 하고 생각했다. 그런데 그게 아니었다. 달빛이라면 멈춰 있을 텐데 그 빛은 움직였다. 내가 지켜보는 동안 미끄러지듯 천장 위로 올라가더니 내 머리 위에서 흔들렸다. 지금이라면 잔디밭을 걸어오는 사람이 손에 든 램프 불빛이라고 생각했을 테지만, 그때는 두렵고 불안해서 쏜살같이 움직이는 그 빛이 저승에서 온 신호라고 생각했다. 심장이 두근거리고 머리에서 점점 열기가 치솟았다. 마치 날개가 퍼덕이는 듯한 소리가 귓가에서 들리더니 내 옆에 뭔가 가까이 있는 것 같았다. 나는 가슴이 답답하고 숨이 막혔다. 도저히 견딜수가 없어 나도 모르게 고래고래 소리를 질렀다. 그리고 문으로 달려가 필사적으로 자물쇠를 흔들었다. 바깥 복도 위를 달려오는 발소리가 들렸다. 곧이어 베시와 애벗이 문을 열고 들어왔다.

"제인 아가씨, 어디 아파요?"

베시가 물었다.

"시끄러워라. 간 떨어지는 줄 알았잖아요."

애벗이 외쳤다.

"나갈래요! 제발 아이들 방으로 가게 해줘요!"

내가 소리쳤다.

"왜 그래요? 어디 다쳤어요? 뭐라도 봤어요?"

베시가 물었다.

"네, 불빛을 봤어요. 유령이 나타난 줄 알았다고요."

나는 베시의 손을 꽉 붙들었고, 그녀는 내 손을 뿌리치지 않았다.

"일부러 소리 지른 거예요. 어쩜 그렇게 고함을 질러대는지! 정말 무서워서 그런 게 아니라 우리를 여기로 오게 하려고 일부러 그랬을 거예요. 난 무슨 속셈인지 다 안다니까."

애벗이 정나미가 떨어진다는 듯 말했다.

"아니, 무슨 소란이야?"

그때 위압적인 소리가 들려왔다. 리드 부인이 가운을 휘날리고 모자를 펄럭거리며 요란스럽게 복도를 걸어왔다.

"애벗, 베시! 내가 직접 만나러 올 때까지는 제인을 붉은 방에 가둬놓으라고 하지 않았나?"

"마님, 제인 아가씨가 너무 크게 소리를 질러서요."

베시가 변명했다.

"놔!"

대답은 이것뿐이었다.

"베시의 손을 놓으라고! 이런 방법으로는 절대 나올 수 없다는 걸 명심해. 나는 특히 어린애가 잔꾀 부리는 건 딱 질색이거든. 속임수가 통하지 않는다는 걸 꼭 가르쳐주겠어. 여기 한 시간 더 있어. 고분고분 조용히 있어야 내보내줄 거야."

"외숙모 살려주세요. 용서해주세요. 정말 못 견디겠어요. 차라리 다른 벌을 받을게요. 꼭 죽을 것 같아서 그래요."

"조용히 해! 이렇게 난리를 치니 정말 꼴 보기 싫구나."

사실이었다. 리드 부인은 나를 어린 연기자로 보았던 것이다. 그녀는 진심으로 내가 증오심에 불타고 성격은 비열하며 지독하게 이중적인 아이라고 생각했다.

베시와 애벗이 떠난 뒤 나는 미친 듯이 괴로워하며 격렬하게 흐느꼈다. 리드 부인은 더는 참을 수 없었는지 나를 방 안으로 밀어 넣고는 자물쇠로 문을 잠가버렸다. 부인이 옷자락을 끌며 사라지는 소리가 들렸다. 그녀가 사라지자마자 발작을 일으켰던 모양이다. 나는 곧바로 정신을 잃었는지 아무 기억도 나지 않는다.

제3장

그다음 생각나는 것은 마치 끔찍한 악몽을 꾼 듯한 기분으로 깨어났고 바로 눈앞에서 굵고 검은 줄들 사이로 비치는 무서운 붉은 빛을 보았다는 것이다. 또한 바람 소리나 물소리에 묻힌 듯 희미한 목소리도 들었다. 흥분과 불안 그리고 이 모든 것을 압도한 공포심으로 내 몸과 마음은 모두 혼란스러웠다. 하지만 곧이어 누군가가 나를 안아 올려 앉을 수 있도록 내 몸을 받쳐준 것을 느꼈다. 누구도 나를 이렇게 부드러운 손길로 일으켜주거나 받쳐준 적이 없었다. 베개인지 팔인지는 알 수 없었지만 머리를 기대고 있으니 편안했다.

오 분쯤 지나자 구름이 걷히듯 내 혼란스러움도 사라졌다. 나는 내 침대에 누워 있었고 붉은 빛은 아이들 방에 피워놓은 난롯불이었다. 어느새 밤이었다. 탁자 위에는 촛불 하나가 켜져 있었다. 침대 발치에 대야를 들고 서 있는 베시 옆으로 한 신사가 머리맡에 놓인 의자에 앉아서 허리를 굽혀 나를 바라보고 있었다.

게이츠헤드 저택에 살지 않고 리드 부인과도 아무 연관이 없는 낯선 사람이 방에 있다는 사실을 알게 되자 뭐라 말로 표현할 수 없는 안도감이 느껴졌다. 내가 보호받고 있으며 안전하다고 믿게 되자 마음이 진정됐다. 물론 애벗보다는 베시가 곁에 있는 편이 나았지만 나는 베시한테서 고개를 돌려 신사의 얼굴을 살펴보았다. 내가 아는 사람이었다. 하인들이 아플 때면 리드 부인이 부르는 약제사 로이드 씨였다. 자기 자신이나 아이들이 아프면 의사를 불렀다.

"자, 내가 누구지?"

그가 물었다.

나는 그의 이름을 말하면서 손을 내밀었다. 그는 내 손을 잡고 미소 지으며 말했다.

"이제 금방 나을 거야."

그러고 나서 나를 눕힌 뒤 베시에게 내가 밤새 푹 잘 수 있도록 신경 쓰라고 일렀다. 그는 지시사항을 몇 가지 더 알려주더니 내일 다시 들르겠다고 말한 뒤 떠나버렸다. 나는 슬펐다. 그가 머리맡에 앉아 있는 동안은 든든하고 내 편이 생긴 것만 같았는데, 그가 문을 닫고 나가자 방 안은 온통 캄캄해졌고 이루 다 표현할 수 없는 슬픔에 짓눌려 내 가슴은 또다시 덜컥 내려앉았다.

"잠이 올 것 같아요?"

베시가 다정하게 물었다.

그녀의 목소리가 금방이라도 험해질까 봐 두려워 나는 대답할 용기가 나지 않았다.

"노력해볼게요."

"뭐 좀 마실래요? 아니면 뭘 먹을 수 있겠어요?"

"아니요, 베시. 고마워요."

"그러면 이제 나도 자러 가야겠어요. 벌써 자정이 넘었거든요. 하지만 밤중이라도 필요한 게 있으면 불러요."

이렇게나 공손하다니! 용기백배한 나는 다른 질문을 던졌다.

"베시, 나 어떻게 된 거죠? 어디 아픈 거예요?"

"붉은 방에서 울다가 병이 난 것 같아요. 틀림없이 금방 나을 거예요."

베시는 이렇게 말한 뒤 가까이에 있는 하녀 방으로 갔다. 그녀의 목소리가 들려왔다.

"세라, 나랑 아이들 방에서 같이 자자. 오늘 밤 저 불쌍한 애랑 도저히 단둘이 못 있겠어. 어쩌면 저 애는 죽을지도 몰라. 발작이라니 정말 이상하지 않아? 뭔가 본 게 아닐까 싶어. 마님이 좀 심하셨어."

세라와 베시가 함께 들어와 잠자리에 들었다. 두 사람은 잠들기 전에 삼십 분 정도 소곤거렸는데 이따금씩 내 귀에도 그 내용이 들렸다. 그것만으로도 무슨 이야기를 하는지 똑똑히 알 수 있었다.

"뭔가가 스윽 지나쳐 가더래. 온통 하얗게 입은 게. 그러고는 사라졌다는 거야……. 그 뒤로 커다랗고 새카만 개 한 마리가 따라갔고……. 저 침실 문을 세 번이나 쾅쾅 두드렸대……. 묘지에 있는 주인어른 무덤 바로 위로도 한 줄기 빛을 봤다던데……."

마침내 두 사람은 잠이 들었다. 난롯불과 촛불도 꺼졌다. 나는 파랗게 질려 긴긴밤을 뜬눈으로 지새웠다. 어린아이들만이 느낄 수 있는 공포로 귀와 눈뿐 아니라 마음까지 잔뜩 긴장하고 있었다.

붉은 방 사건이 있고 나서 몸이 오랫동안 심하게 아프거나 하지는 않았다. 다만 정신적 충격은 오랜 기간 지속되었다.

'그래요, 리드 부인. 나는 당신 때문에 끔찍한 정신적 고통을 겪었어요. 그렇지만 당신을 용서해드릴게요. 자신이 무슨 짓을 저질렀는지도 모를 테니까요. 당신은 내 마음을 갈기갈기 찢어놓으면서도 내 못된 버릇을 뿌리 뽑는 중이라고 생각했겠죠.'

다음 날 정오 무렵, 나는 일어나 옷을 입고 숄을 두른 채 아이들 방 난롯가에 앉아 있었다. 기운이라곤 하나도 없었지만 표현할 수 없는 비참한 마음이 오히려 더 괴로웠다. 비참한 기분에 휩싸여 나는 소리 없이 눈물만 흘렸다. 뺨을 타고 흐르는 짭짤한 눈물을 닦아내기가 무섭게 또 한 줄기 눈물이 흘러내렸다. 그러나 나는 행복해야 한다고 생각했다. 집에 리드네 가족이 아무도 없었기 때문이다. 모두 리드 부인과 마차를 타고 외출했고 애벗도 다른 방에서 바느질을 하고 있었다. 베시는 이 방 저 방 다니면서 장난감을 치우고 서랍도 정리했다. 그러다가 예전과 달리 이따금 나한테 상냥하게 말을 건넸다. 늘 꾸중이나 듣고 심부름을 해도 칭찬 한번 듣지 못하던 내게 지금의 이 상태는 평화로운 낙원과도 같았다. 하지만 내 신경은 녹초가 돼버려 어떤 평온함도 위로가 되지 않았고 어떤 즐거움에도 기분이 좋아지지 않았다.

부엌에 갔던 베시가 밝은 색 도자기 접시에 타르트를 하나 담아 가져왔다. 이 접시 위에는 나팔꽃과 장미 봉오리로 이루어진 화관 속에 앉아 있는 극락조가 그려져 있었는데, 나는 접시를 볼 때마다 감탄을 금치 못했다. 항상 그 접시를 좀 더 자세히 보여달라고 애원하곤 했지만 내게는 그런 특권을 누릴 자격이 없다며 매번 거절당했다. 그런데 그 귀한 접시가 지금 내 무릎 위에 놓여 있었다. 베시는 그 접시에 담긴 맛있는 타르트를 먹으라고 상냥하게 권하기까지 했다. 하지만 그런 호의도 이제 다 부질없었다. 셀 수 없이 바랐지만 오랫동안 거절당했던 다른 부탁들처럼 너무 늦어버렸다. 나는 그것을 먹을 수가 없었다. 새의 깃털과 꽃의 빛깔도 이상하리만치 빛이 바래 보였다. 나는 타르트 접시를 멀찌감치 밀어버렸다. 베시가 책을 읽고 싶으냐고 물었다. '책'이라는 말에 순간적으로 기운이 난 나는 서재에서 《걸리버 여행기》를 갖다 달라고 부탁했다. 정말 재미있어서 몇 번이나 읽었던 책이다.

나는 이 책의 이야기가 사실이라고 믿었기 때문에 다른 옛날 이야기보다 훨씬 더 재미있었다. 디기탈리스 잎과 꽃 사이, 버섯 아래와 오래된 담벼락을 구석구석 타고 올라간 담쟁이덩굴 밑까지 살펴보았지만 결국 난쟁이 요정들은 찾지 못했다. 그래서 한참 후에 나는 그들이 영국을 떠나 숲이 더 무성하고 인구도 적은 어느 원시적이고 미개한 나라로 갔다는 슬픈 사실을 믿기로 했다. 나는 소인국이나 거인국이 지구 어딘가에 있어서 언젠가 긴 여행을 떠나면 소인국에서는 그 작은 들판과 집, 숲, 난쟁이들, 조그만 암소들과 양떼 그리고 새들을 보고, 또 거인국에서는 숲처럼 높이 자란 밀밭, 어마어마하게 힘센 사냥개와 고양이, 탑처럼 우뚝 솟은 거인들을 내 두 눈으로 직접 볼 수 있을 거라고 믿었다. 그토록 아끼던 책을 두 손에 받아들고 책장을 넘기면서 신기한 그림 속에서 지금껏 읽을 때마다 느꼈던 재미를 찾아보았지만 모두 섬뜩하고 따분할 뿐이었다. 거인들은 비쩍 마른 마귀들이었고 난쟁이들은 심술궂고 무시무시한 도깨비 같았다. 걸리버는 가장 무섭고 위험한 마을을 쓸쓸하게 떠돌아다니는 나그네였다. 더는 읽을 수가 없어 책을 덮은 뒤 탁자 위 손도 대지 않은 타르트 접시 옆에 올려놓았다.

이제 막 청소와 정리를 마친 베시는 손을 씻은 뒤 예쁜 새틴과 비단 천 조각이 가득 든 작은 서랍을 열어 조지아나의 인형에 씌울 새 모자를 만들기 시작했다. 그러면서 노래를 불렀다.

아주 오래전
우리가 떠돌아다니던 시절에

이 노래는 전에도 가끔 들은 적이 있는데 언제 들어도 즐거웠다. 베시의 목소리가 아름다웠기 때문이다. 적어도 나는 그렇게 생각했다. 그녀의 목소리는 여전히 아름다웠지만 나는 그 노래에서 말할 수 없는 슬픔을 느꼈다. 베시는 일에 열중할 때면 가끔 그 노래의 후렴을 아주 낮고 느릿느릿하게 불렀다. 그럴 때면 '아주 오래전'이라는 구절이 마치 장송곡처럼 구슬프게 들렸다. 그녀는 또 다른 노래를 부르기 시작했는데, 이번에는 정말로 애절한 노래였다.

발은 아프고 몸은 지쳤네.

갈 길은 멀고 산은 험한데

가여운 고아가 가는 길

달도 없이 쓸쓸히 황혼이 지네.

왜 나 홀로 멀리 가야 하나

잿빛 바윗덩이들이 쌓인 광활한 황야로.

매정한 사람들, 다정한 천사만이

가여운 고아가 가는 길을 지켜보네.

멀리서 부드러운 밤바람이 불어오고

구름 한 점 없이 맑은 하늘에 별이 반짝이네.

자비로운 하나님은 가여운 고아에게

위로와 희망을 주시니

설령 부서진 다리에서 떨어지고

속아서 늪지대를 헤매도

하느님 아버지는 축복과 약속으로

가여운 고아를 품에 안으리.

집도 가족도 없지만 힘이 되는 생각 있으니

천국은 나의 집, 그곳에서 쉬리

하느님은 가여운 고아의 친구라네.

"이런! 제인 아가씨, 울지 말아요."

노래를 마친 뒤 베시가 말했다. 그러나 그 말은 난롯불을 향해 "꺼져라!" 하고 말하는 것과 마찬가지였다. 내가 겪은 끔찍한 고통을 베시가 어떻게 알겠는가! 오전에는 로이드 씨가 다시 찾아왔다.

"아니, 벌써 일어났어?"

그는 아이들 방으로 들어오며 말했다.

"유모, 아가씨는 어때요?"

베시는 내가 나아졌다고 대답했다.

"그러면 좀 더 활기차야 할 텐데. 제인, 이리 와보렴. 이름이 제인 맞지?"

"네. 제인 에어예요."

"그래, 제인 에어 양. 그런데 울고 있었구나. 왜 우는지 얘기해줄래? 어디 아프니?"

"아프지 않아요."

"마님과 같이 마차를 타고 밖에 나가지 못해서 그래요."

베시가 끼어들었다.

"설마 그럴 리가! 그런 일로 토라질 나이는 지났잖아."

나도 그렇게 생각했다. 내 마음과 달리 억울한 소리를 듣자 자존심이 상한 나는 재빨리 대꾸했다.

"저는 한 번도 그런 일로 운 적이 없어요. 마차 타고 나가는 걸 정말 싫어하거든요. 저는 자신이 비참해서 우는 거예요."

"어머나, 아가씨도 원!"

베시가 어이없다는 표정을 지어 보이며 말했다.

사람 좋은 약제사는 살짝 당황한 듯 보였다. 나는 그의 앞에 서 있었고, 그는 나를 가만히 바라보았다. 그의 작은 회색 눈은 맑지는 않았지만 지금 생각해보면 예리한 데가 있었다. 얼굴은 무섭게 생겼지만 마음씨는 좋아 보였다. 그는 한참 동안 나를 살펴보더니 물었다.

"어제는 왜 아팠던 거니?"

"넘어졌거든요."

베시가 또다시 끼어들어 대답했다.

"넘어졌어? 그것도 어린애들이나 그러잖니! 네 나이에 아직도 제대로 못 걷는 거야? 여덟 살이나 열 살은 될 텐데."

"맞아서 쓰러진 거예요."

또 한 번 자존심이 상한 나는 퉁명스럽게 말했다.

"하지만 맞아 쓰러져서 병이 난 게 아니에요."

나는 베시가 끼어들지 못하게 얼른 덧붙였다.

로이드 씨는 코담배를 꺼내 들이마시고 있었다. 그가 담뱃갑을 다시 조끼 주머니에 집어넣으려고 할 때 하인들의 점심시간을 알리는 종소리가 요란하게 울렸다. 이 종소리가 무슨 뜻인지 알고 있는 로이드 씨가 베시에게 말했다.

"유모를 부르는 소리네요. 나가보세요. 그동안 제인 양에게 이야기를 좀 해주고 있을 테니."

베시는 방에 그냥 있고 싶어 했지만 게이츠헤드 저택은 식사 시간을 엄격하게 지켰기 때문에 하는 수 없이 나가야 했다.

"넘어져서 병이 난 게 아니구나. 그럼 왜지?"

베시가 나가자 로이드 씨가 물었다.

"유령이 나오는 방에 갇혀 있었어요. 깜깜한 밤까지요."

로이드 씨는 미소를 지으며 동시에 얼굴을 찌푸렸다.

"유령이라니! 역시 어린아이구나. 유령이 무섭니?"

"리드 외삼촌 귀신은 무서워요. 그 방에서 돌아가시고 관에 들어가셨거든요. 베시나 다른 사람들도 웬만해선 밤에는 그 방에 들어가지 않는다고요. 촛불 하나 없이 나만 그 방에 가둔 건 너무했어요. 너무 끔찍해서 평생 못 잊을 거예요."

"말도 안 돼! 그래서 비참해진 거야? 그럼 지금처럼 밝은 대낮에도 무섭니?"

"아뇨, 그렇지만 이제 금방 또 밤이 될 거잖아요. 그리고 저는 불행해요. 다른 일 때문에도 정말 불행해요."

"다른 일? 몇 가지만 이야기해줄래?"

그 말을 듣는 순간 내가 얼마나 속 시원히 다 털어놓고 싶었는지 모른다. 하지만 대답하기가 정말 어려웠다. 아이들은 자신이 느끼는 감정을 어떻게 이해해야 할지 모른다. 머릿속으로 얼마간 분석한다고 해도 그 결과를 말로 표현할 줄 모른다. 나는 내 이야기를 털어놓는 것으로 슬픔을 조금이나마 덜어낼 수 있는 처음이자 유일한 기회를 놓칠까 봐 두려웠다. 그래서 우물쭈물하다가 변변찮긴 하지만 최대한 진실하게 이야기하기 시작했다.

"우선 저는 엄마와 아빠가 안 계시고 언니랑 오빠도 없어요."

"친절한 외숙모와 사촌들이 있잖니."

나는 머뭇머뭇하다가 서투르게 대답했다.

"하지만 존 리드는 저를 때려서 쓰러뜨렸어요. 외숙모는 저를 붉은 방에 가뒀고요."

로이드 씨는 다시 담뱃갑을 꺼냈다.

"게이츠헤드 저택이 정말 아름다운 집이라고 생각하지 않니? 이렇게 좋은 집에 사는 데도 고맙지 않아?"

"우리 집이 아니잖아요. 애벗이 그러는데 저는 여기서 하녀보다도 못하대요."

"무슨 소리! 설마 바보처럼 이렇게 좋은 집을 떠나고 싶어 하는 건 아니지?"

"다른 갈 데가 있으면 당연히 나갈 거예요. 하지만 어른이 될 때까지는 여길 떠날 수 없어요."

"그건 모르는 일이지, 누가 알겠니. 그런데 리드 부인 말고 다른 친척은 없니?"

"없는 것 같아요."

"아버지 쪽으로 아무도 없어?"

"모르겠어요. 언젠가 한 번 외숙모한테 물어봤는데 어쩌면 가난하고 신분이 낮은 친척이 있을 수도 있겠지만 자기는 잘 모른다고 하셨어요."

"만약 그런 친척이 있으면 가고 싶니?"

나는 곰곰이 생각해보았다. 가난은 어른에게도 암울하지만 아이들에게는 더욱 끔찍하다. 아이들은 가난하지만 부지런히 일하며 살아가는 부끄럽지 않은 생활을 모른다. 가난이란 말과 함께 그저 누더기 같은 옷이나 부족한 음식, 불 꺼진 난로, 무례한 태도, 천한 악행을 떠올릴 뿐이다. 내게 가난은 그저 수모와 같은 뜻이었다.

"아뇨, 가난한 사람이 되고 싶진 않아요."

나는 대답했다.

"너한테 친절해도?"

나는 고개를 가로저었다. 가난뱅이들이 도대체 무엇으로 친절을 베풀 수 있을지 알 수가 없었다. 그들처럼 말하고 그들의 행동을 따라 하고 교육도 받지 못한 채 가끔 게이츠헤드 마을의 오두막 문 앞에서 보았던, 아이들을 돌보거나 빨래를 하는 가난한 여자들처럼 자라고 싶지는 않았다. 나는 아직 자유를 얻기 위해 신분을 버릴 정도로 용감하지는 않았다.

"네 친척들이 그 정도로 가난하니? 노동자들이야?"

"모르겠어요. 리드 외숙모께선 혹시라도 제게 친척이 있다면 틀림없이 모두 빈털터리일 거라고 하셨어요. 저는 구걸하며 돌아다니긴 싫어요."

"그럼 학교에는 다니고 싶니?"

나는 다시 곰곰이 생각해봤다. 학교가 어떤 곳인지 몰랐다. 베시는 소녀들이 발목에 차꼬를 차고 등에는 자세 교정을 위한 보호대를 대고 앉아 대단히 고상한 체하며 엄격한 규칙에 따라 생활해야 하는 곳이 학교라고 말하곤 했다. 존 리드는 학교를 싫어했고 선생님을 욕했다. 하지만 그의 취향이 나와 같으리라는 법은 없었다. 베시는 게이츠헤드 저택에 오기 전 함께 살았던 주인집 아가씨들한테서 들었던 무시무시한 학교 규율들을 얘기해주었다. 그렇지만 소녀들이 학교에서 배우는 내용들 또한 그것만큼이나 흥미로웠다. 베시는 소녀들이 그린 아름다운 풍경화나 꽃그림, 그들이 부르는 노래와 연주하는 곡, 직접 떠서 만든 지갑, 번역한 프랑스 책을 자랑하듯 말했고 듣고 있는 내 마음속에서는 경쟁심이 생겨났다. 게다가 학교에 가면 모든 것이 완전히 바뀌게 된다. 그것은 기나긴 여정이면서 게이츠헤드를 떠나 새로운 삶을 시작해야 한다는 뜻이었다.

"사실은 학교에 가고 싶어요."

깊이 생각한 끝에 나는 이렇게 결론을 내렸다.

"그래. 어떻게 될지는 아무도 모르지."

로이드 씨가 자리에서 일어나며 말했다.

"이 아이는 환경을 좀 바꿔줄 필요가 있겠어. 신경이 너무 쇠약해졌군."

그가 이렇게 중얼거렸다.

이때 베시가 돌아왔다. 그와 동시에 집 앞 자갈길로 마차가 달려오는 소리가 들렸다.

"유모, 리드 부인이 돌아오신 건가요? 가기 전에 부인께 드릴 말씀이 있어요."

로이드 씨가 말했다.

베시는 그를 작은 식당으로 안내했다. 나중에 일어난 일로 보아 로이드 씨가 리드 부인에게 나를 학교에 보내라고 권한 것 같았다. 그리고 부인은 그 권유를 선뜻 받아들인 것이 분명했다.

어느 날 밤 아이들 방에서 바느질을 하던 애벗과 베시는 침대에 누워 있던 내가 잠든 줄 알고 이렇게 말했다.

"마님은 성가시고 못된 아이를 내보내게 되어 속 시원하다고 하셨어요. 항상 다른 사람들 눈치나 살피고 남몰래 못된 꾀나 부린다고 말이에요."

애벗이 말했다. 그녀는 내가 어린 가이 포크스(가톨릭 탄압에 저항해 영국 의사당을 폭파시킨 영국인—옮긴이)라도 되는 것처럼 말했다.

그날 밤 나는 애벗이 베시에게 하는 말을 듣고 내 부모님에 대해 처음으로 알게 되었다. 아버지는 가난한 목사였고, 어머니는 신분이 어울리지 않는다며 모두 말리는데도 아버지와 결혼했다. 그러자 자신의 말을 거역한 딸에게 화가 난 외할아버지는 한 푼도 주지 않고 어머니를 내쫓았다. 결혼한 지 일 년 만에 아버지는 교구의 공장지대 빈민가를 방문했다가 당시 유행하던 티푸스에 걸렸으며, 어머니도 아버지에게 전염되어 두 분 다 한 달 사이에 차례로 세상을 떠나신 것이다.

베시는 이야기를 다 듣고 한숨을 쉬며 말했다.

"애벗, 제인 아가씨도 정말 가엽다."

"그래요. 저 아가씨가 착하고 예쁘기만 했어도 모두 처량한 신세를 불쌍히 여겼을 거예요. 하지만 저런 밉상을 누가 좋아하겠어요."

애벗이 대꾸했다.

"사실 좋아하긴 어렵지. 조지아나 아가씨처럼 귀여우면 같은 처지라도 좀 더 안쓰러웠을 텐데."

베시가 맞장구를 쳤다.

"그럼요. 저는 조지아나 아가씨가 정말 좋아요. 긴 곱슬머리에 파란 눈이고 피부색은 어쩌나 고운지! 마치 그려놓은 것 같아요. 베시, 오늘 저녁에는 치즈 토스트가 먹고 싶네요."

애벗이 신이 나서 말했다.

"나도요. 구운 양파도 곁들여서요. 자, 우리 내려가요."

그들은 방을 나갔다.

제4장

　로이드 씨와 대화를 나눈 뒤 베시와 애벗의 이야기까지 듣자 나는 희망이 생겨 빨리 병이 낫길 바랐다. 금세 변화가 찾아올 것만 같아 간절한 마음으로 조용히 기다렸다. 그러나 꽤 긴 시간이 흘렀다. 며칠 그리고 몇 주가 지났다. 그동안 내 건강은 회복됐지만 이리저리 생각해오던 문제에 대해선 누구도 말하지 않았다. 리드 부인은 이따금 매서운 눈초리로 나를 살폈지만 말을 건네지는 않았다. 그리고 내가 아프고 난 다음부터는 자신의 아이들을 나한테서 더 확실하게 분리시켰다. 나는 작은 골방에서 혼자 잠자고 밥도 혼자 먹어야 했다. 사촌들이 계속 거실에서 노는 동안 나는 아이들 방에서 하루를 보냈다. 나를 학교에 보내려는 낌새는 전혀 보이지 않았다. 그렇지만 나는 부인이 나와 한 지붕 아래서 오래 지낼 수 없을 거라는 사실을 본능적으로 알았다. 나를 바라보는 그녀의 눈빛에 그 어느 때보다도 강렬한 미움이 담겨 있었기 때문이다.

일라이자와 조지아나는 어머니가 시켰는지 노골적으로 말도 섞지 않으려고 했다. 존은 나를 볼 때마다 혀를 내밀며 놀려댔는데 어느 날은 내게 복수하려고 했다. 하지만 지난번처럼 엄청난 분노와 극도의 반항심이 끓어오른 내가 곧바로 대들자 그만두는 게 낫다고 생각했는지 내가 자기 코를 부러뜨렸다고 욕설을 퍼부으며 달아났다. 실제로 나는 툭 튀어나온 그의 코에 온 힘을 모아 주먹을 날렸다. 그런 내 모습과 표정에 겁먹은 존이 달아나는 꼴을 보자 좀 더 혼내주고 싶은 생각이 들었지만 그는 이미 자기 어머니 곁에 가 있었다. 그는 엉엉 울면서 '저 심술궂은 제인 에어'가 미친 고양이처럼 달려들었다며 이야기를 지어내기 시작했다. 그러나 부인은 매몰차게 존의 말을 막았다.

"존, 그 애 얘기는 하지 마. 내가 근처에 가지 말라고 말했지. 쟤는 상대할 가치도 없어. 그러니까 너랑 누이들도 전부 저 아이랑 어울리면 안 돼."

계단 난간에 기대서 있던 나는 두 번 생각하지도 않고 불쑥 소리쳤다.

"걔네들이 저랑 어울릴 자격이 없는 거예요!"

리드 부인은 꽤 통통한 체구였다. 하지만 대담한 내 말을 듣자마자 쏜살같이 계단을 뛰어 올라오더니 회오리바람처럼 나를 아이들 방에 몰아넣곤 침대 한쪽 가장자리에다 짓눌렀다. 그러고는 오늘 하루 여기서 움직이거나 단 한 마디라도 입 밖에 내면 가만두지 않겠다고 단호한 목소리로 을러댔다.

"리드 외삼촌이 살아 계셨다면 뭐라고 하셨을까요?"

순간 나도 모르게 생각지도 않은 말을 내뱉었다. 머리의 허락도 받지 않고 혀가 지껄인 것이다. 막을 새도 없이 그 말이 입 밖으로 튀어나왔다.

"뭐라고?"

리드 부인이 낮은 목소리로 말했다. 한결같이 차갑고 침착한 그녀의 잿빛 눈동자에 두려운 빛이 스치는 듯했다. 그녀는 붙들고 있던 내 팔을 놓으며 마치 아이인지 악마인지 모르겠다는 표정으로 나를 뚫어져라 쳐다보았다. 이제 물러나려야 물러날 수가 없었다.

"리드 외삼촌은 하늘에서 외숙모가 무슨 행동을 하는지, 어떤 생각을 하는지 다 보고 계세요. 우리 아빠와 엄마도 마찬가지고요. 온종일 저를 가둬놓고 죽길 바라는 것도 다 알고 계실 거예요."

리드 부인은 이내 정신을 차렸는지 나를 있는 힘껏 흔들어대고 양쪽 빰을 세차게 갈기더니 말도 없이 나가버렸다. 그 대신 베시가 한 시간이나 나에게 설교를 늘어놓았다. 그녀는 지금까지 키운 아이들 가운데 내가 가장 고약하고 불량한 애라고 했다. 나는 그 말이 절반 정도는 맞다고 생각했다. 사실 나도 내 안에서 나쁜 감정이 끓어오르고 있음을 느꼈기 때문이다.

11월과 12월 그리고 어느새 1월도 절반이 지났다. 예년과 다름없이 크리스마스와 신년 축하파티가 게이츠헤드에서도 성대하게 열렸다. 사람들은 서로 선물을 주고받았으며 만찬과 저녁 파티가 열렸다. 물론 나는 이 모든 즐거움을 누릴 수 없었다. 유일한 재미라고는 그저 일라이자와 조지아나가 예쁘게 차려입거나 얇은 모슬린 드레스에 진홍색 허리띠를 매고 곱슬머리를 곱게 빗은 다음 응접실로 내려가는 모습을 바라보는 것뿐이었다. 그리고 나서는 아래층에서 연주하는 피아노와 하프 소리, 집사와 하인들이 바삐 오가는 소리, 다과를 건넬 때 유리잔과 사기그릇들이 쨍하고 부딪치는 소리, 응접실 문을 여닫을 때 이따금 들리는 사람들의 웅성거리는 소리에 귀를 기울일 뿐이었다. 그러다 싫증이 나면 계단 꼭대기에서 물러나 쓸쓸하고 적막한 아이들 방으로 돌아왔다. 그 방에서는 약간 슬프긴 했지만 비참하지는 않았다. 솔직히 나는 손님들과 어울리고 싶지 않았다. 함께 있어도 나에게 신경 쓰는 사람은 아무도 없었다. 베시가 좀 더 친절하고 다정했다면 나는 신사숙녀들이 가득 찬 방에서 리드 부인의 날카로운 시선을 받느니 베시와 함께 조용히 보내는 저녁이 더 큰 선물이라고 생각했을 것이다. 하지만 베시는 아가씨들에게 옷을 입히고 나면 금세 촛불을 들고 시끌 벅적한 부엌이나 하녀 방으로 가버렸다. 그러면 나는 어두컴컴한 아이들 방에서 무릎에 인형을 얹은 채 유령이 나타나지 않을까 가끔씩 주위를 살피며 난롯불이 스러질 때까지 앉아 있었다. 그리고 난로의 불씨가 검붉게 사라지면 서둘러 옷을 벗고 추위와 어둠을 피해 침대 이불 속으로 도망치곤 했다. 나는 항상 인형을 안고 침대에 들어갔다. 인간은 무언가를 사랑해야만 살 수 있다. 애정을 쏟을 만한 대상이 없었던 나는 용케도 작은 허수아비처럼 초라하고 낡아빠진 인형을 사랑하고 아끼는 데서 즐거움을 찾았다. 나는 작은 인형이 살아 있으며 감정도 있다고 여기면서 진심으로 대했다. 돌이켜보면 지금으로서는 이해가 되지 않지만 잠옷 속에 인형을 감싸 안지 않고는 잠을 잘 수가 없었다. 인형이 내 품 속에 편안하고 따뜻하게 안겨 있으면 나도 행복했고 인형도 행복할 거라고 믿었다.

손님들이 돌아가기를 기다리면서 베시가 계단을 올라오는 발소리에 귀를 기울이는 시간은 너무 길고 지루했다. 베시는 사이사이 골무나 가위를 찾으러 오거나 저녁 식사로 빵이나 치즈 케이크 등을 가져다주곤 했다. 그리고는 내가 먹을 동안 침대에 걸터앉아 있다가 다 먹고 나면 이불을 덮어주고 두 번 입을 맞춰주며 "제인 아가씨, 잘 자요"라고 말했다. 이렇게 상냥할 때 베시는 세상에서 가장 좋고 예쁘며 친절한 사람이었다. 그래서 나는 그녀가 항상 이렇게 기분 좋고 상냥하기를 진심으로 바랐다. 또 툭하면 내게 쌀쌀맞게 굴고 야단친다거나 무리한 일을 시키지 않았으면 했다.

베시 리는 타고난 재주가 뛰어난 여자임에 틀림없었다. 무슨 일이든 잘하고 옛날이야기도 맛깔나게 들려주었다. 적어도 그녀가 해주는 이야기를 들으며 내가 판단하기론 그랬다. 내 기억에 그녀는 얼굴과 몸매도 예뻤다. 검은 머리와 까만 눈동자, 아주 예쁘장한 이목구비에 안색이 맑고 고운 늘씬한 젊은 여자였다. 그렇지만 변덕스럽고 성질이 급하며 원칙이나 정의 같은 문제에는 무관심했다. 그런 그녀였지만 나는 게이츠헤드 저택에서 베시가 가장 좋았다.

1월 15일 아침 아홉 시쯤이었다. 베시는 아침을 먹으러 내려갔고 리드 부인은 아직 사촌들을 불러 모으지 않았다. 일라이자는 닭 모이를 주려고 정원에 나갈 때 입는 두툼한 코트를 입고 모자도 썼다. 일라이자는 이 일을 좋아했고 하녀에게 달걀을 팔아 그 돈을 모으는 것도 즐겼다. 장사에 소질이 있는 데다가 꼬박꼬박 저축하는 습관도 있었다. 달걀과 병아리뿐 아니라 구근 뿌리와 씨앗, 접목 등의 가격을 정원사와 흥정하는 것만 봐도 알 수 있었다. 정원사는 이미 정원에 있는 물건들 중에서 일라이자가 팔고 싶어 하는 것은 모두 사주라고 리드 부인한테서 명령을 받았다. 일라이자는 아마 돈만 많이 준다면 자신의 머리칼이라도 잘라서 팔았을 것이다. 처음에는 이렇게 모은 돈을 헝겊이나 낡은 종이에 싸서 아무도 모르는 한구석에 숨겨두었다. 하지만 숨겨둔 돈의 일부를 하녀들이 발견하자 아끼는 재산을 잃어버릴까 봐 두려워 5할이나 6할이라는 높은 이자로 자기 어머니에게 맡겼다. 그리고 그렇게 매 분기별로 받는 액수를 작은 수첩에 정확하게 적어두었다가 일 년에 네 번 이자를 챙겼다.

조지아나는 높은 화장대 의자에 앉아 거울을 보며 머리를 매만지고 있었다. 다락방 서랍에 한가득 들어 있던 조화와 빛바랜 깃털을 찾아내어 곱슬머리에 꽂았다. 나는 자신이 돌아오기 전까지 침대를 말끔하게 해놓으라는 베시의 지시를 받고 침대를 정리하고 있었다. (이제 베시는 아랫사람에게 하듯 나한테 방을 정리하거나 의자 같은 물건에 쌓인 먼지를 털라고 시키곤 했다.) 이불 주름을 펴고 잠옷을 개고 나서 나는 어질러진 그림책과 인형의 가재도구를 정리하려고 창가로 갔다. 그때 갑자기 조지아나가 자기 장난감은 그대로 두라고 (작은 의자, 거울 그리고 예쁜 접시와 찻잔들이 그녀의 물건이었다) 하기에 나는 하던 일을 멈췄다. 특별히 할 일이 없던 나는 꽁꽁 언 유리창에 생긴 꽃무늬 모양의 성에에 입김을 불어 마당이 보일 만큼 닦기 시작했다. 마당은 고요하고 서리가 심하게 내려 돌이 되어버린 듯했다.

창밖으로 문지기의 오두막과 마찻길이 보였다. 유리창을 뒤덮고 있던 은백색 성에가 녹아 바깥이 보일 정도가 되자 정문이 열리면서 마차 한 대가 들어오는 것이 보였다. 나는 길을 올라오는 마차를 무심히 쳐다보았다. 게이츠헤드에 들어오는 마차는 많았지만 내 흥미를 끄는 손님을 태우고 온 적은 단 한 번도 없었다. 집 앞에 마차가 서더니 종소리가 시끄럽게 울렸다. 처음 보는 사람이 들어왔다. 이 모든 일이 나와는 상관이 없었기 때문에 내 관심은 이내 굶주린 작은 지빠귀에게로 옮겨갔다. 새는 여닫이 창 근처 벽에 달라붙은 가지만 앙상한 벚나무 가지에 앉아 지저귀고 있었다. 마침 식탁 위에 아침에 먹고 남은 빵 부스러기와 우유가 놓여 있었다. 빵 조각을 바스러뜨려 창틀에 뿌려주려고 창문을 열려고 하는데 베시가 방으로 뛰어 들어왔다.

"제인 아가씨, 앞치마 벗어요. 거기서 뭐하는 거예요. 아침에 세수는 했어요?"

나는 대답도 하지 않고 창문을 또 한 번 잡아당겼다. 새에게 빵부스러기를 꼭 주고 싶었다. 마침내 창이 열렸고 빵부스러기를 창대돌과 벚나무 가지 위에 조금씩 뿌려주고 나서야 나는 창문을 닫고 대답했다.

"아니요, 이제 겨우 먼지를 털었는데요."

"덜렁대는 골칫거리 같으니. 그런데 지금 뭐해요? 얼굴이 빨개진 걸 보니 꼭 나쁜 짓이라도 한 것 같은데. 창문은 왜 열었어요?"

굳이 대답할 필요는 없었다. 베시는 너무 바빠서 내 설명 따위는 들을 겨를이 없어 보였다. 그녀는 나를 세면대로 끌고 가서는 비누와 물, 까칠까칠한 수건으로 내 얼굴과 손을 사정없이 거칠게, 하지만 다행스럽게도 대강 문질렀다. 뻣뻣한 빗으로 머리를 빗기고 앞치마도 벗겨주었다. 그러고는 서둘러 층계 꼭대기로 나를 데려가서 누가 찾아왔으니 어서 식당으로 내려가 보라고 했다.

도대체 나를 찾는 사람이 누군지 물어보고 싶었다. 그리고 리드 외숙모도 거기 함께 있는지 궁금했다. 하지만 베시는 벌써 아이들 방의 문을 닫고 나간 다음이었다. 나는 천천히 계단을 내려갔다. 거의 석 달 가까이 리드 부인이 있는 자리에 간 적이 없었다. 너무 오래 아이들 방에서만 갇혀 지내다 보니 작은 식당과 거실이 무시무시한 곳처럼 느껴져 들어가기가 두려웠다.

어느새 나는 텅 빈 복도에 서 있었다. 작은 식당의 문이 눈앞에 보였다. 나는 몹시 두려웠다. 나는 부당한 벌을 받아 두려움을 갖게 된 겁쟁이가 되어 있었다. 아이들 방으로 되돌아가기도, 그렇다고 그대로 응접실에 들어가기도 무서웠다. 불안한 마음에 이러지도 저러지도 못하면서 그렇게 십 분쯤 서 있었다.

그때 작은 식당에서 요란한 종소리가 들려와 나는 결심했다. 꼭 들어가야 했다.

'누가 나를 찾는 거지?'

두 손으로 뻑뻑한 문고리를 돌리는 일이 초 동안 마음속으로 이렇게 생각했다.

'이 방에 리드 외숙모 말고 또 누가 있을까? 남자일까? 여자일까?'

문고리가 돌아가며 문이 열렸다. 나는 방에 들어서자마자 무릎을 살짝 굽히며 인사하고 고개를 들었다. 눈앞에 '검은 기둥'이 서 있었다. 내 눈에는 그렇게 보였다. 검은 옷을 입은 가늘고 긴 형체가 카펫 위에 우뚝 서 있었다. 맨 꼭대기에 달린 얼굴은 마치 조각해놓은 가면을 기둥머리에 올려놓은 듯했다.

리드 부인은 평소처럼 난롯가 의자에 앉아 나에게 가까이 오라는 손짓을 했다. 내가 다가가자 부인은 돌기둥 같은 손님에게 나를 소개했다.

"부탁드린 아이가 바로 이 애입니다."

그 사람은 남자였다. 그는 내가 서 있는 쪽으로 천천히 돌아서더니 짙은 눈썹 아래 잿빛 눈을 번쩍이며 샅샅이 훑어보듯 나를 살펴보았다. 그러고는 굵은 목소리로 말했다.

"체구가 작네요. 몇 살입니까?"

"열 살이오."

"그렇게나 많아요?"

그는 믿기지 않는다는 듯 나를 몇 분 동안이나 찬찬히 살펴보다가 이윽고 물었다.

"이름이 뭐지?"

"제인 에어요."

나는 이렇게 말하고 그를 올려다봤다. 키가 굉장히 큰 신사였다. 하지만 당시에는 내가 정말 작았다. 그는 이목구비가 큼직큼직하고 골격도 거칠며 단순해 보였다.

"그래, 제인 에어야. 너는 착한 애니?"

나는 그렇다고 대답할 수가 없었다. 내 주변 사람들은 모두 그렇지 않다고 생각했기 때문이다. 나는 잠자코 있었다. 리드 부인이 나를 대신해 고개를 가로저으면서 말했다.

"브로클허스트 선생님, 여기선 그 이야기를 하지 않는 게 좋겠습니다."

"그렇게 말씀하시니 유감이네요. 이 애와 얘기를 좀 나눠봐야겠군요."

그는 허리를 직각으로 구부려 리드 부인의 맞은편 소파에 앉으며 이렇게 말했다.

"자, 이리 와보렴."

나는 카펫 위로 걸어갔다. 그는 나를 자기 앞에 똑바로 세웠다. 이제 그의 얼굴이 내 얼굴과 거의 같은 눈높이에 있었다. 거대한 코, 함지박만 한 입, 툭 튀어나온 치아까지 정말 못생긴 얼굴이었다.

"세상에 못된 아이만큼 불쌍한 존재는 없어. 특히나 못된 여자 아이는 더더욱. 나쁜 애들이 죽으면 어디로 가는지 아니?"

그가 물었다.

"지옥에 가죠."

나는 재빨리 누구나 알고 있는 답을 말했다.

"지옥은 어디지? 어떤 곳인지 말해볼래?"

"사방이 불구덩이예요."

"그럼 너는 불구덩이에 빠져 평생 불에 타고 싶니?"

"아니요."

"불구덩이에 가지 않으려면 어떻게 해야 하지?"

잠시 고민 끝에 나온 대답이 나는 썩 마음에 들지 않았다.

"계속 건강하게 살고 죽으면 안 돼요."

"어떻게 건강하게 살지? 너보다 어린 아이들도 날마다 죽는단다. 나는 하루 이틀 전에도 다섯 살짜리 어린애를 땅에 묻었어. 착한 아이였으니까 영혼은 지금 천국에 있을 거야. 너는 죽어서 천국에 못 갈지도 모르니 겁을 내야 해."

그의 의심을 없애줄 수 있는 상황이 아니었으므로 나는 그저 카펫 위에 놓인 그의 큰 발에 시선을 고정한 채 빨리 그 자리를 떠날 수 있기만을 바라면서 한숨을 내쉬었다.

"네가 진심에서 우러나와 한숨을 쉬었고 여태까지 고마운 네 은인에게 폐를 끼친 걸 뉘우쳤기를 바란다."

'은인이라고? 은인! 다들 리드 외숙모를 은인이라고 하네. 그러면 은인은 정말 기분 나쁜 거군.'

나는 마음속으로 외쳤다.

"아침저녁으로 기도는 드리니?"

그가 심문하듯 계속 물었다.

"네."

"성경책도 읽고?"

"가끔이오."

"재미있니? 성경 읽는 걸 좋아해?"

"요한묵시록, 다니엘서, 창세기, 사무엘서를 좋아해요. 출애굽기랑 열왕기, 역대기, 욥기와 요나서도 약간 좋아하고요."

"그러면 시편은? 시편도 좋아하지?"

"아뇨."

내가 말했다.

"아니라고? 놀랍구나! 내게 너보다 어린 아들이 있는데 시편을 여섯 편이나 외운단다. 걔한테 '생강 과자를 먹을래? 시편을 외울래?' 하고 물어보면 '와! 시편을 외울래요. 천사들은 시편을 노래해요'라고 말하면서 '저는 이 세상에서 작은 천사가 되고 싶어요'라고 한단다. 그러면 깊은 신앙심 덕분에 상으로 과자를 두 개나 받지."

"시편은 재미가 없어요."

나는 겨우 한 마디 했다.

"그게 바로 네가 나쁜 마음을 품고 있다는 증거야. 마음을 고쳐달라고 하느님께 기도해야 한단다. 깨끗한 새 마음을 달라고 말이야. 돌덩이처럼 차가운 마음을 가져가고 사람다운 따뜻한 마음을 내려달라고."

마음을 고치는 방법을 물어보려는데 리드 부인이 끼어들어 내게는 앉으라고 하더니 혼자 이야기를 늘어놓기 시작했다.

"브로클허스트 선생님, 삼 주 전에 드린 편지에서 언뜻 말씀 드렸듯이 이 아이는 제가 바라는 성격이나 기질이 전혀 없어요. 부디 로우드 학교에 입학시켜 교장 선생님과 여러 선생님이 특별히 엄하게 감독해주시고, 특히 이 아이의 가장 나쁜 점인 남을 속이는 버릇을 고쳐주세요. 제인, 네 앞에서 이 이야기를 했으니 브로클허스트 선생님을 속이려고 해서는 안 된다."

내가 리드 부인을 무서워하고 싫어하는 것은 어쩌면 당연한 일이었다. 그녀는 천성적으로 내게 잔인하게 상처를 주었다. 그녀와 함께 있으면 나는 전혀 행복하지 않았다. 아무리 꼬박 꼬박 시키는 대로 해도, 마음에 들려고 애써도 그녀는 저런 말들을 늘어놓았고 내 노력은 물거품이 되어버렸다. 이렇게 낯선 사람 앞에서 비난받고 있자니 너무 슬퍼서 가슴이 찢어질 듯했다. 내가 맞이하게 될 새로운 생활에 대한 희망마저 벌써부터 꺾어버리고 있었다. 말로 표현할 수는 없지만 부인은 내가 가는 길에 혐오와 무정함의 씨를 뿌려댔다. 브로클허스트 씨의 눈에 나는 교활하고 못된 아이처럼 보일 것이다. 이 오해를 어떻게 바로잡을 수 있을까!

'방법 따윈 없어!'

나는 이렇게 생각하며 애써 울음을 삼켰다. 그리고 내 괴로운 마음을 그대로 드러내는 눈물을 서둘러 닦아냈다.

"어린아이들이 남을 속이는 것은 정말 슬픈 일이에요. 거짓말하는 거나 마찬가지지요. 그리고 거짓말쟁이들은 결국 불과 유황이 활활 타는 구덩이에 빠지게 될 겁니다. 리드 부인, 저 애를 지켜보도록 하겠습니다. 템플 선생과 다른 선생들에게도 일러두겠습니다."

브로클허스트 씨가 말했다.

"이 아이의 미래를 생각해서 그에 걸맞는 교육을 시켜주세요. 쓸모 있고 겸손해질 수 있도록 말이에요. 방학에도 계속 로우드에서 지내게 해주시고요."

내 은인, 리드 부인이 말했다.

"부인, 아주 현명한 판단을 하셨네요. 겸손은 기독교인의 미덕이고 특히나 로우드 학생들에게 아주 잘 어울리지요. 그래서 저는 학생들이 겸손하게 자랄 수 있도록 특별히 신경 써서 지도 하고 있습니다. 어떻게 하면 학생들의 세속적인 허영심을 최대한 자제할 수 있을지 연구하고 있었는데 최근에 성공했다는 증거가 나타났어요. 제 둘째 딸 오거스타가 아내와 학교에 왔다가 돌아가면서 이렇게 말하더군요. '아빠, 로우드 학생들은 전부 조용하고 검소해 보여요. 머리도 귀 뒤로 빗어 넘기고 긴 앞치마를 입은 데다 겉옷에 작은 호주머니도 달려 있고요. 가난한 집 애들 같아요. 엄마와 내 옷을 보는 모습이 마치 태어나서 비단 옷을 처음 보는 것 같더라고요.'"

"그게 바로 제가 원하는 바예요."

리드 부인이 대답했다.

"영국 땅을 다 뒤져봤지만 제인 에어에게 로우드보다 더 어울리는 학교는 못 찾았어요. 견실함이야말로 그 무엇보다 중요하다고 생각해요."

"부인, 견실함은 기독교인의 임무 중에서 으뜸입니다. 로우드 학교는 모든 면에서 일관되지요. 검소한 식사에 간편한 옷차림, 단순한 시설에 강건하고 활동적인 습관까지 이런 것들이 현재 우리 학교와 학생들의 하루 일정입니다."

"좋습니다. 그러면 이 아이를 로우드의 학생으로 받아주시고 아이의 처지와 미래에 걸맞은 교육을 해주실 거라고 믿어도 되겠지요?"

"그럼요. 선별된 재목을 기르는 우리 학교에 보내셔도 좋습니다. 아이도 로우드 학교에 보내주신 걸 고마워하게 될 거라고 믿습니다."

"그럼 되도록 빨리 보내겠습니다. 사실 저는 이 아이를 책임지는 게 갈수록 버거워져 하루라고 빨리 벗어나고 싶어요."

"알겠습니다. 그럼 이만 실례해야겠군요. 저는 한두 주 후에나 돌아갑니다. 교회 부감독인 제 친구가 놓아주질 않아서 그 전에는 떠날 수가 없네요. 하지만 이 아이를 받는 데 아무런 지장이 없도록 템플 선생에게 신입생이 간다고 일러두겠습니다. 안녕히 계세요."

"안녕히 가세요. 부인과 큰 따님, 오거스타와 시어도어 그리고 브로턴 도련님께도 인사 전해주세요."

"네, 그러겠습니다. 애야, 여기 《어린이 지침서》라는 책이 있으니 기도를 올리고 읽어보렴. 특히 '거짓말과 속임수를 일삼던 못된 아이 마사 G가 별안간 끔찍하게 죽는 이야기'를 잘 읽어봐라."

브로클허스트 씨는 그렇게 말하면서 표지가 씌워진 작고 얇은 책 한 권을 내 손에 들려주었다. 그러고 나서 종을 울려 마차를 불러 타고는 떠났다.

이제 리드 부인과 나만 남았다. 고요한 가운데 몇 분이 흘렀다. 부인은 바느질을 하고 나는 그녀를 바라보고 있었다. 그 당시 리드 부인은 서른예닐곱 살 정도 되었을 것이다. 어깨가

떡 벌어지고 팔다리 힘이 세며 체격이 튼튼했다. 통통하기는 하지만 뚱뚱하지는 않았다. 얼굴은 좀 큰 편이고 아래턱이 잘 발달되었다. 이마는 좁고 커다란 턱은 튀어나왔지만 입과 코는 반듯했다. 옅은 눈썹 아래로 연민이라곤 찾아볼 수 없는 눈이 반짝였다. 피부색은 어둡고 푸석푸석했으며 머리는 옅은 황갈색이었다. 강철 같은 체질이라 병이라고는 그녀 곁에 얼씬도 하지 못했다. 또한 정확하고 영리한 관리자라서 가족과 소작인들을 완벽하게 통솔했다. 유일하게 자식들만 이따금 어머니의 권위를 깔보며 반항하곤 했다. 그녀는 옷을 잘 입었고 그 멋진 옷을 더 돋보이게 해주는 외모와 풍채를 지니고 있었다.

나는 리드 부인한테서 이삼 미터 떨어진 낮은 의자에 앉아 그녀의 모습과 이목구비를 꼼꼼히 뜯어보았다. 내 손에는 거짓말쟁이의 갑작스러운 죽음에 관한 작은 책이 들려 있었다. 마치 내게 적절한 경고라도 되는 양 이 이야기를 읽어보라고 했다. 지금 막 있었던 일과 리드 부인이 나에 대해 브로클허스트 씨에게 한 말, 그 대화 내용이 새록새록 내게 상처가 되었다. 그 말을 처음 들었을 때처럼 한 마디 한 마디가 되살아나 분한 마음이 솟구치는 듯했다.

리드 부인이 고개를 들어 나를 보았다. 나와 시선이 마주치자 바느질을 하던 그녀의 손가락도 움직임을 멈췄다.

"나가. 아이들 방으로 돌아가!"

부인이 명령했다. 내 표정이나 다른 무언가 때문에 기분이 상한 게 틀림없었다. 한껏 참고는 있지만 화가 난 말투였다. 나는 일어나서 문 쪽으로 가다가 돌아섰다. 그리고 방을 가로질러 창가에 있는 그녀에게 바짝 다가섰다.

말해야만 했다. 너무 심하게 당하고만 살아왔으니 이제 달라져야 했다. 그런데 어떻게 하지? 복수할 힘이 나한테 있나? 나는 최대한 퉁명스럽게 쏘아붙였다.

"저는 거짓말 안 해요. 제가 그런 아이였다면 외숙모를 좋아한다고 말했겠죠. 분명히 말씀드리지만 저는 외숙모를 좋아하지 않아요. 존 리드를 빼면 이 세상에서 외숙모가 제일 싫어요. 이런 거짓말쟁이 이야기는 외숙모의 딸 조지아나한테나 주세요. 거짓말하는 건 제가 아니라 조지아나니까요."

리드 부인의 손은 여전히 바느질감 위에 있었다. 얼음처럼 차가운 시선은 내 눈을 싸늘하게 응시했다.

"할 말이 더 남았니?"

마치 어린아이가 아니라 어른을 상대하는 듯한 말투였다.

그녀의 눈과 목소리에 그동안 내가 품고 있던 반감이 모조리 치솟았다. 도저히 흥분을 감당할 수 없어 온몸을 바들바들 떨며 말했다.

"외숙모가 저와 피 한 방울 섞이지 않아서 정말 다행이에요. 죽을 때까지 외숙모라고도 부르지 않겠어요. 제가 어른이 되어도 절대 만나러 오지 않을 거예요. 외숙모가 저한테 어떻게 해 줬느냐고 누군가 물어보면 생각만 해도 끔찍했다고 말할 거예요. 정말 잔인하게 대했다고 말할 거예요."

"제인, 네가 어떻게 감히 그런 소리를 하니?"

"리드 부인, 어떻게 감히 그러냐고요? 어떻게 감히? 그게 사실이니까요. 제겐 감정이 없어서 손톱만큼의 사랑이나 친절 없이도 살아갈 수 있다고 생각하시나 봐요. 하지만 저는 그렇게 못살아요. 외숙모에게 동정심 같은 건 전혀 없어요. 외숙모가 저를 붉은 방에 처넣은 것도 영원히 잊지 못할 거예요. 거칠고 난폭하게 밀어 넣고 저를 가뒀잖아요. 두려움에 숨이 막혀 '한 번만 봐주세요'라고 고통스럽게 울부짖는데도 말이에요. 못된 아들이 먼저 나를 때렸는데 그 벌은 전부 제가 받았죠. 누가 물어보면 정확한 사실을 말해줄 거예요. 사람들은 부인을 좋은 사람이라고 생각하지만 사실은 나쁜 사람이고 인정머리도 없는 사람이에요. 부인이야말로 사람들을 속이고 있어요."

이 말을 다 끝내기도 전에 나는 처음으로 느껴보는 야릇한 자유와 승리감에 의기양양해졌다. 보이지 않던 구속에서 벗어나 꿈도 꾸지 않았던 자유의 세계로 마침내 들어가게 된 것 같았다. 아무 이유 없이 이런 감정에 사로잡힌 건 아니었다. 리드 부인은 깜짝 놀란 듯했다.

그녀의 무릎에서 바느질감이 툭 떨어졌다. 두 손이 허공으로 올라가더니 몸이 앞뒤로 흔들렸다. 그녀의 얼굴은 금방이라도 울 것처럼 잔뜩 일그러졌다.

"제인, 네가 오해하는 거야. 도대체 이게 무슨 일이니? 왜 그렇게 벌벌 떨어? 물이라도 좀 마실래?"

"필요 없어요!"

"그럼 뭐 필요한 거 없니? 나는 진심으로 네 친구가 되고 싶어."

"됐어요. 외숙모는 브로클허스트 씨에게 제가 나쁜 아이이고 남을 속이는 버릇이 있다고 했어요. 로우드에 있는 모든 사람에게 당신이 어떤 사람이고 저한테 무슨 짓을 했는지 다 말해줄 거예요."

"제인, 네가 몰라서 그래. 어른은 아이들의 단점은 고쳐줘야 하는 거야."

"저는 남을 속이는 단점 같은 건 없어요!"

나는 소리를 질렀다.

"그렇지만 너는 화를 잘 내잖니. 그건 인정해야지. 자, 이제 아이들 방으로 가렴. 착하지, 누워서 좀 쉬어라."

"저는 착하지 않아요. 눕고 싶지도 않고요. 여기서 살기 싫으니 당장 학교에 보내주세요."

"정말 당장이라도 보내고 싶구나."

리드 부인은 나지막이 중얼거리더니 바느질감을 싸들고 재빨리 방에서 나갔다.

싸움에서 이긴 나는 방 안에 홀로 남았다. 지금까지 내가 겪었던 가장 치열한 싸움에서 난생처음으로 이겼다. 나는 브로클허스트 씨가 서 있던 카펫 위에 서서 잠깐 동안 승자의 고독을 즐겼다. 먼저 의기양양한 미소를 지었다. 그러나 이 강렬한 기쁨은 빨라졌던 맥박이 진정되듯 금세 사그라졌다. 어린아이는 좀 전의 나처럼 어른과 싸우거나 걷잡을 수 없이 분노를 터트리고 나면 꼭 후회의 고통과 쓸쓸한 무기력감을 느끼게 된다. 리드 부인을 비난하고 위협했을 때 내 마음은 살아 있는 듯 눈부시게 불타오르는 히스 언덕 같았다. 그리고 불이 꺼진 뒤 시커멓게 재만 남은 언덕의 모습은 삼십 분 동안 조용히 돌이켜 생각해보니 내 행동이 얼마나 난폭했는지 그리고 미워하고 미움받는 처지가 얼마나 쓸쓸한지를 깨달았을 때의 내 마음 같았다.

나는 난생처음으로 복수심 같은 것을 맛보았다. 이것은 마치 향기로운 포도주 같아서 한 모금 삼킬 때는 향긋하고 몸이 따뜻해지지만, 쇠붙이를 먹은 것처럼 녹슨 듯한 그 맛은 독약이라도 마신 느낌이 들었다. 지금 같으면 나는 부인에게 가서 용서를 빌고 싶었을 것이다. 하지만 그렇게 하면 그녀는 두 배로 나를 모욕하면서 공격할 것이고, 나는 성격상 난폭한 내 성격이 자극을 받게 될 거라는 걸 경험과 직감으로 알고 있었다.

나는 거친 말을 내뱉기보다 좀 더 나은 능력을 발휘하고 싶었다. 분노하며 우울해하기보다 골치 아프지 않은 다른 감정을 느끼고 싶었다. 그래서 《아라비안나이트》를 집어 들었다. 앉아서 읽어보려고 애썼지만 도무지 내용이 머릿속에 들어오지 않았다. 늘 흥미진진하게 읽던 이 책과 나 사이에 온갖 상념이 헤엄쳐 다니는 듯했다.

나는 작은 식당의 유리문을 열었다. 관목 숲은 매우 고요했다. 된서리가 햇빛이나 선들바람에도 녹지 않은 채 땅을 뒤덮고 있었다. 나는 치맛자락으로 얼굴과 팔을 감싸고 한적한 농장을 산책하기로 했다. 하지만 말없는 나무들과 툭툭 떨어지는 전나무 방울들 그리고 바람에 휩쓸려 떨어져 한데 얼어붙은 적갈색 낙엽 등 그 어떤 것도 내게 즐거움을 주지 못했다. 나는 대문에 기대어 풀을 뜯는 양 한 마리 없이 텅 빈 들판을 바라보았다. 짧은 풀들로 덮인 들판에 새하얗게 서리가 내려 있었다. 몹시 흐린 날이었다.

'금방이라도 눈이 쏟아질 것 같은' 우중충한 하늘이 온 세상을 뒤덮고 있었다. 그러더니 이내 눈송이가 떨어져 꽁꽁 얼어붙은 오솔길과 하얗게 변한 풀밭 위에 녹지도 않고 사뿐히 내려앉았다.

"이제 어쩌지? 어떻게 해야 할까?"

나는 비참한 심정으로 이 말을 수없이 되뇌었다.

이때 문득 나를 부르는 소리가 또렷하게 들려왔다.

"제인 아가씨! 어디 있어요? 점심 먹어야죠!"

베시라는 걸 알았지만 나는 꼼짝도 하지 않았다. 그녀가 가벼운 발걸음으로 길을 따라 내려왔다.

"말썽쟁이! 부르는데 왜 안 오는 거예요?"

그녀가 말했다.

늘 그렇듯 베시는 살짝 화난 기색이었지만, 홀로 생각에 잠겨 있다가 베시를 보니 기운이 났다. 사실 리드 부인과 싸워 이기고 나니 유모의 노여움쯤은 크게 신경 쓰이지도 않았다. 나는 젊고 밝은 그녀의 발랄한 기분을 느끼고 싶어 두 팔로 그녀를 꼭 껴안으며 말했다.

"베시, 혼내지 말아요."

어느 때보다 훨씬 더 솔직하고 대담한 행동이었고, 그녀도 내 행동이 마음에 들었던 모양이다.

"아가씨는 정말 별나단 말이야. 여기저기 헤매고 다니는 고독한 꼬마 아가씨, 이제 학교에 간다죠?"

베시가 나를 내려다보며 말했다.

나는 고개를 끄덕였다.

"이 가여운 베시와 헤어지는 게 서운하지 않아요?"

"베시가 나를 신경이나 쓴 적이 있나요? 매일 야단만 치잖아요."

"그거야 제인 아가씨가 겁 많고 수줍은 괴짜니까 그렇죠. 좀 더 대담하게 굴어봐요."

"에이! 더 많이 얻어맞으라고요."

"말도 안 돼! 하긴 좀 심하게 구박당하긴 했죠. 지난 주일에 우리 어머니가 날 만나러 오셨다가 아가씨를 보고 자기 자식이면 절대 아가씨처럼 두지 않을 거라고 하셨어요. 자, 들어가요. 좋은 소식이 있어요."

"나한테 좋은 소식이 있을 리 없잖아요."

"무슨 소리예요! 그렇게 슬픈 눈으로 나를 보다니! 마님과 아가씨들, 존 도련님은 오후에 다과회에 초대받아 가실 테니까 아가씨는 나랑 차를 마셔요. 요리사한테 과자를 조금 구워달라고 할게요. 그다음에는 옷장을 정리할 테니 좀 도와주고요. 곧 아가씨 짐을 싸야 할 테니까요. 마님께서는 하루 이틀 내로 아가씨를 보낼 작정이신가 봐요. 가져가고 싶은 장난감이 있으면 고르세요."

"베시, 앞으로 내가 이 집을 나갈 때까지 야단치지 않는다고 약속해요."

"음, 알았어요. 아가씨는 매우 착한 아이라는 걸 명심해요. 나를 겁내지 말아요. 어쩌다 혹시 좀 무섭게 말하더라도 말대꾸하지 말고요. 그럼 화가 더 난다고요."

"앞으로는 겁내지 않을 것 같아요. 베시를 알게 되었으니까.

하지만 이제는 다른 사람들을 겁내게 되겠죠."

"아가씨가 겁을 먹는다면 그 사람들이 아가씨를 싫어하게 될 거예요."

"베시처럼?"

"나는 절대 아가씨를 싫어하지 않아요. 다른 누구보다 좋아하는데요."

"그렇게 보이지 않는걸요."

"예리하기는! 말투가 많이 달라졌네요. 어쩜 이렇게 대담해졌죠?"

"이제 곧 베시와 헤어질 거니까요. 또……."

나는 부인과 있었던 일을 이야기하려다가 그만두었다. 다시 생각해보니 말하지 않는 편이 나을 듯했다.

"나랑 헤어져서 기쁜 거예요?"

"천만에요. 지금은 오히려 좀 미안한걸요."

"지금은? 좀? 우리 아가씨는 정말 냉정하네요! 작별의 입맞춤을 해달라고 부탁하면 해주지 않겠군요. 좀 하고 싶지 않다면서 말이에요."

"기꺼이 해줘야죠. 고개를 숙여봐요."

베시가 허리를 굽혔다. 우리는 끌어안았고 나는 한껏 편안해진 마음으로 베시를 따라 집에 돌아왔다. 그날 오후는 평화롭고 화목하게 지나갔다. 그날 밤 베시는 자신이 알고 있는 가장 재미있는 이야기를 들려주었고 가장 좋아하는 노래도 불러주었다. 내게도 햇살이 비치는 날이 있었다.

제5장

1월 19일 아침, 새벽 다섯 시를 갓 넘기자 베시가 촛불을 들고 방으로 들어왔다. 나는 벌써 일어나 옷도 거의 다 입은 상태였다. 침대 옆 좁은 창으로 이제 막 저물고 있는 반달의 빛이 새어 들어왔고, 나는 그 빛 아래서 이미 삼십 분 전부터 세수를 하고 옷을 챙겨 입었다. 아침 여섯 시에 문지기 집 앞을 지나는 역마차를 타고 게이츠헤드를 떠나기로 돼 있었던 것이다. 일어난 사람은 베시밖에 없었다. 그녀는 벌써 아이들 방에 불을 피우고 지금은 내게 줄 아침을 준비하고 있었다. 여행 생각으로 한껏 들뜬 어린아이들에게 입맛이 있을 리 없다. 나도 그랬다. 베시는 빵과 함께 데운 우유 몇 순가락을 먹으라고 자꾸 권하다가 소용이 없자 비스킷 몇 개를 종이에 싸서 가방에 넣어주었다. 그리고 나서 내게 외투를 입히고 모자를 씌워준 다음 자신도 숄을 두르고 함께 아이들 방을 나왔다. 리드 부인의 침실 앞을 지날 때 베시가 물었다.

"들어가서 마님께 작별인사를 할래요?"

"싫어요. 어젯밤 베시가 저녁 먹으러 내려간 사이에 외숙모가 내 침대로 오셨어요. 내일 깨울 필요 없다고 하시더라고요. 사촌들도 그렇고요. 그리고 자기가 나한테 가장 좋은 친구였다는 걸 항상 잊지 말라고, 사람들한테도 그렇게 말하고 또 고마워하라고 하셨어요."

"그래서 뭐라고 했어요?"

"아무 말도 안 했어요. 이불을 덮어쓰고 벽 쪽으로 돌아누워 버렸죠."

"그러면 안 돼요, 아가씨."

"아니요, 돼요. 베시의 그 마님은 내 친구가 아니라 원수라고요."

"제인 아가씨! 그렇게 말하면 안 돼요."

"게이츠헤드야, 안녕!"

복도를 지나 현관문을 나서면서 나는 소리쳤다.

달도 기울어 밖은 캄캄했다. 베시는 젖은 계단과 눈이 녹아 질척해진 자갈길을 등불로 밝혀줬다. 겨울의 새벽 날씨는 살을 에는 듯 추웠다. 서둘러 마찻길을 걸어가는데 이가 계속 덜덜

거리며 부딪쳤다. 문지기 집에는 불이 켜져 있었다. 도착하니 문지기의 아내가 이제 막 불을 피우는 중이었다. 어젯밤 미리 갖다 놓은 여행 가방이 끈으로 꽁꽁 묶여 있었다. 이제 몇 분만 지나면 여섯 시였다.

시계가 여섯 시를 알리자마자 멀리서 마차 바퀴 소리가 들렸다. 역마차가 다가오고 있었다. 나는 문간으로 나가 어둠을 뚫고 빠르게 다가오는 마차 불빛을 지켜봤다.

"아가씨 혼자 가는 거예요?"

문지기의 아내가 물었다.

"네."

"얼마나 가는데요?"

"80킬로미터쯤이오."

"그렇게나 멀리? 리드 마님은 어린애를 혼자 그렇게 멀리 보내면서 걱정도 안 되시나 몰라."

역마차가 문 앞에 멈춰 섰다. 말 네 마리가 끄는 마차에는 손님들이 가득했다. 차장과 마부가 큰 소리로 빨리 타라고 재촉했다. 내 트렁크가 마차에 실렸다. 베시의 목에 매달려 작별 입맞춤을 하던 나도 억지로 떼어졌다.

"아가씨를 잘 보살펴주세요."

차장이 나를 들어 올려 마차에 태우자 베시가 외쳤다.

"네, 네!"

차장이 무심한 표정으로 대답했다. 문이 닫히고 누군가 "출발!"이라고 외쳤다. 그러자 마차가 달리기 시작했다. 이렇게 나는 베시 그리고 게이츠헤드와 헤어져 당시에는 머나먼 신비한 지역이라고 여기던 미지의 장소로 실려갔다.

그 여행에 대해서는 기억나는 게 거의 없다. 그저 하루가 이상할 정도로 길고 수백 킬로미터를 달린 것처럼 느껴졌다. 마차는 여러 마을을 지나 매우 큰 어느 마을에 멈춰 섰다. 말들도 쉬게 하고 손님들도 식사를 하려고 내렸다. 차장은 나를 여관으로 데려가 식사를 하라고 권했지만 나는 입맛이 없었다. 그러자 그는 커다란 방에 나를 혼자 남겨두고 나가버렸다. 그 방 양옆에는 벽난로가 있고 천장에는 샹들리에가 달려 있었다. 그리고 벽 위쪽에는 악기가 가득한 붉은 색 작은 장식장이 있었다. 혹시 누가 들어와 나를 잡아가지 않을까 불안한 생각이 들어 한참을 방 안에서 서성거렸다. 베시가 난롯가에서 들려주던 이야기에 자주 등장하던 유괴범들이 실제로도 있다고 믿었기 때문이다. 드디어 차장이 돌아와 나를 다시 마차에 태웠다. 그러고는 자기 자리로 올라가 뿔피리를 불자 마차는 다시 L 시의 자갈길을 덜거덕거리며 달리기 시작했다.

오후에는 비가 내리고 안개가 옅게 끼었다. 노을이 지자 게이츠헤드에서 꽤 멀리 왔다는 생각이 들기 시작했다. 이제 더는 마을도 지나지 않았다. 지평선 위로 거대한 잿빛 언덕들이 솟아 있었고 바깥 풍경도 달라졌다. 황혼이 짙어갈 무렵 마차는 나무들이 우거진 어두운 계곡을 내려갔다. 날이 완전히 어두워져 앞이 보이지 않았다. 나는 한참 뒤에야 나뭇가지를 뒤흔드는 성난 바람 소리를 들었다.

바람 소리에 마음이 편해진 나는 잠에 빠져들었다. 그러나 오래지 않아 별안간 마차가 멈춰 서는 바람에 잠에서 깨고 말았다. 마차 문이 열리자 하녀처럼 보이는 한 여인이 밖에 서 있었다. 나는 등불 빛으로 그녀의 얼굴과 옷차림을 살펴보았다.

"여기 제인 에어라는 아이가 타고 있나요?"

그녀가 물었다.

"네."

내가 대답하자 마차는 나와 내 짐을 내려놓고는 쏜살같이 떠나버렸다.

너무 오래 앉아 있었더니 온몸이 뻐근했다. 더구나 마차의 소음과 흔들림 때문에 머리가 멍했다. 나는 정신을 차리고 주변을 둘러봤다. 비바람이 몰아치고 주변은 온통 깜깜했지만, 눈앞에 담장과 열려 있는 문이 어렴풋이 보였다. 나는 새로운 안내인과 함께 그 문으로 들어갔다. 안에 들어서자 그녀는 문을 닫고 잠갔다. 건물 한 채가 보였는데 창문이 아주 많고 그 중 몇 개는 환하게 불이 켜져 있었다. 건물이 옆으로 쭉 늘어서 있어 하나인 것 같기도 하고 여러 개인 것처럼 보이기도 했다.

우리는 물을 튀기면서 넓은 자갈길을 걸어가 어느 건물 안으로 들어섰다. 하녀는 복도를 지나 불을 피워놓은 방으로 나를 안내했다. 그러고는 그곳에 나를 혼자 남겨두고 나갔다.

나는 그대로 서서 꽁꽁 얼어 감각조차 없는 손가락을 불에 녹이며 주위를 둘러보았다. 촛불은 없지만 난롯불이 어른거리면서 도배된 벽과 카펫, 반짝반짝 윤이 나는 마호가니 가구가 언뜻언뜻 보였다. 이 방은 거실이었다. 게이츠헤드 저택의 응접실처럼 넓거나 화려하지는 않았지만 이 정도면 충분히 아늑했다. 벽에 걸린 그림이 무슨 내용일까 생각하고 있을 때 문이 열리면서 누군가 촛불을 들고 나타났다. 그리고 또 한 사람이 곧바로 따라 들어왔다.

먼저 들어온 사람은 키가 크고 머리칼과 눈동자가 검으며 이마가 하얗고 넓은 여성이었다. 그녀는 숄을 걸치고 진지한 표정으로 등을 꼿꼿이 편 채로 서 있었다.

"이렇게 어린 아이를 혼자 보냈네."

그녀는 탁자 위에 촛불을 올려놓으며 말했다. 그리고 나를 잠깐 동안 유심히 살펴보더니 덧붙였다.

"피곤해 보이는구나. 얼른 잠부터 재워야겠어. 힘들었지?"

"조금요."

"당연히 배도 고프겠지. 밀러 선생, 자기 전에 음식을 좀 먹여요. 부모님이랑 떨어져 학교에 들어온 게 이번이 처음이니?"

나는 부모님이 안 계시다고 말했다. 그녀는 부모님이 돌아가신 지 얼마나 되었는지, 내 나이와 이름이 무엇인지, 읽기와 쓰기나 바느질을 할 수 있는지 등을 물었다. 그런 다음 두 번째 손가락으로 내 뺨을 부드럽게 어루만지며 말했다.

"착한 아이가 되어라."

그러고는 밀러 선생과 같이 나를 방에서 내보냈다. 그 여자는 스물아홉 살 정도 되어 보였고 나와 함께 나온 여자는 그보다 약간 더 어려 보였다. 조금 전 그 여자의 목소리와 모습, 분위기는 몹시 인상 깊었다. 밀러 선생은 더 평범하게 생겼고 발그레한 얼굴에 근심 걱정이 가득해 보였다. 늘 일이 쌓여 있는 사람처럼 발걸음을 재촉하고 서둘러 움직였다. 나중에야 그녀가 보조교사라는 것을 알았는데 정말 그렇게 보였다. 나는 밀러 선생을 따라 넓고 복잡한 건물 안의 수많은 방과 복도를 지났다. 을씨년스러울 정도로 적막한 그곳을 지나자 많은 사람이 웅성거리는 소리가 들렸고 우리는 이내 넓고 긴 방에 들어섰다. 방 양옆에는 송판으로 만든 커다란 탁자가 두 개씩 놓여 있고 탁자 위마다 촛불 한 쌍이 켜져 있었다. 그리고 긴 의자에는 아홉 살이나 열 살부터 스무 살까지 다양한 나이의 소녀들이 앉아 있었다. 실제로는 팔십 명이 안 되었지만 어슴푸레한 촛불 아래에서는 셀 수 없을 정도로 많아 보였다. 학생들은 모두 독특한 갈색 모직 드레스와 긴 무명 앞치마를 입고 있었다.

마침 자습 시간이 되어 학생들은 내일 배울 부분을 외느라 정신이 없었다. 아까 들린 웅성거림은 학생들이 중얼거리며 뭔가를 외는 소리였다.

밀러 선생은 내게 문가에 놓인 의자에 앉으라고 손짓한 뒤 긴 방 앞쪽으로 걸어가며 소리쳤다.

"반장들, 교과서를 걷어요."

네 개의 탁자에서 키 큰 소녀가 한 명씩 일어나 돌아다니면서 책을 걷어갔다. 밀러 선생이 또 명령했다.

"반장들, 저녁 식사 가져와요."

키 큰 소녀들이 나가서 각자 쟁반을 하나씩 들고 들어왔다. 뭔지 모를 음식과 물 주전자 그리고 컵이 쟁반 한가운데 놓여 있었다. 학생들은 음식을 나눠 받았다. 물을 마시고 싶은 사람은 한 모금씩 물을 따라 마셨다. 컵은 하나를 다 같이 돌려썼다. 목이 말랐던 나는 차례가 돌아오자 물을 마셨다. 하지만 음식에는 손을 대지 않았다. 들떠 있는 데다가 피곤해서 아무것도 먹을 수가 없었다. 그제야 그 음식이 얇게 자른 귀리 빵이라는 것을 알았다.

식사를 마치자 밀러 선생이 기도를 올렸다. 기도가 끝난 뒤에는 두 사람씩 줄지어 위층으로 올라갔다. 나는 너무 피곤해서 침실이 어떤지 살펴볼 겨를도 없었다. 단지 방이 교실처럼 매우 길어 보였을 뿐이다. 그날 밤 나는 밀러 선생과 한 침대에서 잤다. 선생은 내가 옷 갈아입는 것을 도와주었다. 자리에 누우면서 흘깃 보니 침대가 줄지어 늘어서 있고 두 사람이 한 침대에 재빨리 들어가 누웠다. 채 십 분도 지나지 않아 유일하게 켜져 있던 촛불이 꺼졌다. 나는 고요하고 칠흑 같은 어둠 속에서 곯아떨어졌다.

그날 밤은 쏜살같이 지나갔다. 나는 너무 피곤해서 꿈도 꾸지 않았다. 딱 한 번 맹렬하게 휘몰아치는 바람 소리와 억수같이 쏟아지는 빗소리에 깨긴 했다. 밀러 선생이 내 옆에 누워 있는 것이 느껴졌다. 다시 눈을 떴을 때는 종소리가 요란하게 울리고 있었다. 소녀들은 자리에서 일어나 옷을 입었다. 아직 해도 뜨기 전이라 방 안에는 촛불 한두 개가 희미하게 타고 있었다. 나는 마지못해 몸을 일으켰다. 끔찍하게 추웠다. 덜덜 떨면서 최대한 옷을 껴입고 아무도 세면대에 없을 때까지 기다렸다가 세수를 했다. 여섯 명이 방 한가운데 있는 세면대에서 대야 하나를 돌려쓰다 보니 자리가 쉽게 나지 않았다. 다시 종이 울리자 소녀들은 두 사람씩 나란히 차례로 계단을 내려가 희미하게 불이 켜진 썰렁한 교실로 들어갔다. 밀러 선생이 기도를 올리고 나서 외쳤다.

"반별로 집합!"

계속해서 소란스럽자 밀러 선생은 거듭 소리쳤다.

"조용히!"

"정숙!"

소란이 진정되자 네 개의 탁자에 하나씩 놓인 의자 앞에 학생들이 반원형으로 섰다. 모두 손에 책을 들고 있었으며, 각 탁자 위에 성경 같은 큰 책이 한 권씩 놓여 있었다. 잠시 후 몇몇 학생이 낮게 웅성거리는 소리가 들렸다. 선생이 반마다 돌아다니자 그 소리마저 멈췄다.

멀리서 종이 울리자마자 여선생 세 명이 교실로 들어왔다. 그리고 한 명씩 의자에 앉았다. 밀러 선생은 문에서 가장 가까운 네 번째 탁자에 가서 앉았다. 이 탁자에는 가장 어린 학생들이 모여 있었다. 나도 이 하급반에 배정받아 맨 끝자리에 앉았다.

드디어 일과가 시작되었다. 우선 그날의 기도문을 읽고 성경 구절을 복창한 뒤 한 시간가량 성경을 읽었다. 예배가 끝났을 때는 이미 날이 밝아 있었다. 종이 지칠 줄 모르고 네 번째로 울렸다. 각 반의 학생들은 아침을 먹으러 줄지어 다른 교실로 갔다. 나는 드디어 뭔가 먹겠구나 하는 생각에 정말 기뻤다. 전날 아무것도 먹지 못했기 때문에 배가 고파 쓰러질 지경이었다.

식당은 넓지만 천장이 낮고 음침했다. 두 개의 기다란 식탁 위에는 김이 모락모락 피어오르는 뜨거운 음식이 담긴 그릇이 놓여 있었다. 그러나 실망스럽게도 그 냄새가 식욕을 떨어뜨렸다. 음식을 먹어야 할 학생들은 고약한 냄새가 코를 찌르자 모두 불만스러운 표정을 지었다. 줄의 맨 앞에 서 있던 상급반의 키 큰 학생들이 속삭였다.

"역겨워! 죽이 또 탔어!"

"조용!"

누군가 소리쳤다. 이번에는 밀러 선생이 아니라 상급반 선생이었다. 체구가 아담하고 검은 머리에 맵시 있는 옷차림을 하고 있었지만, 어딘가 뚱해 보이는 여자로 상석에 앉아 있었다. 또 다른 식탁에는 좀 더 통통한 여자가 앉아 있었다. 나는 어제 만났던 선생을 찾아보았지만 보이지 않았다. 밀러 선생은 내가 앉은 식탁 끝자리에 자리 잡았고 다른 식탁 끝자리에는 외국인으로 보이는 나이 많은 선생이 앉아 있었다. 알고 보니 프랑스어 선생이었다. 우리는 식사하기 전에 긴 감사기도를 올리고 찬송가를 불렀다. 그리고 하인이 선생들에게 차를 가져다주자 그제야 식사가 시작됐다.

배가 고파 죽을 지경이던 나는 맛을 느낄 새도 없이 한두 숟가락을 허겁지겁 떠먹었다. 하지만 허기가 조금 가시자 구역질나는 음식을 먹고 있다는 것이 느껴졌다. 탄 죽은 썩은 감자만큼이나 형편없는 맛이었다. 아무리 굶주린 사람도 뱉어낼 정도였다. 모두 느릿느릿 숟가락을 움직였다. 학생들은 한 번 맛을 보고 나서 삼켜보려고 애썼으나 대부분 포기하고 말았다. 그렇게 식사 시간이 끝났다. 정작 아침을 먹은 사람은 아무도 없었다. 먹지도 않은 식사에 감사기도를 올린 뒤 우리는 또 한 번

찬송가를 불렀다. 그리고 식당에서 나와 교실로 향했다. 거의 마지막으로 식당에서 나오던 내가 식탁 옆을 지나면서 흘낏 보니 한 선생이 죽 그릇을 가져와 맛보고 있었다. 그녀는 다른 교사들을 쳐다봤다. 모두 불쾌한 표정을 지었고 그중 건장한 선생이 중얼거렸다.

"이것도 음식이라고. 창피해서 원!"

수업 시작 전까지는 십오 분이 남아 있었다. 그사이 교실은 소란스러워졌다. 이 시간에는 큰 소리로 자유롭게 떠들어도 되는 듯 왁자지껄 시끄러웠다. 모두 아침 식사에 대해 이야기하면서 거침없이 욕을 퍼부었다. 불쌍한 아이들! 위안받을 방법이라곤 이것밖에 없었던 것이다. 교실 안에는 밀러 선생밖에 없었다. 키 큰 학생들이 밀러 선생에게 다가가 부루퉁한 표정으로 심각하게 이야기를 했다. 누군가 브로클허스트 씨의 이름을 말했다. 밀러 선생은 안 된다는 듯 고개를 가로저었다. 그러나 그녀는 학생들의 분노를 애써 달래려고 하지는 않았다. 그녀도 불만스러운 게 분명했다.

교실에 있는 시계가 아홉 시를 가리키자 밀러 선생은 학생들 사이에서 나와 교실 한가운데 서서 외쳤다.

"조용! 모두 자리에 앉아요."

다시 기강이 세워졌다. 오 분도 채 되지 않아 소란스럽던 학생들 사이에 질서가 잡히고 시끄럽게 떠들어대던 소리도 비교적 잠잠해졌다. 상급반 교사들은 모두 시간에 맞춰 수업을 시작했지만 다들 뭔가를 기다리는 듯했다. 교실 양쪽으로 나란히 놓인 긴 의자에 팔십 명의 여학생이 꼼짝도 하지 않고 똑바른 자세로 앉아 있었다. 이상한 집단처럼 보였다. 모두 곱슬머리 같은 것은 보이지 않을 정도로 빗질해 머리를 바싹 뒤로 묶었다. 폭이 좁은 칼라가 목 위로 높이 올라온 갈색 옷을 입고 드레스에는 스코틀랜드 지갑처럼 생긴 작은 리넨 주머니가 달려 있었다. 바느질감을 넣는 용도로 사용하는 듯했다. 모두 긴 털양말을 신고 놋쇠 버클이 달린 조잡한 신발을 신었다. 이런 옷을 입은 학생들 가운데 이십 명 정도는 다 자란 소녀, 아니 처녀 같았다. 그들에게는 이 교복이 어울리지 않았다. 아무리 예쁜 학생도 교복을 입으니 이상해 보였다.

나는 계속해서 학생들을 보면서 이따금 선생들도 살펴보았다. 누구 하나 마음에 꼭 드는 사람이 없었다. 통통한 선생은 품위가 없어 보이고 검은 머리 선생은 약간 사나워 보이며 프랑스어 교사는 냉정하고 독특해 보였다. 불쌍한 밀러 선생은 고생에 찌들고 과로를 한 듯 안색이 창백했다. 내가 이 사람 저 사람을 둘러보고 있을 때 갑자기 모든 사람이 용수철이 튕기듯 벌떡 일어났다.

'무슨 일이지?'

아무 지시도 듣지 못한 나는 당황스러웠다. 그리고 내가 미처 정신을 차리기도 전에 학생들은 다시 자리에 앉았다. 그러나 학생들의 눈이 일제히 한 곳을 향했기 때문에 나도 그쪽으로 눈길을 돌렸다. 그곳에는 전날 밤 나를 맞아준 분이 있었다. 그녀는 긴 교실 끝에 놓인 난로 근처에 서 있었다. 그러고는 두 줄로 서 있는 학생들을 말없이 근엄한 표정으로 둘러보았다. 밀러 선생이 다가가 그녀에게 뭔가를 묻고는 자리로 돌아가서 크게 외쳤다.

"1반 반장, 지구본을 가져와요."

밀러 선생과 이야기를 나눈 그녀는 반장이 지구본을 가지러 간 사이 천천히 교실 앞으로 걸어갔다. 내게는 존경심이 매우 크게 자리 잡고 있는 듯했다. 그녀의 발걸음을 눈으로 좇으면서 느꼈던 경외심을 아직도 품고 있었기 때문이다. 밝은 낮에 보니 그녀는 키가 크고 호리호리하며 피부가 하얬다. 또 갈색 눈동자에는 인자한 빛이 돌고 긴 속눈썹은 그린 듯했으며 이마는 희고 시원해 보였다. 짙은 갈색 머리카락은 당시 유행하는 스타일로 양쪽 관자놀이 근처에 동그랗게 늘어뜨려 놓았다. 그 당시에는 머리를 리본으로 묶거나 곱슬머리를 길게 늘어뜨리는 머리 모양은 인기가 없었다. 옷차림도 유행하는 자줏빛 천에 단조로워 보이지 않도록 스페인식 검은 벨벳 장식을 달았고 허리춤에는 금시계가 번쩍거렸다. 그 무렵엔 시계가 지금처럼 흔하지 않았다. 그녀의 인상을 좀 더 자세히 그려보면 안색은 창백하면서도 맑고, 모습과 태도는 우아했다. 이 정도면 템플 선생의 모습을 가장 비슷하게 표현한 것이리라. 나는 나중에 그녀가 교회에 가져다주라고 내게 맡긴 기도서에 적힌 것을 보고 이름이 마리아 템플이라는 것을 알았다.

템플 선생은 바로 로우드 학교의 교장이었다. 그녀는 탁자 위에 놓인 한 쌍의 지구본 앞에 앉아 상급반 학생들에게 지리를 가르치기 시작했다. 하급반 학생들은 각자 선생들에게 불려가 한 시간 동안 역사와 문법 등을 암기한 뒤 받아쓰기와 산수 공부를 했다. 좀 더 나이가 많은 몇몇 학생은 템플 선생에게 음악을 배웠다. 각 수업 시간은 정확하게 시간을 쟀다. 드디어 시계가 열두 시를 가리키자 교장 선생이 일어나 말했다.

"학생들에게 할 말이 있습니다."

수업이 끝나 어수선했지만 그녀의 목소리가 들리자 잠잠해졌다. 그녀는 말을 이었다.

"여러분, 오늘 아침으로 먹을 수 없는 음식이 나왔습니다. 틀림없이 다들 배가 고플 거예요. 그래서 여러분에게 빵과 치즈를 간식으로 주라고 말해놓았습니다."

다른 선생들이 놀란 표정으로 그녀를 쳐다보았다.

"이 일은 내가 책임지겠습니다."

그녀는 다른 선생들을 향해 설명하듯 이렇게 말하고 나서 교실을 나갔다.

어느새 빵과 치즈를 나눠 받은 학생들은 몹시 기뻐했고 활기가 넘쳤다. 잠시 후 "운동장으로!" 하고 명령이 떨어졌다. 학생들은 모두 무명 끈이 달린 조악한 밀짚모자를 쓰고 잿빛 모직 망토를 입고 있었다. 나도 같은 차림으로 행렬을 따라 밖으로 나갔다.

넓은 운동장은 밖이 보이지 않을 정도로 높은 담에 둘러싸여 있었다. 한쪽으로는 베란다가 쭉 이어지고, 수십 개의 작은 화단으로 나눠진 교정 한가운데 주변으로는 넓은 길이 나 있었다. 이 화단은 학생들이 직접 가꾸는데 각각 책임자가 정해져 있었다.

한창 꽃이 필 때야 매우 아름답겠지만 1월 말인 지금은 꽃들이 전부 추위에 시들어 갈색으로 말라 있었다. 서서 주변을 두리번거리고 있자니 몸이 덜덜 떨려왔다. 야외에서 운동하기에 좋은 날씨가 아니었다. 비가 오지는 않지만 이슬비에 가까운 뿌연 안개가 잔뜩 끼어 우중충했다. 게다가 어제 내린 비로 발밑이 아직도 질척거렸다. 건강한 아이들은 뛰어다니며 춤을 추고 놀았지만, 안색이 좋지 않고 여윈 학생들은 추위를 피해 쉴 겸 베란다에 몰려 있었다. 추위에 떨고 있는 소녀들의 몸에 짙은 안개가 스며들자 여기저기서 콜록거리는 잔기침 소리가 들려왔다.

나는 아직 누구에게도 말을 걸지 않았고 아무도 내게 관심을 보이지 않았다. 홀로 서 있었지만 혼자라는 느낌에 이미 익숙해져 있어 크게 우울하지도 않았다. 나는 베란다 기둥에 기대선 채 잿빛 망토를 끌어당겨 단단히 여몄다. 밖으로는 살을 에는 듯한 추위와 안으로는 뱃속을 긁어대는 굶주림을 잊기 위해 다른 것들을 보고 다른 생각을 하려고 애썼다. 그러나 막연하고 단편적인 생각들이어서 기록할 만한 것이 없다. 여기가 어딘지도 나는 잘 몰랐다. 게이츠헤드와 내 지난 과거는 가늠할 수 없을 정도로 먼 곳으로 흘러간 듯했다. 현재는 낯설고 막연하기만 했고, 장래는 짐작조차 할 수 없었다. 나는 마치 수녀원 같은 운동장과 학교 건물을 둘러보았다. 학교의 절반은 낡고 오래된 잿빛 건물이지만 나머지 반은 새 건물이었다. 교실과 기숙사가 있는 새 건물은 문설주가 달린 격자무늬 창문에 불이 켜져 있어 마치 교회처럼 보이기도 했다. 입구 위쪽 돌 현판에는 이렇게 쓰여 있었다.

'로우드 학원. 이 건물은 서기 ○○○○년 이 지역 브로클허스트 저택의 나오미 브로클허스트 여사가 재건했다.

이와 같이 너희 빛을 사람에게 비춰 그들이 너희의 착한 행실을 보고 하늘에 계신 너희 아버지께 영광을 돌리게 하라.'

나는 〈마태복음〉 5장 16절을 읽고 또 읽었다. 구절 안에 그 뜻이 들어 있을 것 같았다. 그러나 그 의미를 정확히 이해할 수가 없었다. 나는 '학원'이 무슨 뜻이고, 첫 대목과 성경 구절이 어떤 관련이 있는지 알아내려고 애썼다. 그때 바로 등 뒤에서 기침 소리가 들렸다. 고개를 돌리니 가까운 돌 벤치에 한 소녀가 앉아 있었다. 그녀는 몸을 굽힌 채 책을 읽고 있었다. 내가 서 있는 곳에서도 책 제목이 보였다. 《라셀라스》(1759년 작품으로, 영국 작가 새뮤얼 존슨의 소설—옮긴이)라고 쓰여 있었다. 책 제목은 낯설지만 그래서인지 오히려 흥미가 생겼다. 그녀는 책장을 넘기다 우연히 고개를 들었고 나는 바로 말을 걸었다.

"그 책 재미있어?"

나중에 책을 빌려달라고 할 생각이었다.

그 애는 잠시 뜸을 들였다. 그러곤 나를 살펴보며 이렇게 대답했다.

"응, 재미있어."

"무슨 내용이야?"

내가 다시 물었다.

생판 모르는 아이에게 이렇게 말을 붙이는 배짱이 어디서 생겼는지 나도 모르겠다. 내 성격이나 평소 습관과는 전혀 어울리지 않는 행동이었다. 책 읽는 모습을 보고 어딘가 모르게 공감했던 것 같다. 가볍고 유치한 책들이긴 하지만 나도 책 읽는 것을 좋아했기 때문이다. 심각하고 내용이 너무 많은 책들은 이해하기가 어려웠다.

"네가 한번 봐."

나는 책을 훑어봤다. 잠깐 살펴보니 제목과 달리 내용이 재미있을 것 같지는 않았다. 가벼운 내 취향에 비해 《라셀라스》는 지루해 보였다. 요정이나 도깨비도 나오지 않고 글씨마저 빡빡하게 들어찬 책에 신나고 다양한 이야기가 있을 리 없었다. 나는 책을 돌려주었다. 그녀는 말없이 책을 받아들더니 계속 읽으려고 했다. 나는 다시 한 번 용기를 내어 말을 걸었다.

"입구 위에 쓰여 있는 저 글이 무슨 뜻인지 좀 알려줄래? 로우드 학원이 뭐야?"

"네가 살게 될 이 집을 말하는 거야."

"그런데 왜 학원이야? 다른 학교들이랑 달라?"

"자선학교라서 그래. 너나 나, 다른 애들도 모두 자선기금을 받는 아이들이거든. 너도 고아일 것 같은데, 어머니나 아버지께서 돌아가셨지?"

"응, 내가 너무 어려서 기억도 안 날 때 돌아가셨어."

"여기 애들 모두 부모님 중 한 분 아니면 두 분 다 안 계셔. 그래서 고아들을 교육시키기 위한 학원이라고 부르는 거야."

"우리는 돈을 안 내는 거야? 공짜로 여기서 살아?"

"우리가 내거나 후원자들이 일 년에 15파운드씩 내지."

"그런데 왜 자선학교라고 불러?"

"기숙사 비용이랑 수업료로 15파운드는 모자라니까 부족한 금액을 기부금으로 메우거든."

"누가 기부해?

"이 근처나 런던에 사는 인정 많은 신사숙녀들."

"나오미 브로클허스트는 누구니?"

"저기 현판에 써 있는 것처럼 이 학교의 새 건물을 세운 분이야. 그 아드님이 학교를 운영해."

"왜?"

"그분이 이 학교 관리인이면서 회계 담당이니까."

"그럼 시계를 차고 우리에게 치즈와 빵을 주라고 한 키 큰 선생님의 학교가 아니야?"

"템플 선생님? 아니야! 그러면 얼마나 좋을까! 템플 선생님은 하루 일과를 모두 브로클허스트 씨에게 보고해야 해. 브로클허스트 씨는 아이들 음식과 옷을 사주서."

"브로클허스트 씨도 여기 살아?"

"아니, 3킬로미터쯤 떨어진 저택에 살아."

"좋은 사람이야?"

"목사님이고 좋은 일도 많이 하신대."

"키 큰 여자분이 템플 선생님이라고 했지?"

"응."

"그러면 다른 선생님들은 이름이 뭐야?"

"뺨이 발그레한 분이 스미스 선생님이야. 재봉과 재단을 가르치시지. 옷이나 코트처럼 우리가 입는 것들은 전부 우리 손으로 만들어. 검은 머리에 키가 작은 분은 스캐처드 선생님이야. 역사랑 문법을 가르치는데 2학년 암기를 담당하시지. 숄을 걸치고 노란 리본이 달린 손수건을 허리에 매고 계신 분이 피에로 부인이야. 프랑스 릴에서 왔고 프랑스어를 가르치시지."

"너는 선생님들이 좋아?"

"당연하지."

"키 작고 까만 머리 선생님도 좋아해? 무슨 선생님이더라? 나는 너처럼 그 이름 발음이 안 되네."

"스캐처드 선생님은 화를 잘 내시지. 그 선생님이 화나지 않게 조심해. 피에로 부인도 나쁜 사람은 아니야."

"그렇지만 템플 선생님이 최고야, 그렇지?"

"템플 선생님은 착하고 엄청 똑똑해서. 다른 선생님들보다 더 높아. 아는 것도 훨씬 많거든."

"너는 여기 오래 살았어?"

"이 년 정도."

"너도 고아야?"

"어머니만 돌아가셨어."

"여기 있어서 행복해?"

"너는 궁금한 것도 참 많다. 이 정도면 다 알려준 것 같은데. 이제 책 좀 읽어야겠어."

그때 점심시간을 알리는 종소리가 울렸다. 모두 다시 건물 안으로 들어갔다. 식당은 아침에 코를 괴롭히던 그 지독한 냄새와 별반 다르지 않은 냄새로 가득했다. 음식은 거대한 놋그릇 두 개에 담겨 나왔는데 김이 모락모락 피어오르는 사이로 썩은 비계 냄새가 진동했다. 학생들은 상태가 좋지 않은 감자와 썩은 고기를 섞어 만든 음식을 꽤 넉넉하게 배급받았다. 먹을 수 있는 만큼 먹고 나니 매일 이런 음식만 나오는 것인지 궁금했다.

우리는 점심을 먹자마자 교실로 올라갔다. 수업이 시작되었고 다섯 시까지 계속됐다.

그날 오후 유일하게 눈에 띄는 사건이 하나 있었다. 베란다에서 대화를 나누던 소녀가 역사 시간에 스캐처드 선생에게 꾸중을 듣고 넓은 교실 한복판에 서 있었다. 나는 그 벌이 매우 수치스러워 보였다. 특히나 다 큰 소녀라면 더욱 그럴 것이다. 그녀는 적어도 열세 살은 넘어 보였다. 나는 그녀가 너무 창피해서 괴로워할 거라고 생각했다. 하지만 놀랍게도 그녀는 눈물을 훔치거나 얼굴을 붉히지 않았다. 모두가 쳐다보는 가운데 침착하고도 심각한 표정으로 서 있었다.

'어떻게 저처럼 묵묵하고 꿋꿋이 견디는 거지?'

나는 속으로 생각했다. 내가 저 자리에 서 있었다면 쥐구멍이라도 찾아서 기어 들어가고 싶었을 것이다. 그녀는 자신이 받고 있는 벌과 현재 자신이 처한 상황을 초월해 뭔가 생각하는 듯했다. 예전에 백일몽이라는 말을 들어본 적이 있는데, 그녀는 지금 백일몽을 꾸고 있는 것일까? 그녀의 눈은 바닥에 고정되어 있지만 실제로 뭔가를 보고 있지는 않았다. 그녀의 눈은 자신의 마음속을 향하고 있었다. 그녀는 눈앞에 존재하는 것이 아니라 기억 속에 있는 무언가를 보고 있었다. 궁금했다. 어떤 아이일까. 착한 아이일까, 나쁜 아이일까.

다섯 시를 조금 넘긴 뒤 우리는 저녁으로 작은 잔에 담긴 커피와 갈색 빵 한 조각을 먹었다. 나는 걸신들린 사람처럼 빵을 먹어치운 다음 맛있게 커피를 마셨다. 하지만 더 먹고 싶었다. 여전히 배가 고팠다. 삼십 분 쉬고 나서 다시 수업을 받고 물 한 잔과 귀리 비스킷을 먹었다. 그러고는 기도를 올린 뒤 잠자리에 들었다. 로우드에서의 내 첫날은 이렇게 지나갔다.

제6장

이튿날도 전날과 마찬가지로 어스름한 양초 불빛 아래서 일어나 옷을 입는 것으로 하루를 시작했다. 그렇지만 오늘 아침에는 씻을 수가 없었다. 물주전자의 물이 꽁꽁 얼어붙었기 때문이다. 어젯밤 날씨가 갑자기 바뀌어 매서운 북동풍이 밤새 창문 틈으로 불어 들어와 우리는 침대 위에서 벌벌 떨며 자야 했고 물 주전자에 담긴 물도 얼어버렸다.

기도와 성경 낭독이 무려 한 시간 반이나 계속되자 나는 금방이라도 얼어 죽을 것만 같았다. 마침내 아침 식사 시간이 되었다. 오늘 아침에는 죽이 타지 않아 먹을 만했지만 양이 너무 적었다. 내 몫이 어쩌나 적어 보이던지! 두 그릇은 먹어야 배가 찰 것 같았다.

그날 나는 4학년 반에 배정받고 정규 학업 과정도 정해졌다. 지금까지는 로우드의 일과를 그저 보기만 하는 구경꾼이었다면 이제부터는 직접 해야 하는 배우가 된 것이다. 처음에는 암기가 익숙지 않아 수업 시간이 너무 길고 힘들었다. 과목이 자주 바뀌어 혼란스럽기도 했다. 하지만 기쁘게도 오후 세 시쯤 스미스 선생이 내게 2미터쯤 되는 모슬린 천과 바늘, 골무 등을 주면서 교실 조용한 구석으로 데려가 앉히더니 천 가장자리에 단을 올리는 법을 알려주었다. 그 시간에는 다른 학생들도 대부분 재봉질을 했는데, 한 반만 스캐처드 선생이 앉아 있는 의자 주변에 둘러서서 책을 읽고 있었다. 교실 전체가 조용해서 수업 내용뿐 아니라 학생들의 대답이나 그걸 듣고 스캐처드 선생이 꾸짖거나 칭찬하는 소리까지 다 들렸다. 영국사를 배우고 있었다. 나는 책을 읽고 있는 학생들 틈에서 베란다에서 본 소녀를 발견했다. 그녀는 수업이 시작할 즈음에는 앞자리에 앉아 있더니 발음을 잘못했는지, 끊어 읽을 곳을 놓쳤는지 갑자기 뒷자리로 보내졌다. 구석 자리에 있는데도 스캐처드 선생은 계속해서 그녀를 주시하며 쉴 새 없이 지적했다.

"번스! 안짱다리 하지 말고 발끝을 바깥으로 돌려!"

(번스는 그 아이의 성인 듯했다. 여기서는 남학교처럼 학생들을 성으로 불렀다.)

"번스, 눈에 거슬리니까 턱 내밀지 말고 끌어당겨!"

"번스, 고개 똑바로 들어. 내 앞에서 그런 꼴은 안 돼!"

학생들은 한 과를 두 번씩 읽은 후 책을 덮고 선생님의 질문에 대답했다. 수업은 찰스 1세의 통치에 관한 부분이었고 선생님은 학생들에게 수출입품 관세, 선박세 등에 대해 다양한 질문을 던졌다. 학생들 대부분이 제대로 대답하지 못했다. 그러나 어떤 어려운 문제도 번스는 막힘없이 대답했다. 그녀는 이 과목의 내용을 모두 외우고 있는 듯했다. 어디를 물어봐도 기다렸다는 듯 대답하는 것이었다. 나는 스캐처드 선생이 그녀의 집중력을 칭찬할 거라고 생각했다. 하지만 선생은 오히려 그녀를 야단쳤다.

"너는 어쩜 이렇게 더럽고 마음에 드는 점이 없니! 오늘 아침에 손도 안 씻었지!"

번스는 대답하지 않았다. 나는 그녀가 왜 가만히 있는지 궁금했다.

'왜 오늘 아침에 물이 얼어서 손뿐만 아니라 얼굴도 못 씻었다고 변명하지 않는 거지?'

나는 의아했다.

이때 스미스 선생이 실타래를 잡아달라고 하는 바람에 나는 그쪽으로 시선을 돌렸다. 스미스 선생은 실을 감으면서 중간중간 전에 학교에 다닌 적이 있는지, 이름을 수놓을 수 있는지, 바느질이나 뜨개질을 할 줄 아는지 물었다. 스미스 선생이 보내주기 전까지 나는 스캐처드 선생을 관찰할 수가 없었다. 내가 다시 자리에 돌아왔을 때 스캐처드 선생은 뭔가를 명령하고 있었다. 그 말을 알아듣지는 못했지만 번스는 재빨리 책을 넣어두는 작은 창고에 들어가 삼십 초 만에 나뭇가지를 모아 한쪽 끝을 묶어 만든 회초리를 들고 나왔다. 그녀는 이 회초리를 공손하게 스캐처드 선생에게 드린 뒤 지시도 받지 않고 스스로 앞치마를 풀었다. 선생은 곧바로 회초리 다발로 번스의 목덜미를 열두 번이나 호되게 때렸다. 번스는 눈물 한 방울 흘리지 않았다. 정작 나는 이 광경에 분노가 끓어오르고 손이 떨려 바느질을 할 수 없었다. 그러나 깊은 생각에 빠진 듯한 번스의 표정은 여느 때와 똑같이 조금도 바뀌지 않았다.

"정말 독한 애라니까! 네 칠칠치 못한 버릇은 도저히 못 고치겠다. 회초리 치워!"

스캐처드 선생이 소리를 질렀다. 번스는 시키는 대로 했다. 나는 서고에서 나오는 그녀를 유심히 쳐다보았다. 그녀는 막 손수건을 주머니에 넣고 있었는데 야윈 그녀의 뺨 위로 눈물 자국이 반짝거렸다.

로우드에서 보내는 하루 일과 중 저녁 자유 시간이 가장 즐거웠다. 다섯 시에 빵 한 조각과 커피 몇 모금을 삼키고 나면 허기는 채울 수 없어도 어느 정도 활기를 되찾았다. 긴 하루 동안 쌓인 긴장이 풀리고 교실은 오전보다 더 아늑했다. 붉게 땅거미가 지는 가운데 떠들어도 상관없고 수많은 목소리가 한데 뒤엉켜 해방감이 느껴졌다.

스캐처드 선생이 번스를 때리는 모습을 본 저녁, 나는 책상과 의자 그리고 깔깔거리는 학생들 사이를 서성거렸다. 늘 그렇듯 혼자였지만 전혀 외롭지 않았다. 창가를 지날 때는 가끔 커튼을 걷고 밖을 내다보았다. 눈이 펑펑 내리고 있었다. 벌써 유리창 아래쪽에는 눈이 쌓였다. 나는 창문 가까이에 귀를 대고 실내에서 나는 시끌벅적 떠드는 소리와 바깥에서 나는 울부짖는 듯한 바람 소리를 들었다.

아늑한 집과 다정한 부모 곁을 떠나왔다면 지금 이 순간 나는 집을 떠나온 것을 뼈저리게 후회했을 것이다. 거친 바람에 슬퍼지고 어둠 속에서 들리는 시끄러운 소리에 심란했을 것이다. 그러나 나는 집도 부모도 없었다. 이런 이유로 묘하게 흥분되고 들떠 바람이 더 세게 휘몰아치고 어둠은 더 짙어졌으면 했고 웅성거리는 소리도 떠들썩하게 바뀌기를 바랐다.

나는 의자를 뛰어넘고 책상 밑을 기어 난롯가로 다가갔다. 번스가 높은 난로 철망 옆에 무릎을 꿇고 앉아 있는 모습이 보였다. 그녀는 주변의 소란 따위는 전혀 신경 쓰지 않고 희미한 불빛 옆에서 조용히 책 읽는 데만 집중하고 있었다.

"아직도 《라셀라스》 읽는 거야?"

그녀의 뒤로 다가가며 내가 물었다.

"응, 거의 다 읽어가."

그녀가 말했다. 그렇게 오 분 정도가 흐른 뒤 그녀는 책을 덮었다. 나는 기뻤다. '이제 이야기할 수 있겠다' 하고 생각한 것이다. 나는 그녀 옆에 앉았다.

"번스 말고 이름은 뭐야?"

"헬렌."

"멀리서 왔어?"

"북쪽으로 멀리 올라가서 스코틀랜드 국경 근처."

"다시 돌아갈 거야?

"그러고는 싶지만 앞일은 모르니까."

"너는 로우드를 떠나고 싶지?"

"아니, 왜? 나는 여기에 교육을 받으러 왔으니까 공부를 다 마치기 전에는 집에 못 가."

"하지만 스캐처드 선생님이 너한테 너무 심하시잖아?"

"심하다고? 전혀! 엄하긴 하지만, 내 단점을 싫어하셔서 그런 거야."

"내가 너라면 그 선생님을 싫어하고 대들 거야. 선생님이 날 때리면 손에서 회초리를 빼앗아 눈앞에서 부러뜨리고 말 거야."

"설마 네가 그렇게 하지는 않겠지만 만약에라도 그런다면 브로클허스트 씨가 너를 여기서 쫓아낼 거야. 그렇게 되면 네 친척들이 슬퍼하겠지. 경솔하게 행동하면 주변 사람들에게 폐를

끼치게 되니까 그것보다는 혼자 고통을 참고 견디는 게 낫지. 성경에도 보면 악을 선으로 갚으라고 나오잖아."

"하지만 매를 맞거나 사람들이 가득한 교실 한가운데에 서 있는 건 너무 창피하잖아. 더구나 이제 다 컸는데! 나는 너보다 훨씬 어리지만 못 견디겠는걸."

"그렇지만 피할 수 없을 때는 참아야지. 참아야 할 운명인데 참을 수 없다고 하는 건 나약하고 어리석은 거야."

나는 그 말을 듣고 놀랐다. 그녀의 인내심은 잘 이해가 되지 않았다. 더구나 체벌한 사람을 참고 용서하는 것은 이해도 공감도 할 수 없었다. 나는 헬렌 번스가 내 눈에는 보이지 않는 빛으로 사물을 보고 있다는 느낌을 받았다. 어쩌면 그녀가 옳고 내가 틀린 것인지도 모른다. 하지만 이 문제를 더 깊이 생각하고 싶지는 않았다. 펠릭스처럼 더 편한 때에 다시 생각해보려고 이 문제를 미뤄두기로 했다.

"헬렌, 너한테 단점이 있다고 했지? 그게 뭐야? 내 눈에는 네가 참 훌륭해 보여서 말이야."

"그럼 이번에 알아둬. 사람은 겉만 보고 판단하면 안 돼. 스캐처드 선생님이 그러시는데 나는 칠칠치 못하대. 물건도 잘 안 치우고 정리한 대로 두는 법도 없지. 조심성도 없고 규칙도 잘 잊어버려. 수업 시간에 다른 책을 읽고, 꼼꼼하지도 못해. 게다가 너처럼 가끔씩 규칙에 따르지 못하겠다고 말하곤 하지. 그래서 스캐처드 선생님이 화를 내시는 거야. 선생님은 원래부터 깔끔하고 정확하며 꼼꼼하시거든."

"무뚝뚝하고 잔인해."

이렇게 덧붙였지만 헬렌은 별다른 말이 없었다.

"템플 선생님도 스캐처드 선생님처럼 엄하게 대하서?"

템플 선생의 이름이 나오자 슬픔 어린 그녀의 얼굴에 잔잔한 미소가 떠올랐다.

"아니, 템플 선생님은 정말 좋은 분이셔. 어느 누구라도 엄하게 대하고 나면 오히려 마음 아파하시지. 학교에서 제일가는 문제아라 해도 말이야. 선생님은 내가 잘못하면 상냥하게 타일러주시지. 그리고 잘하면 후하게 칭찬해주시고. 그런데 선생님이 그렇게 부드럽고 합리적으로 충고해주셔도 단점을 고치지 못하는 걸 보면 내 성격이 고약한 게 확실해. 선생님의 칭찬을 받으면 굉장히 기쁘지만 계속해서 조심하고 신중하자고 마음을 먹지 못해."

"그거 참 이상하네. 조심하는 건 어렵지 않은데."

내가 말했다.

"너는 그럴 수 있을 것 같아. 오늘 아침 네가 공부하는 걸 봤는데 정말 집중하더라. 밀러 선생님이 가르치고 질문하시는 동안 전혀 딴 생각을 안 하던데. 그런데 내 마음은 자꾸 여기저기 날아다녀. 부지런히 스캐처드 선생님의 말에 귀 기울이고 집중해야 할 때도 목소리가 아예 안 들리는 때도 많아. 그냥 꿈꾸는 것 같아. 가끔은 내가 지금 노섬벌랜드에 있고 주변에서 들리는 소리는 우리 집 근처 디프덴을 흘러내리는 작은 시냇물 소리 같다는 생각이 들어. 하지만 내가 대답할 순서가 되면 꿈에서 깨야 해. 꿈결 같은 시냇물 소리에 귀를 기울이고 있었으니 뭘 읽었는지 몰라서 대답을 못할 수밖에."

"하지만 오늘 오후에는 대답을 잘했는걸."

"그건 그냥 우연이었어. 오늘 배운 과목은 전부터 관심이 있었거든. 오늘 오후에는 시냇물 꿈 대신에 옳은 일을 하고 싶어 하던 찰스 1세가 어쩜 저렇게 어리석고 그릇된 행동을 했을까 하는 생각을 했어. 그렇게 고결하고 양심적인 국왕이 왕이라는 특권밖에 보지 못했다는 게 안타까워. 더 먼 미래를 보고 시대정신이 어디로 흘러가는지 알았다면 좋았을걸! 그래도 나는 찰스 1세를 좋아하고 존경해. 그분이 가엽고 그렇게 살해당해서 불쌍해. 그래, 적들이 더 나빠. 그분을 죽이다니 말이야. 감히 국왕을 죽이다니!"

헬렌은 지금 혼잣말을 하고 있는 거나 다름없었다. 지금 하는 이야기에 대해 내가 거의 아는 것도 없고 잘 이해하지도 못한다는 사실을 잊고 있는 듯했다. 나는 다시 내 수준의 이야기를 꺼냈다.

"그럼 템플 선생님께 배울 때는? 그때도 딴 생각을 해?"

"아니, 거의 안 그래. 템플 선생님은 대개 새로운 걸 알려주시거든. 알아듣기 적당한 말로 설명해주시고 게다가 내가 딱 알고 싶어 하던 것들을 알려주실 때가 많아."

"음, 그럼 템플 선생께는 좋은 학생이겠네?"

"응, 소극적이지만. 나는 노력을 안 해. 내키는 대로 할 뿐이지. 그러니까 착하다고 할 수도 없어."

"아냐, 할 수 있어. 너는 너한테 잘해주는 사람들한테는 착하게 보이는 거잖아. 나는 그거라도 얼마나 바라는데. 잔인하고 불공평한 사람들한테 잘해주고 해달라는 대로 다 해주면 나쁜 사람들은 뭐든 자기 마음대로 하려고 할 거야. 그들은 절대 겁먹지 않아. 그래서 변하지도 않고 점점 나빠지는 거야. 아무 이유 없이 누가 때리면 정말 세게 되갚아줘야 해. 나는 그래야 한다고 생각해. 정말 세게 받아쳐서 우리를 때린 사람이 다시는 그러지 못하게."

"너도 좀 더 나이가 들면 마음이 바뀔 거야. 아직은 그냥 어린 아이니까."

"헬렌, 하지만 나는 이런 느낌이 들어. 내가 아무리 잘 보이려고 해도 계속해서 나를 싫어하는 사람들은 나도 싫어해야 해. 나를 부당하게 벌준 사람들에게 저항해야 해. 나를 사랑해주는 사람을 나도 사랑해야 하고, 또 내가 벌 받을 짓을 했으면 어떤 벌이라도 달게 받아야지."

"이교도와 야만인들이나 그렇게 생각하는 거야. 기독교인이나 문명인들은 안 그래."

"어떻게? 이해가 안 가."

"폭력은 미움을 극복하는 좋은 방법이 아니야. 복수가 상처를 치유하는 확실한 방법이 아닌 것처럼."

"그럼?"

"신약성서를 읽으면서 예수님의 말씀과 행동을 살펴봐. 예수님의 말씀을 규칙으로 삼고, 예수님의 행동을 본보기로 삼아."

"그분이 뭐라고 하셨는데?"

"원수를 사랑하고 너희를 저주하는 이들을 축복하라. 그리고 너희를 증오하고 악의적으로 이용하는 자에게 친절하라."

"그럼 나는 리드 외숙모를 사랑해야겠네. 하지만 그렇게는 못 해. 절대로 존을 축복할 수 없어."

이번에는 헬렌 번스가 내 이야기를 궁금해했다. 나는 내 방식대로 내가 받은 고통과 억울했던 지난 이야기를 쏟아냈다. 흥분해 과격해진 나는 느낀 대로 아무것도 빼거나 더하지 않고 말했다.

헬렌은 참을성 있게 내 이야기를 들어주었다. 뭐라 할 말이 있을 거라고 생각했지만 그녀는 아무 말도 하지 않았다.

"음, 리드 외숙모는 정말 피도 눈물도 없는 나쁜 여자야. 안 그래?"

"분명히 너한테 너무 가혹했어. 하지만 스캐처드 선생님처럼 그분도 네 단점이 싫어서 그런 걸 거야. 그런데 너는 리드 외숙모가 네게 한 행동이나 말을 어쩜 그렇게도 상세하게 기억하니? 그분의 부당한 행동이 네 마음속에 아주 깊은 상처로 남았나 봐. 나는 아무리 심한 괴롭힘을 당해도 마음속에 깊이 새겨 두지 않아. 그분이 너를 가혹하게 대해 분노가 사무쳤더라도 전부 잊어버리면 네가 좀 더 행복해지지 않을까. 남을 미워하고 남이 잘못한 것들을 기억하면서 살기엔 우리 인생이 너무 짧아. 이 세상 사람은 누구나 단점을 안고 살아가야 해. 하지만 금방 썩어서 흙이 될 우리 몸을 벗어버리면서 그 단점들도 같이 털어버릴 때가 올 거야. 타락과 죄악은 이 거추장스러운 육신과 함께 떨어져 나가고 오직 영혼의 불꽃만 남게 되는 거야. 눈으로는 볼 수 없는 생명과 생각의 본질이 창조주가 인간에게 불어넣었을 때처럼 순수하게 남을 거야. 그리고 영혼은 처음 온 곳으로 되돌아가는 거지. 인간보다 더 고결한 존재에게 전달되는 걸지도 몰라. 희미한 인간 영혼이 영광의 단계를 밟아 최고의 천사가 되어 빛나는 거지. 반대로 인간에서 악마로 추락하는 일은 없겠지. 그래, 절대 없을 거야. 그런 일은 믿을 수 없어. 누구도 알려준 적이 없고 나도 말한 적 없지만 나는 믿음이 있어. 그래서 기쁘고 그 믿음에 의지해서 살고 있지. 왜냐하면 믿음은 모두에게 희망을 주거든. 다음 생에도 믿음은 공포나 깊은 구렁텅이가 아니라 영원한 안식처를 마련해줄 거야. 그리고 이 신념으로 나는 죄인과 죄악을 명확히 구분할 수 있어. 죄는 미워하되 죄인은 미워하지 않을 수 있는 거지. 믿음만 있으면 복수심으로 마음이 불안하거나 타락한 사람을 혐오스럽게 바라보는 일도 없어. 부당함도 나를 짓밟지 못해. 나는 최후를 기다리면서 평온하게 사는 거야."

이 말을 마치면서 늘 수그리고 다니는 헬렌의 머리는 아래로 더 처졌다. 이제 이야기는 그만하고 생각에 잠기고 싶은 듯했다. 그러나 그녀에게 명상에 잠길 시간은 주어지지 않았다. 이내 덩치가 크고 억센 반장이 다가와 강한 컴벌랜드 지방 사투리로 소리쳤다.

"헬렌 번스! 당장 가서 네 서랍 정리하고 바느질감도 접어놔. 안 그러면 스캐처드 선생님께 이를 거야!"

헬렌은 꿈에서 깨어난 듯 한숨을 쉬며 일어났다. 그리고 대꾸도 없이 시키는 대로 했다.

제7장

로우드에서 보낸 첫 학기는 마치 한 시대를 보낸 듯 길게 느껴졌다. 물론 황금기도 아니었다. 새로운 규칙과 낯선 일과에 익숙해지기 위해 여러 가지 어려움과 힘겹게 싸워야 했다. 혹시 이 싸움에서 지는 건 아닐까 하는 두려운 생각이 들어 나는 더 힘들었다. 물론 육체적 고통도 만만치 않았다.

1월과 2월 내내 눈이 왔고 3월 초까지도 바깥에는 눈이 쌓여 있었다. 눈이 녹아 길이 질척해지자 걸어 다닐 수가 없어 우리는 교회에 가는 일 말고는 운동장 밖으로 나가지 못했다. 운동장이라는 이 제한된 공간에 매일 한 시간씩 나가 바람을 쐬어야만 했는데, 우리가 입은 옷들은 혹독한 추위를 막아주기엔 턱없이 얇았다. 장화가 없으니 신발 안에 눈이 들어와 금세 발이 축축해졌다. 장갑을 끼지 못한 맨손도 발과 마찬가지로 동상에 걸렸다. 매일 밤 부어오른 발 때문에 미친 듯이 화가 났고 아침이면 피부가 벗겨져 쓰라리고 발가락이 구부러지지 않아서 고통을 참아야 했던 일이 지금도 생생하게 떠오른다. 그리고 먹을 음식이 너무 적어서 괴로웠다. 식욕 왕성한 성장기 어린아이들이 간신히 목숨을 부지할 정도밖에 안 되는 음식을 먹었다. 음식이 부족하니 상급생들이 나이 어린 하급생들을 괴롭히기도 했다. 배가 고픈 상급생들은 기회가 있을 때마다 하급생들을 어르거나 협박해 음식을 빼앗았다. 나도 여러 번 차 마시는 시간에 받은 소중한 빵을 두 명의 상급생에게 나눠주어야 했다. 그리고 세 번째 학생에게 커피까지 절반 주고 나서는 너무 배가 고파 남몰래 눈물을 흘리며 남은 커피를 삼키곤 했다.

추운 계절의 일요일은 더 암울했다. 우리는 브로클허스트 씨가 맡고 있는 브로클브리지 교회까지 3킬로미터도 넘는 길을 걸어가야 했다.

출발할 때부터 추웠고 교회에 도착할 때쯤이면 꽁꽁 얼어붙을 지경이 되었다. 아침 예배를 보고 있으면 온몸이 마비되는 것 같았다. 너무 멀어 학교까지 점심을 먹으러 갈 수 없어 우리는 예배 중간에 늘 먹던 것처럼 보잘것없는 크기의 차가운 고기와 빵을 먹었다.

오후 예배가 끝나면 우리는 또다시 온몸으로 바람을 맞으며 언덕길을 걸어 돌아왔다. 매서운 겨울바람이 눈 덮인 산등성이 너머 북쪽을 향해 불어오면 얼굴 살점이 떼어져 나가는 듯한 느낌이 들었다.

템플 선생은 바람에 펄럭이는 체크무늬 외투를 여미고 뒤편으로 늘어진 우리 행렬을 따라오셨다. 그리고 우리가 정신 차리고 앞으로 걸을 수 있게 기운을 북돋아주려고 '용감한 병사들처럼' 전진하라며 자신도 씩씩하게 걸으시던 모습이 생생하다. 가여운 다른 선생들은 자신들부터 너무 지쳐버려서 학생들을 응원해줄 여력 따위는 없었다.

학교에 돌아와 활활 타오르는 난롯불을 쬘 수 있기를 얼마나 바랐던가! 하지만 하급생들에게는 그 바람마저도 이뤄지지 않았다. 상급생들이 교실 난로를 두 줄로 둥그렇게 둘러싸는 바람에 어린 학생들은 그들 뒤에서 가느다란 팔을 앞치마로 감싼 채 웅크리고 앉아 있을 수밖에 없었다.

차 마시는 시간에 빵이 평소처럼 반 개가 아니라 한 개가 온전히 나온다는 것이 유일한 위안거리였다. 빵에는 버터도 얇게 발려 나왔다. 우리는 일주일에 한 번 일요일마다 이 특별식을 기다렸다. 나는 이 풍족한 음식의 절반 정도를 남겨두고 싶었지만 어김없이 다른 학생에게 나눠주어야 했다.

일요일 저녁에는 교리문답과 〈마태복음〉 5장에서 7장까지 외거나 밀러 선생의 긴 설교를 들었다. 하품을 참지 못하는 걸로 봐서 선생들도 피곤한 게 틀림없었다. 중간에 〈사도행전〉에 나오는 '유두고(사도 바울이 설교할 때 졸다가 3층에서 떨어져 죽었으나 바울이 기도로 살려냈다—옮긴이)' 사건과 비슷한 광경이 벌어졌다. 가끔 어린 학생 대여섯 명 정도가 쏟아지는 졸음을 못 참고 유두고처럼 3층까지는 아니지만 네 번째 줄 의자에서 떨어졌다가 반쯤 죽은 사람처럼 끌어올려지곤 했다. 치료법은 설교가 끝날 때까지 교실 한가운데 몰아서 세워놓는 것이었다. 그러나 거기서도 졸다가 다리가 풀려 다 같이 쓰러진 적도 있었다. 그러면 반장의 높은 의자를 가져다가 기대어 받쳐놓았다.

브로클허스트 씨가 학교에 왔던 일은 아직 이야기하지 않았다. 사실 내가 로우드에 온 첫 달에는 그가 아직 여행에서 돌아오지 않았다. 아마 친구인 부감독 집에서 더 오래 머물렀던 모양이다. 그가 없어서 나는 안도했다. 굳이 말하지 않아도 그가 학교에 올까 봐 두려워한 이유를 알 것이다. 하지만 마침내 그가 왔다.

로우드에 온 지 삼 주가 지났을 무렵 어느 날 오후, 나는 석판을 손에 들고 앉아 큰 수의 나눗셈 문제를 풀고 있었다. 무심코 창문 쪽을 향해 눈을 들었는데 막 그 앞을 지나가는 사람이 보였다. 호리호리한 모습을 본 나는 거의 본능적으로 알아차렸다. 그리고 이 분 뒤 선생을 비롯한 모든 학생이 일제히 일어섰을 때 누구를 맞이하는지 굳이 쳐다볼 필요도 없었다. 황새걸음으로 교실을 가로질러 템플 선생 곁에 선 사람은 지난번 게이츠헤드의 난롯가 카펫 위에 서서 나를 기분 나쁘게 쳐다보며 인상을 썼던 바로 그 검은 기둥이었다. 나는 건축물과도 같은 이 사람을 곁눈질로 살짝 훔쳐보았다. 내 직감이 옳았다. 브로클허스트 씨는 외투 단추를 채우니 전보다 키가 더 크고 말랐으며 엄하게 보였다.

그가 나타났을 때 내가 경악한 데는 이유가 있었다. 외숙모가 내 성품이 나쁘다고 브로클허스트 씨에게 귀띔해준 것과 그가 템플 선생이나 다른 선생들에게 그 이야기를 전하겠다고 했던 것을 똑똑히 기억했다. 지금껏 나는 그가 이야기를 벌써 해버렸을까 봐 두려웠다. 그리고 매일 '돌아올 사람'을 경계하면서 보냈다. 그가 내 과거를 이야기하면 사람들은 나를 나쁜 아이로 낙인찍을 것이다. 그런데 이제 그가 여기 와 있었다. 그는 템플 선생 곁에 서서 그녀에게 뭔가를 속삭였다. 틀림없이 내가 얼마나 나쁜 아이인지 알려주고 있을 것이다. 나는 템플 선생이 미움에 가득 차서 경멸하는 눈빛으로 나를 노려보는 순간을 불안해하며 조마조마한 심정으로 기다렸다. 우연찮게 교실 맨 앞에 앉아 있던 나는 브로클허스트 씨의 이야기를 대부분 들을 수 있었다. 다행히 걱정하고 있는 이야기가 아니었다.

"템플 선생, 내가 로턴에서 사온 실은 쓸 만할 거요. 무명 슈미즈를 꿰매는 데 제격이겠다 싶어 거기에 맞는 바늘까지 사왔소. 스미스 선생에게 내가 깜빡하고 뜨개바늘은 기록에 빠뜨렸고 전해줘요. 서류는 다음 주 중으로 보내겠다고요. 무슨 일이 있어도 학생 한 명당 바늘은 하나씩만 나눠주라고도 하세요. 더 많이 가지고 있으면 조심성이 없어져 잃어버리기 십상이죠. 아, 선생! 그리고 털양말은 주의해야겠어요. 지난번 왔을 때 뒤뜰에 널린 빨래를 보았더니 꽤 많은 검은 양말이 손보지 않은 상태로 널려 있더군요. 구멍이 큰 걸로 봐서 학생들이 자주 꿰매지 않는 모양이에요."

그쯤에서 그가 말을 멈췄다.

"말씀대로 주의하겠습니다."

템플 선생이 대답했다.

"그런데 템플 선생, 세탁부에서 그러는데 몇몇 학생이 새 깃 장식을 일주일에 두 개나 사용했다더군요. 너무 많아요. 하나만 사용하라고 교칙에 정해져 있지 않습니까."

그가 말했다.

"사정이 있었습니다. 지난주 목요일에 아그네스와 캐서린 존스턴이 로턴에 사는 친구들로부터 차 모임에 초대받았습니다. 그때 제가 새 깃을 달고 갈 수 있도록 내준 겁니다."

템플 선생의 말에 브로클허스트 씨가 고개를 끄덕였다.

"뭐 한 번 정도는 괜찮겠죠. 하지만 그런 일이 자주 생기지 않도록 해주세요. 그리고 놀란 일이 또 하나 있습니다. 관리자와 지출 정산을 하다 보니 지난주에 간식으로 치즈와 빵을 두 번이나 주셨더군요. 어떻게 된 겁니까? 아무리 봐도 교칙에 그렇게 간식을 주라고 적혀 있지 않은데요. 누가 마음대로 바꾼 겁니까? 무슨 권한으로요?"

"제 책임입니다! 그날 아침 식사가 너무 엉망이어서 도저히 학생들이 먹을 수가 없었습니다. 그래서 점심때까지 차마 학생들을 굶길 수가 없었어요."

템플 선생이 대답했다.

"선생, 내 말 좀 들어보세요. 아시겠지만 내 교육 방침은 학생들을 사치와 방종에 익숙해지도록 하는 게 아니라 강인한 정신과 인내심, 자제력을 길러주는 겁니다. 요리를 망치거나 양념이 과하거나 부족하게 들어가 입맛이 떨어지는 일이 생겼을 때 좀 더 맛있는 음식으로 보상한다든지, 몸이 원하는 대로 해주는 식으로 학교의 교육 목표를 훼손해서는 안 됩니다. 그때야말로 일시적인 궁핍을 이겨낼 수 있는 불굴의 정신을 이끌어내도록 독려해 의식을 교화해야죠. 그때는 간단한 설교를 해주면 좋겠지요. 훌륭한 교사라면 이런 기회에 초기 기독교인들의 고난이나 순교자들의 고통 그리고 제자들에게 십자가를 짊어지고 자신을 따르라고 말씀하신 예수님의 가르침, 즉 '사람은 빵으로만 사는 것이 아니라 하느님의 입에서 나오는 말씀으로 살리라' 아니면 '너희가 나를 위해 굶주리고 목마른 자는 복이 있나니'라는 구절을 들려줄 것입니다. 선생, 선생이 탄 죽 대신 치즈와 빵을 아이들의 입에 넣어주었을 때 사악한 아이들의 몸은 살찌웠을지 모르지만 불멸의 영혼을 굶주리게 했다는 생각은 못 했을 겁니다!"

브로클허스트 씨는 감정이 격해졌는지 말을 멈췄다. 템플 선생은 그가 말을 시작할 때는 땅을 보고 있었지만 이제는 똑바로 앞을 응시했다. 그녀의 얼굴은 대리석처럼 창백했을 뿐 아니라 차갑고 단단해 보였다. 특히 그녀의 입은 조각가가 끌로 열어야 할 만큼 굳게 닫혀 있었고 이마는 점차 돌처럼 굳어갔다.

그동안 브로클허스트 씨는 뒷짐을 진 채 난로 곁에 서서 당당하게 학생들을 둘러보았다. 그때 갑자기 그가 눈을 깜빡였다. 뭔가를 보고 눈이 부시거나 놀란 듯했다. 그는 돌아서서 그전보다 더 빠른 억양으로 말했다.

"선생, 템플 선생! 저기 저 곱슬머리 학생은 누군가요? 빨간 머리에다 머리 전체가 고불고불하지 않소."

지팡이로 그쪽을 가리키는 그의 손이 부들부들 떨렸다.

"줄리아 세번입니다."

템플 선생이 침착하게 대답했다.

"줄리아 세번이오? 그런데 저 학생과 다른 몇몇 학생은 왜 머리가 굽실거리는 겁니까? 왜 학교의 규율과 교칙을 무시하고 저렇게 공공연하게 세상의 유행에 따르는 거냐고요! 복음을 전파하는 자선학교에 다니면서 저렇게 머리카락을 전부 말아놓다니요!"

"줄리아는 타고난 곱슬머리입니다."

템플 선생이 더욱 차분하게 대답했다.

"타고났다고! 좋아요. 하지만 우리는 타고난 것들을 다 따를 수 없지요. 나는 학생들이 하느님의 은총을 받기를 바랍니다. 그런데 왜 머리를 부풀립니까? 머리를 단정하게 빗어 꽉 묶고 다니라고 몇 번이나 말했잖아요. 템플 선생, 저 학생 머리카락을 전부 잘라버려야겠어요. 내일 미용사를 보내겠습니다. 머리가 너무 길어 보기 흉한 학생들도 눈에 띄는군요. 저기 키 큰 학생에게 돌아서라고 하세요. 상급생들은 전부 일어나 벽을 보고 서라고 하세요."

템플 선생은 자기도 모르게 새어나오는 웃음을 감추려는 듯 손수건을 입에 갖다 댔다. 하지만 그녀는 학생들에게 지시를 내렸다. 상급생들은 그 뜻을 알아채고 따랐다. 나는 의자 등받이에 기대고 앉아 불만스러운 상급생들의 눈초리와 찡그린 표정을 볼 수 있었다. 브로클허스트 씨가 그 모습을 봤으면 좋았을 텐데 말이다. 그랬다면 학생들의 외모는 얼마든지 간섭할 수 있겠지만 생각까지는 어쩔 수 없다는 사실을 깨달았을 것이다.

브로클허스트 씨는 살아 있는 메달 같은 여학생들의 뒷머리를 오 분이나 꼼꼼하게 뜯어본 뒤 판결을 내렸다. 그 말 한 마디 한 마디가 마치 장례식에 울리는 죽음의 종소리 같았다.

"땋아 올린 머리는 다 잘라야 해요."

이에 템플 선생이 항의하는 듯했다. 그럼에도 브로클허스트 씨는 전혀 개의치 않고 말을 이었다.

"선생, 내가 섬기는 주님의 왕국은 이 세상에 존재하는 게 아닙니다. 내 사명은 학생들의 육체적 욕망을 억제하는 겁니다. 땋은 머리나 값비싼 옷차림이 아니라 겸손하고 맑은 정신으로 자신을 가꾸도록 가르치는 거죠. 그런데 우리 앞에 있는 학생들은 전부 머리를 땋고 있어요. 허영심을 가지고 땋아 내린 겁니다. 다시 말하지만 꼭 잘라버려야 합니다. 이것 때문에 얼마나 많은 시간이 낭비되는지 생각……."

그때 브로클허스트 씨가 말을 멈췄다. 세 여성이 교실로 들어왔기 때문이다. 그들은 좀 더 일찍 와서 옷차림에 대한 브로클허스트 씨의 설교를 들었어야 했다. 벨벳과 비단, 모피로 화려하게 차려입었기 때문이다. 셋 중 어린 두 명은 열여섯과 열일곱 살의 예쁘장한 소녀들로 당시 유행하던 타조 깃털 장식이 달린 회색 수달피 모자를 쓰고 우아한 모자 아래로 정교하게 말아놓은 풍성한 머리칼을 늘어뜨리고 있었다. 중년 부인은 족제비 털로 테두리를 장식한 고급 벨벳 숄을 두르고 앞머리에는 프랑스식 곱슬머리 가발을 쓰고 있었다.

이 세 여성은 브로클허스트 씨의 부인과 두 딸이었다. 템플 선생은 이들을 공손히 맞아 교실 맨 앞자리의 귀빈석으로 안내했다. 그녀들은 목사인 아버지이자 남편과 함께 마차를 타고 와서 위층 방을 꼼꼼하게 뒤져본 것 같았다. 그사이 브로클허스트 씨는 관리인과 사무를 보고 세탁부한테 이것저것 캐물은 뒤 교장 선생에게 설교를 늘어놓고 있었던 것이다. 이때 부인은 침대 시트와 기숙사 점검을 맡고 있는 스미스 선생에게 갖가지 잔소리를 하려던 참이었지만 나는 그 말을 들을 여유가 없었다. 내 신경은 온통 다른 곳에 쏠려 있었다.

이때까지 나는 브로클허스트 씨와 템플 선생이 나누는 대화를 주워들으면서 동시에 눈에 띄지 않으려고 잔뜩 경계하고 있었다. 눈에 띄지만 않으면 무사할 거라고 생각했다. 그래서 의자에 깊숙이 앉아 열심히 셈을 하는 척하며 석판을 들어 얼굴을 가리고 있었다. 그 석판이 내 손에서 미끄러지지만 않았어도, 그래서 쨍그랑 요란한 소리를 내며 떨어지지만 않았어도 모두의 시선이 내게 쏟아져 들키는 일은 없었을 것이다. 이제 모든 것이 끝났음을 알았다. 하지만 두 동강이 난 석판을 주우려고 몸을 구부리면서도 최악의 경우에 대비해 최대한 기운을 냈다. 그리고 그 순간이 왔다.

"칠칠치 못하기는! 신입생 같은데 잊지 말고 저 학생에 대해 한 마디 해야겠군요."

브로클허스트 씨가 말했다.

그러고는 내가 미처 한숨 돌리기도 전에 큰 소리로(그 소리가 어쩌나 크던지!) 이렇게 외쳤다.

"석판을 깨뜨린 학생을 앞으로 나오게 하세요."

도저히 내 발로는 걸어나갈 수가 없었다. 마비라도 된 듯했다. 하지만 양옆에 앉아 있던 키 큰 학생 둘이 나를 일으켜 무시무시한 재판관 앞으로 떠밀었다. 그러자 템플 선생이 나를 부드럽게 부축해 그에게로 데려가면서 낮은 목소리로 속삭이며 위로했다.

"제인, 두려워하지 마. 선생님이 보기에 이건 실수였으니까 벌을 받지는 않을 거야."

친절한 속삭임이 마치 비수처럼 내 가슴에 파고들었다.

'이제 곧 저 선생님도 나를 거짓말쟁이라며 경멸할 거야.'

그러자 리드 부인과 브로클허스트 일당에게 분노가 치밀어 올라 심장이 고동치기 시작했다. 나는 헬렌 번스 같은 아이가 아니었다.

"저 의자를 가져와."

브로클허스트 씨가 방금 반장이 앉았던 높은 의자를 가리키며 말했고 의자가 옮겨졌다.

"저 아이를 의자에 세워요."

누군지는 모르지만 누군가 나를 의자 위에 올려 세웠다. 그

때는 그런 세세한 것까지 신경 쓸 겨를이 없었다. 다만 그들이 나를 브로클허스트 씨의 코 높이까지 올려 세웠고, 그의 얼굴이 1미터도 안 되는 거리에 있었으며, 오렌지색과 보라색이 감도는 실크 외투와 은빛 깃털 구름이 발밑에서 물결치는 것을 보았을 뿐이다.

브로클허스트 씨는 헛기침을 했다.

"숙녀분들!"

그가 자기 가족을 돌아보면서 말했다.

"템플 선생과 여러 선생님 그리고 학생 여러분, 여기 이 여학생이 보이지요?"

당연히 보고 있었다. 그들의 눈초리는 마치 돋보기의 볼록 렌즈처럼 내게 집중되어 있어서 내 피부가 타들어 가는 듯했다.

"보시다시피 이 학생은 아직 어립니다. 보통 어린아이 같아 보이죠. 하느님께서는 우리 모두에게 주신 것과 같은 모습을 이 학생에게도 주시는 은혜를 베푸셨습니다. 겉으로 보기에는 눈에 띌 만한 점이 보이지 않습니다. 누가 이 학생이 이미 악마의 종이면서 심부름꾼이라고 생각하겠습니까? 하지만 애석하세도 이건 사실입니다."

브로클허스트 씨가 잠시 말을 멈췄다. 나는 마비된 듯했던 온몸의 신경을 안정시키기 시작했다. 이미 엎질러진 물이었다. 더는 창피해하지 말고 당당히 맞서야 한다는 생각이 들었다.

검은 대리석 기둥 같은 목사가 비장한 목소리로 말을 이어 갔다.

"친애하는 학생 여러분, 대단히 슬프고 가슴 아픈 일입니다. 하느님의 양이었을지 모르는 이 학생은 이제 버림받았습니다. 나는 이 학생이 하느님의 어린 양 중 한 마리가 아니라 침입자 이자 이방인이라고 여러분에게 경고해야 할 의무가 있습니다. 여러분은 이 학생을 조심해야 합니다. 이 학생을 따라 해서는 안 됩니다. 되도록 어울리거나 놀지 말고 친구가 되지 마세요. 선생님들은 이 학생을 잘 지켜봐야 합니다. 행동거지를 주시하고 말을 신중히 따져보며 행동을 잘 살피면서 육체를 벌해 영혼을 구하세요. 그렇게 해서라도 이 아이가 구원받을 수 있다면 말입니다. 왜냐하면 (이렇게 말하니 내 혀가 떨립니다) 기독교 국가에서 태어난 이 어린 학생은 범천왕에게 기도를 올리고 인도의 크리슈나 옆에 무릎을 꿇는 이교도의 아이보다 더 사악한, 바로 거짓말쟁이이기 때문입니다."

이때 십 분간 휴식 시간이 주어졌다. 그동안 나는 완전히 정신을 차릴 수 있었다. 그러자 브로클허스트 씨의 아내와 두 딸이 손수건을 꺼내 눈에 가져가는 것이 보였다. 중년 부인은 앞뒤로 몸을 흔들었고 딸들은 "충격이야!"라고 속삭였다.

휴식이 끝나자 브로클허스트 씨가 다시 말을 이었다.

"나는 이런 사실을 저 아이의 은인한테서 들었습니다. 고아가 된 이 아이를 맡아 친딸처럼 키워준 자비로운 부인이시죠. 한데 이 학생은 배은망덕하게도 그분의 친절과 자비심을 너무나 못되고 끔찍하게 갚았습니다. 그 훌륭한 부인은 순진한 자식들이 나쁜 본보기를 보고 물들까 봐 두려워 어쩔 수 없이 이 학생을 떨어뜨려놓은 것입니다. 예전에 유대인들이 환자를 베데스다 연못에 보낸 것처럼 이 아이를 고치려고 여기에 보낸 것이죠. 그러니 교장 선생님을 비롯한 모든 선생님, 제발 이 학생 주변에 물이 고여 썩지 않게 해주시길 바랍니다."

이렇게 극단적인 결론을 내리고 난 브로클허스트 씨는 외투 맨 윗단추를 채우고는 가족들에게 나지막이 몇 마디 하더니 일어나서 템플 선생에게 고개를 숙여 인사했다. 그리고 이 위대한 사람들은 당당하게 교실을 빠져나갔다. 내게 판결을 내린 재판관은 문가에서 돌아서더니 이렇게 말했다.

"저렇게 삼십 분간 세워놓으세요. 그리고 오늘 하루는 누구도 저 애에게 말을 걸지 마세요."

나는 높은 의자 위에 서 있었다. 교실 한가운데에 있는 것만으로도 창피해서 견딜 수 없을 거라고 했던 내가 수치스럽게도 모두가 보는 앞에서 의자 위에 서 있었다. 그때 내 감정은 말로 표현할 수가 없다. 여러 감정이 북받쳐 숨이 막히고 목이 죄어오는 듯했다. 그때 한 소녀가 다가와 나를 지나쳤다. 지나쳐가면서 눈을 들어 나를 바라보았다. 묘한 눈빛이었다. 그 눈빛을 보자 미묘한 감정이 느껴지고 새로운 힘도 솟아났다. 마치 순교자나 영웅이 노예나 희생자의 옆을 지나다 그들에게 힘을 불어넣어 준 것과도 같았다. 나는 점점 격해지는 마음을 억누르고 고개를 든 뒤 의자 위에 꼿꼿하게 서 있었다. 헬렌 번스는 스미스 선생에게 가벼운 질문을 하러 갔다가 하찮은 질문이라며 꾸중을 듣고 다시 자기 자리로 돌아갔다. 헬렌은 내 옆을 지나치며 내게 미소를 지어 보였다. 나는 그 환한 미소를 아직도 기억한다.

그 미소는 훌륭한 지성과 진정한 용기에서 나온 것이었다. 마치 천사의 얼굴에 나타난 미소처럼 그녀의 독특한 생김새, 갸름한 얼굴, 퀭한 회색 눈까지 환하게 비추고 있었다. 그런데 그녀의 팔에는 '게으름뱅이 표식'이 붙어 있었다. 한 시간 전에 헬렌이 연습문제를 베끼다 잉크를 묻혔기 때문이다. 스캐처드 선생은 헬렌에게 다음 날 점심으로 빵과 물만 먹으라는 벌을 내렸다. 완벽한 사람은 없다! 옥에도 티가 있는 법인데 스캐처드 선생 같은 사람의 눈에는 사소한 단점만 보일 뿐 찬란하게 빛나는 그 모습 전체는 보이지 않았다.

제8장

삼십 분도 되지 않아 시계가 다섯 시를 쳤다. 수업이 끝나고 모두 차를 마시러 식당으로 몰려갔다. 그제야 나는 용기를 내어 의자에서 내려왔다. 이미 주위는 어둑어둑해졌다. 나는 한쪽 구석으로 가서 바닥에 주저앉았다. 지금까지 나를 버티게 해주던 마법 같은 힘이 사라지기 시작했다. 그러자 이내 슬픔이 밀려와 나를 에워쌌다. 나는 바닥에 엎드린 채 소리 내어 울었다. 헬렌 번스도 없었고, 위로받을 데라곤 아무것도 없었다. 홀로 남겨신 나는 자포자기의 심정으로 눈물만 펑펑 쏟아냈다.

나는 로우드에서 착하게 굴고 친구도 많이 사귀면서 인정과 사랑을 받는 사람이 되고 싶었다. 그리고 벌써 눈에 띄게 나아지고 있었다. 바로 그날 아침에 드디어 우리 반의 수석이 되었던 것이다. 밀러 선생이 다정하게 칭찬도 해주었고 템플 선생도 내게 미소를 지어 보였다. 그리고 그림 그리는 법도 가르쳐주겠다고 하셨고 앞으로 두 달 동안 꾸준하게 열심히 하면 프랑스어도 배울 수 있게 해주겠다고 약속했다. 친구들도 내게 친절했다. 또래 친구들한테 동등하게 대접받았고 나를 괴롭히는 애도 없었다. 그런데 이제 나는 또다시 무너지고 짓밟혔다. 과연 다시 일어설 수 있을까?

그럴 리 없다는 생각이 들자 죽고만 싶었다. 흐느끼면서 이렇게 중얼거리고 있을 때 누군가 다가왔다. 나는 벌떡 일어났다. 헬렌 번스였다. 꺼져가는 난롯불이 길고 텅 빈 교실을 걸어오는 그녀를 비췄다. 헬렌은 커피와 빵을 가져왔다.

"이리 와서 좀 먹어."

헬렌이 말했다. 지금 상태로는 물 한 모금, 빵 한 쪽만 먹어도 목이 멜 것만 같아서 나는 모두 밀쳐냈다. 헬렌은 놀란 눈으로 나를 바라보았다. 나는 흥분을 가라앉히려고 애썼지만 소용없었다. 그저 엉엉 울기만 했다. 헬렌은 내 곁에 앉아 두 팔로 무릎을 감싼 뒤 얼굴을 대고 인도 사람처럼 가만히 있었다. 먼저 말을 건 사람은 나였다.

"헬렌, 넌 왜 모두가 거짓말쟁이라고 생각하는 나 같은 애랑 같이 있어?"

"모두? 너를 거짓말쟁이라고 말하는 소리를 들은 사람은 겨우 팔십 명밖에 안 돼. 이 세상에 살고 있는 사람은 수억 명이 넘는다고."

"하지만 그 수억 명이 나랑 무슨 상관이야. 내가 아는 그 팔십 명이 나를 경멸하는데."

"제인, 네가 잘못 알고 있는 거야. 이 학교에서 누구도 널 경멸하거나 미워하지 않을 거야. 틀림없이 사람들은 너를 불쌍하게 여기고 있을걸!"

"브로클허스트 씨가 그런 말을 했는데도 어떻게 나를 불쌍하게 생각하겠어?"

"브로클허스트 씨는 하느님도 아니잖아. 그렇다고 훌륭하거나 존경받을 만한 사람도 아니야. 여기서 그를 좋아하는 사람은 거의 없어. 좋아할 만한 일을 절대 안 하거든. 오히려 너를 특별히 귀여워했다면 아마 모두가 너를 대놓고 싫어하거나 몰래 미워할 거야. 그렇지 않으니까 사람들이 너를 동정하는 거야. 하루 이틀 정도는 선생님들이나 학생들이 너를 차가운 눈으로 볼지도 몰라. 하지만 모두 마음속으로는 너를 좋아하고 있을 거야. 네가 참고 계속해서 착하게 행동하면 감추고 있던 그 마음이 금방 겉으로 드러날 거야. 그리고 제인……."

헬렌이 말을 멈췄다.

"헬렌, 왜?"

그녀의 손을 잡으며 내가 물었다. 그녀는 내 손가락을 가볍게 비벼 녹여주면서 말을 이었다.

"세상 사람들이 널 미워하고 못된 아이라고 해도 너 스스로 양심에 비춰 옳고 떳떳하다면 친구가 생길 거야."

"내가 스스로를 아껴야 한다는 건 잘 알아. 하지만 그것만으로는 안 된다고. 다른 사람들한테 사랑받지 못한다면 차라리 죽는 게 나아. 외롭거나 미움받는 건 못 참겠어. 헬렌, 너나 템플 선생님 그리고 내가 좋아하는 다른 사람들에게 진정으로 사랑받을 수 있다면 나는 팔이 부러지거나 황소에 받혀도 좋아. 말 뒤편에 서 있다가 뒷발굽에 가슴을 채여도 상관없어."

"제인, 그만해! 너는 인간의 사랑에 대해 생각이 너무 많아. 게다가 너무 충동적이고 격하다고. 네 몸을 만들고 생명을 주신 하느님은 너한테 약한 너 자신이나 너만큼 나약한 존재가 아닌 다른 뭔가를 마련해놓으셨어. 이 지구나 인간 외에 눈에 보이지 않는 영혼의 세계가 있어. 그 세계는 어디를 가나 우리를 둘러싸고 있지. 그 영혼들은 우리를 지켜보고 보호해주라는 사명을 받았거든. 그리고 고통과 치욕 속에서 죽어가거나 사람들의 손가락질과 미움을 받아도 우리가 고통받는 걸 보면 천사들이 우리 결백을 알아줄 거야. 우리한테 죄가 없다면 말이야. 브로클허스트 씨가 리드 부인에게 들은 나쁜 이야기를 근거도 없이 부풀려서 말했지만 내가 사실을 알고 있듯이 말이야. 나는 네 반짝이는 눈과 맑은 얼굴을 보면 네가 착한 아이라는 걸 알 수 있어. 하느님은 우리에게 큰 상을 주시려고 육체에서 영혼이 벗어나가기만 기다리고 계셔. 그런데 너는 왜 괴로워하는 거지? 삶은 곧 끝날 거고 죽음은 행복과 영광을 향해 들어가는 문이라는 게 확실한데 말이야."

나는 잠자코 있었다. 헬렌 덕분에 마음이 좀 진정되는 듯했다. 하지만 그녀가 전해주는 평온 속에는 말로 표현할 수 없는 슬픔이 담겨 있었다. 헬렌이 말하는 동안 어느 부분인지는 모르겠지만 깊은 슬픔이 느껴졌다. 말을 마친 그녀가 가쁘게 숨을 몰아쉬고 잔기침을 하자 나는 막연히 불안해져 내 슬픔을 순간적으로 잊어버렸다. 나는 헬렌의 어깨에 머리를 기대고 내 두 팔로 그녀의 허리를 감쌌다. 헬렌이 나를 끌어당겼고 우리는 말없이 그대로 있었다. 오래지 않아 누군가 교실로 들어왔다. 바람이 거세게 불어 짙은 구름을 말끔히 걷어내자 달이 모습을 드러냈다. 그리고 그 달빛이 창문으로 흘러들어 우리와 우리에게 다가오는 이의 모습을 비췄다. 우리는 그 사람이 누군지 단번에 알아보았다.

"제인 에어, 너를 찾으러 왔단다. 내 방으로 가자. 마침 헬렌 번스도 같이 있으니 함께 가도 좋아."

템플 선생이 말했다.

우리는 그녀를 따라 꼬불꼬불한 복도를 지나 계단을 올라가 방에 도착했다. 방은 난롯불을 환하게 지펴놓아서 아늑했다.

템플 선생은 헬렌 번스에게 난로 옆 안락의자에 앉으라고 말한 뒤 자신은 다른 의자에 앉아서 나를 옆으로 불렀다.

"다 울었니? 펑펑 울고 나니까 덜 슬프니?"

그녀가 나를 보며 말했다.

"아닌 것 같아요."

"왜?"

"억울해서요. 선생님이나 다른 사람들이 이제 저를 나쁜 아이라고 생각하실 테니까요."

"우리는 앞으로 네가 보여주는 모습으로 너를 판단할 거야. 계속 착하게 행동하면 모두 너를 좋아할 거야."

"정말 그럴까요, 선생님?"

"그럼."

선생은 한쪽 팔로 나를 감싸 안으며 말했다.

"그런데 브로클허스트 씨가 아까 말한 네 은인이라는 부인은 누구니?"

"리드 외숙모요. 외삼촌이 돌아가시면서 저를 외숙모께 맡기셨어요."

"그럼 외숙모가 자진해서 너를 맡은 게 아니야?"

"아니에요. 외숙모는 저를 맡게 된 게 불만이셨어요. 하인들이 그러는데 외삼촌이 돌아가시면서 외숙모에게 저를 끝까지 키우겠다는 약속을 받아내셨대요."

"제인, 알다시피, 아니 모른다면 내가 알려주마. 범죄자도 기소가 되면 자신을 변호할 수 있어. 너는 거짓말쟁이라는 비난을 받고 있지만 최선을 다해 변명해봐. 네가 기억하는 대로 다 말해보렴. 하지만 없었던 일을 지어내거나 있었던 일이라도 과장해서는 절대 안 돼."

나는 최대한 정확하고 적절하게 말해야겠다고 마음속으로 다짐했다. 그리고 해야 할 말만 조리 있게 하기 위해 몇 분간 생각을 정리하고 나서 내 서글펐던 어린 시절 이야기를 모조리 들려줬다. 슬퍼하느라 지쳤는지 이야기하는 동안 나는 분노가 치밀어오르는 게 아니라 점점 침착해졌다. 그리고 함부로 사람을 원망하면 안 된다는 헬렌의 충고를 기억하면서 미움과 원한을 평소보다 더 자제했다. 흥분을 억누르고 간단히 말하니 이야기는 한층 더 믿음직하게 들렸다. 나는 이야기를 계속하면서 템플 선생이 내 말을 완전히 믿고 있다는 느낌이 들었다.

이야기하던 중 내가 기절했을 때 로이드 씨가 나를 치료해주러 왔던 이야기를 하게 되었다. 나는 '붉은 방'에서 있었던 그 끔찍한 일을 영원히 잊을 수 없었다. 자세히 이야기하다 보니 어느새 감정이 격해졌다. 용서해달라고 미친 듯이 울부짖는 나를 리드 부인이 귀신이 나오는 캄캄한 방에 다시 가뒀을 때 내 가슴에 사무친 고통은 그 무엇으로도 덜어지지 않았다.

이야기를 마치자 템플 선생은 한동안 말없이 나를 보더니 온

화한 표정으로 말했다.

"로이드 씨는 나도 좀 아는 분이란다. 그분께 편지를 써야겠다. 그분도 네 말이 맞는다고 하시면 공식적으로 내 누명을 벗을 수 있을 거야. 제인, 나는 네가 결백하다고 믿어."

템플 선생은 내게 입을 맞춰주시고는 나를 옆에 세워두셨다. (나는 선생님 곁에 서는 것이 정말 좋았다. 선생님 얼굴이며 옷, 장신구 한두 개 그리고 하얀 이마와 윤기 나는 곱슬머리, 반짝이는 눈동자를 바라보면 마냥 즐거웠다.) 그러고는 헬렌 번스에게 말했다.

"헬렌, 오늘 밤엔 좀 어때? 낮에는 기침을 많이 했니?"

"심한 정도는 아니었어요."

"그럼 가슴이 아픈 건 어때?"

"좀 나아졌어요."

템플 선생은 일어나서 헬렌의 손목을 잡고 맥을 짚어본 뒤 다시 자리에 앉았다. 그리고 나지막이 한숨을 쉬었다. 잠시 깊은 생각에 빠져 있는가 싶더니 일어나면서 명랑하게 말했다.

"너희는 오늘 내 손님이야. 그러니 손님 대접을 해야지."

선생이 종을 울렸다. 그리고 하녀가 달려오자 말했다.

"바버라, 나 아직 차를 안 마셨어요. 좀 차려와요. 두 아가씨들 잔도 같이."

금세 하녀가 찻상을 차려왔다. 그때 난롯가 작은 탁자 위에 놓인 사기 찻잔과 반짝이는 찻주전자가 얼마나 아름다워 보였는지 모른다. 찻잔에서 피어오르는 김과 토스트 냄새는 또 얼마나 좋던지! 배가 고파오기 시작했는데 실망스럽게도 양이 너무 적었다. 템플 선생도 이 사실을 알아차린 듯했다.

"바버라, 빵이랑 버터를 좀 더 가져와요. 세 사람이 먹기에 너무 적어요."

바버라가 나갔다가 곧 돌아왔다.

"선생님, 하든 부인이 평소와 똑같이 드렸다고 하네요."

하든 부인! 가정부인 하든 부인은 고래 뼈처럼 딱딱하고 쇳덩어리처럼 차가운 여자로, 브로클허스트 씨와는 죽이 아주 잘 맞았다.

"아, 좋아! 그럼 이걸로 때워야겠군."

템플 선생이 말했다. 하녀가 방을 나가자 그녀는 우리를 향해 웃으며 말했다.

"다행히 오늘은 보충할 거리가 나한테 있지."

템플 선생은 헬렌과 나를 탁자 가까이로 불러 얇디얇지만 맛있어 보이는 토스트 한 조각과 홍차 한 잔을 우리 앞에 내놓았다. 그리고 일어나서 서랍을 열더니 종이로 싼 꾸러미 하나를 꺼냈다.

선생은 우리 눈앞에 큼지막한 시드 케이크를 꺼내놓았다.

"돌아갈 때 조금 싸주려고 했는데 토스트가 너무 적으니 지금 먹자."

선생은 케이크를 넉넉하게 잘라주었다.

그날 저녁은 마치 신들의 만찬을 즐기는 것 같았다. 그리고 무엇보다 내어준 음식으로 아낌없이 배를 채우는 우리를 흐뭇하게 바라보며 웃으시던 선생을 볼 수 있어서 기뻤다. 차를 다 마시고 찻상을 내보낸 선생은 우리를 다시 난롯가로 불렀다. 우리는 선생의 양옆에 앉았다. 뒤이어 헬렌과 선생은 대화를 나눴다. 나는 둘의 대화를 들을 수 있는 것이 특권처럼 느껴졌다.

템플 선생은 늘 어딘가 모르게 차분하고 표정에는 위엄이 서려 있었다. 또한 세련되고 예의 바른 말씨를 쓰고 어떤 상황에서든 흥분하거나 열을 올리는 일이 없었다. 템플 선생을 바라보며 그녀의 말에 귀를 기울이다 보면 기분이 좋아지면서 외경심이 들어 마음까지 정화되었다. 내 마음이 꼭 그랬다. 하지만 헬렌 번스를 보자 놀라지 않을 수 없었다.

기운을 되찾아주는 음식과 활활 타오르는 난롯불, 존경하는 선생 곁에서 받는 친절 그리고 헬렌의 독특한 마음속에 든 무언가가 기력을 북돋아준 것인지도 모르겠다. 그 힘이 깨어나 불타기 시작했다. 우선 여태까지는 창백하고 핏기 없어 보이던 헬렌의 볼이 발그레해지더니 눈이 반짝반짝 빛났다. 그 눈은 템플 선생의 눈과는 또 다른 아름다움을 담고 있었다. 예쁜 눈동자 빛깔과 긴 속눈썹, 그린 듯한 눈썹 자체가 아니라 눈빛의 의미와 움직임, 광채가 아름다웠다. 그녀의 영혼은 입술 위에 머물러 어디서 나오는지 알 수 없는 말을 흘려보냈다. 열네 살 소녀의 마음이 어떻게 이처럼 순수하고 풍부하며, 웅변의 새 연못을 가질 수 있을 만큼 어떻게 이처럼 크고 깊을 수 있을까! 이것이 내가 기념하고 싶은 그날 밤 헬렌과 나눈 대화였다. 그녀의 영혼은 마치 보통 사람의 일생을 짧은 시간 동안 서둘러 마치려는 듯했다. 두 사람은 내가 한 번도 들어보지 못한 것들을 이야기했다. 앞선 시대와 나라, 머나먼 나라, 이미 밝혀졌거나 아직 추측만 하고 있는 자연의 신비 그리고 여러 가지 책에 대해서도 이야기했다. 얼마나 많은 책을 읽었는지, 또 얼마나 많은 지식을 가지고 있는지 몰랐어도 그저 놀라울 뿐이었다. 그들은 프랑스의 유명인과 작가도 많이 알고 있었다. 하지만 내 놀라움이 절정에 달한 부분은 따로 있었다. 템플 선생이 헬렌에게 아버지께 배운 라틴어를 복습하는지 묻더니 책장에서 베르길리우스의 책을 꺼내와 한 페이지를 읽고 해석해보라고 한 것이다. 헬렌은 시키는 대로 책을 읽어나갔다. 한 줄 한 줄 읽어나갈 때마다 나는 헬렌을 더욱 존경하게 되었다. 거의 다 읽었을 무렵 취침을 알리는 종이 울렸다. 지각은 용납되지 않았다. 템플 선생은 우리를 꼭 끌어안으며 말했다.

"너희에게 하느님의 축복이 내리길!"

템플 선생은 헬렌을 나보다 좀 더 오래 껴안았다. 선생은 마지못해 그녀를 놓아주었다. 문을 나설 때도 계속해서 헬렌을 응시했고 슬픔 섞인 한숨을 내쉬었다. 그러더니 헬렌을 위해 흘린 눈물을 닦아냈다.

침실에 들어서자마자 스캐처드 선생의 목소리가 들렸다. 선생은 서랍을 조사하고 있었는데 바로 헬렌 번스의 서랍을 열고 있었다. 들어가자마자 헬렌은 심하게 야단을 맞았다. 선생은 그녀에게 지저분하게 처박아둔 여섯 가지 물건을 내일 어깨에 핀으로 꽂고 있으라는 지시를 내렸다.

"정말 창피할 정도로 아무렇게나 넣어놓았거든. 정리하려고 했는데 깜빡했어."

헬렌이 낮은 목소리로 내게 속삭였다.

다음 날 아침, 스캐처드 선생은 보드지에 커다란 글자로 '게으름뱅이'라고 써서 헬렌의 넓고 부드러우며 지적인 이마에 부적처럼 붙였다. 헬렌은 당연한 벌이라는 듯 화도 안 내고 참으며 그 종이를 저녁까지 붙이고 다녔다. 나는 오후 수업이 끝나고 스캐처드 선생이 나가자마자 헬렌에게 달려가 부적을 찢어 불속에 던져버렸다. 헬렌은 느끼지 못하는 분노가 온종일 내 마음속에서 타올랐다. 뜨겁고 굵은 눈물이 뺨에서 쉴 새 없이 흘러내렸다. 체념한 듯한 헬렌의 서글픈 모습을 보니 가슴이 찢어질 듯 아팠다.

이런 일이 있고 일주일쯤 지났을 때 템플 선생은 로이드 씨한테서 답장을 받았다. 그분이 내가 한 말이 맞다고 확인해준 모양이었다. 템플 선생은 전교생이 모인 자리에서 제인 에어에 대한 비난이 맞는지 조사한 결과 제인이 누명을 깨끗하게 벗었고, 그래서 참 기쁘다고 말했다. 그러자 다른 선생들도 내게 악수를 청하며 입을 맞춰주었고 학생들도 여기저기서 기쁜 목소리로 소곤댔다.

　그렇게 무거운 짐을 내려놓은 나는 그때부터 새로운 마음가짐으로 공부했다. 어떤 어려움이라도 이겨내고 내 길을 만들어 나가리라 마음먹었다. 정말 열심히 공부했다. 노력하는 만큼 결과도 좋았다. 타고난 기억력은 좋지 않았지만 노력하니 좋아졌고 연습을 통해 이해력도 높아졌다. 몇 주일 후 나는 상급반으로 올라갔다. 그리고 두 달이 되기도 전에 프랑스어와 그림을 배워도 좋다는 허락을 받았다. 에트르(Etre) 동사의 시제 변화 두 개를 배웠고 이날 처음으로 오두막집을 그렸다. 그런데 이 오두막집의 벽들은 피사의 사탑보다 더 기울어져 있었다. 나는 잠자리에 들면서 배고픔을 잊기 위해 상상 속에서 따끈따끈하게 구운 감자와 흰 빵 그리고 갓 짜낸 우유로 '바르베시드의 만찬(《아라비안 나이트》에 나오는 일화로 빈 접시 위에 상상으로 차린 음식들을 뜻함—옮긴이)'을 차리곤 했는데 그날은 그것조차 잊어버렸다. 그 대신 어둠 속에서 그림을 그리며 즐거워했다. 내키는 대로 붓을 휘둘러 집과 숲, 그림 같은 바위와 폐허, 네덜란드 풍경화가 알베르트 코이프가 그린 것 같은 소 떼나

장미꽃 봉우리 위를 날아다니는 나비, 잘 익은 버찌를 쪼아 먹는 새, 담쟁이덩굴에 둘러싸여 진주 같은 알을 품고 있는 굴뚝새 둥지 등을 그렸다. 그날 나는 피에로 선생이 보여준 짧은 프랑스 소설을 언제쯤이면 번역할 수 있을지도 생각해보았다. 그러나 만족스러운 답을 얻기도 전에 그만 곯아떨어지고 말았다.

솔로몬의 말은 옳았다.

"채소를 먹으며 서로 사랑하는 것이 살찐 소를 잡아먹으며 서로 미워하는 것보다 나으니라(《잠언》 15장 17절—옮긴이)."

로우드에서의 생활이 궁금하기는 했지만 나는 이제 호사스러운 게이츠헤드의 생활과 바꾸고 싶지 않았다.

제9장

로우드에서의 궁핍, 더 정확히 말해 고생은 점차 줄어들었다. 봄이 서서히 다가오고 있었다. 아니, 봄은 벌써 와 있었다. 겨울 서리가 그치자 눈이 녹고 살을 에는 듯한 바람도 잦아들었다. 1월의 매서운 바람에 살갗이 벗겨지고 퉁퉁 부어 절뚝거리며 다니던 발은 4월의 따스한 숨결에 점차 제 모습을 찾아갔다. 새벽이나 밤에도 영하의 기온에 온몸의 피가 얼어붙는 듯한 느낌은 들지 않았다. 이제는 운동장에서 보내는 시간도 견딜 만했다. 심지어 어떤 날은 햇볕이 포근하고 따뜻하기까지 했다. 그리고 매일 밤 돌아다니는 희망의 여신이 내디디는 발걸음마다 세상이 밝아지는 듯 흑갈색의 화단에도 푸른 싹이 돋아났다. 스노드롭과 크로커스, 보라색 앵초, 노란 팬지 등이 이파리 사이로 얼굴을 내밀었다. 목요일 오후에는 수업이 없어 산책을 했는데 길가 산울타리 밑에서 훨씬 더 예쁜 꽃들을 발견하곤 했다.

철 못이 박힌 높다란 담장으로 둘러싸인 운동장 너머에도 큰 즐거움과 기쁨이 있었다. 사방에 신록과 녹음이 우거진 큰 골짜기를 둘러싸고 있는 웅장한 산봉우리와 시커먼 바위, 반짝거리며 소용돌이치는 시냇물을 바라보는 것이었다. 강철 같은 하늘 아래 추위에 얼어붙고 눈에 뒤덮였을 때와 지금의 광경이 어찌나 달라 보이던지! 겨울 내내 죽음처럼 싸늘했던 안개는 동풍에 떠밀려 보랏빛 산봉우리를 따라 이리저리 떠다니다 풀밭과 시냇가로 내려와 마침내 그곳의 얼어붙은 안개와 뒤섞이곤 했다. 시냇물은 거침없이 흐르는 탁류가 되어 이따금 거세게 쏟아지는 빗소리나 휘몰아치는 진눈깨비 소리와 합쳐져 숲을 헤집으며 공중에 요란한 소리로 울려 퍼지기도 했다. 시냇가 양쪽에 자리 잡은 숲에서는 가지만 앙상한 나무들이 마치 해골처럼 서 있었다.

4월이 가고 맑고 화창한 5월이 왔다. 하늘은 푸르고 햇살은 따사로우며 5월 내내 부드러운 서풍과 남풍이 불었다. 이제 초목도 우거지기 시작했다. 로우드의 나무들도 가지를 늘어뜨리고 꽃을 피우며 초록으로 물들었다. 앙상했던 느릅나무와 물푸레나무, 참나무 들은 당당한 제 모습을 찾았다. 잠자고 있던 숲 속 식물들도 하나둘 깨어났다. 수없이 많은 이끼가 그늘 진 구석구석을 뒤덮고 한 아름 피어난 프림로즈가 묘하게도 바닥에 떠 있는 태양처럼 빛나고 있었다. 담황색 앵초는 가장 아름다운 금빛 가루를 흩뿌려놓은 듯 희미하게 빛을 내고 있었다. 나는 이 모든 것을 누구의 간섭도 없이 자유롭게 그리고 대개 혼자서 즐겼다. 지금부터 이 뜻밖의 자유와 즐거움을 누리게 된 이야기를 하려고 한다.

학교가 언덕과 숲 속에 파묻히고 시냇가 위쪽에 있다고 말하면 살기 좋은 곳이라고 생각할 것이다. 틀림없이 좋은 곳이다. 하지만 건강에도 좋은가는 다른 문제다.

로우드가 자리 잡고 있던 숲 속 골짜기는 안개가 잔뜩 끼어 있어 전염병의 온상이었다. 전염병은 봄이 다가오면서 더 빨리 이 '고아원'에 침입해 학생들로 빽빽한 교실과 기숙사에 발진티푸스를 옮겨 5월도 되기 전에 학교가 병원이 되어버렸다.

잦은 굶주림을 겪고 감기도 제대로 치료하지 못해 학생들 대부분이 병에 전염되었다. 반은 뿔뿔이 흩어지고 규칙은 느슨해졌다. 전염되지 않은 몇몇 학생에게는 거의 무제한으로 자유가 주어졌다. 의사가 병에 걸리지 않으려면 꾸준히 운동해야 한다고 강조하기도 했지만, 그렇지 않더라도 선생들은 학생들을 규제할 여유가 없었다. 템플 선생은 환자들을 돌보는 데 온 정신이 팔려 있었다. 밤에 서너 시간 눈 붙일 때 말고는 병실에서 살

다시피 했다. 다른 선생들은 다행히 전염병의 소굴에서 데리고 나가줄 친구나 친지가 있는 학생들의 짐을 싸고 필요한 준비를 하느라 바빴다. 이미 전염된 많은 학생도 죽음을 맞으러 고향으로 돌아갔다. 몇몇은 학교에서 죽기도 했는데 병의 특성상 지체할 수 없어 곧바로 매장됐다.

병마가 로우드를 떠나지 않으면서 죽음의 그림자가 빈번히 찾아오자 학교 담장 안에는 우울과 공포가 감돌았고 교실과 복도에서는 소독약 냄새가 코를 찔렀다. 온갖 알약이 죽음의 악취를 걷어내려고 헛되이 애쓰는 가운데 문밖에서는 구름 한 점 없이 눈부신 5월 하늘이 장대한 산과 아름다운 숲 위에서 찬란하게 빛나고 있었다. 교정에도 꽃이 만개했다. 접시꽃도 나무만큼 높이 자랐고 백합과 튤립, 장미꽃도 활짝 피었다. 자그마한 화단 가장자리에는 분홍색 아르메리아와 진홍색 데이지가 화사하게 피어났고 찔레꽃은 밤낮으로 향신료나 사과 같은 향기를 내뿜었다. 하지만 이 향기로운 자연의 보물은 간혹 관속에 넣어줄 한 다발의 꽃이 될 뿐 로우드에 사는 대부분의 사람에겐 아무 쓸모도 없었다.

학원에 남아 있는 학생들 가운데 나처럼 병에 걸리지 않은 학생들은 5월의 아름다운 풍광을 마음껏 즐겼다. 아침부터 저녁까지 집시처럼 숲을 헤매고 다닐 수 있었다. 우리는 하고 싶은 대로 하고 가고 싶은 곳에 갈 수 있는 자유를 만끽했다. 생활도 전보다 나아졌다. 브로클허스트 씨와 가족들이 이제 로우드 근처에는 얼씬도 하지 않았기 때문이다. 학교 운영을 세세하게 감시하지도 않았고 고약한 관리인마저 병이 옮을까 봐 두려워 떠나버렸다. 로턴 진료소의 수간호사였던 후임자는 이곳의 생활방식에 익숙하지 않아 비교적 너그러운 편이었다. 게다가 환자들은 음식을 거의 먹을 수가 없으니 식사하는 사람도 적어져 우리의 식사량이 꽤 늘었다. 가끔 점심을 제대로 차릴 시간이 없을 때는 큼지막한 차가운 파이 한 조각이나 두꺼운 빵과 치즈를 나눠주곤 했다. 우리는 이것을 들고 숲으로 가서 가장 좋아하는 자리를 골라 호사롭게 먹었다.

내가 가장 좋아하는 자리는 시냇물 한가운데 솟아 있는 물기가 없고 매끄러우며 널찍한 하얀 바위였다. 그 바위까지 가려면 맨발로 물속을 걸어가야만 했다. 그 바위는 나 말고도 한 명이 더 앉을 수 있을 만큼 넓었다. 그 무렵 나는 메리 앤 윌슨이라는 친구와 가깝게 지냈다. 영리하고 눈치가 빠른 데다가 재치도 있고 기발하면서 남을 편안하게 해주는 친구여서 함께 있으면 즐거웠다. 나보다 몇 살 위인 그녀는 세상 물정에 밝고 내가 궁금해하는 것들을 이것저것 알려주었기 때문에 내 호기심이 많이 채워졌다. 내 단점도 너그럽게 받아주고 어떤 말을 해도 결코 말을 자르거나 하지 않았다. 그녀는 말하기를 좋아하고 나는 분석하기를 좋아했다. 그녀는 가르치는 것을 즐기고 나는 묻는 것을 즐겼다. 우리는 함께 다니면서 크게 발전하지는 않았을지 몰라도 매우 즐거워하면서 잘 지냈다.

그러면 헬렌 번스는 그때 어디에 있었을까? 왜 나는 이 자유로운 날들을 그녀와 함께 보내지 않았을까? 그녀를 잊고 지냈던 걸까? 아니면 그녀와의 순수한 만남에 싫증을 느낄 만큼 내가 형편없는 아이였던 것일까? 내가 처음으로 사귄 친구인 헬렌은 분명 메리 앤 윌슨보다 훨씬 더 훌륭했다. 메리는 재미있는 얘기를 들려주거나 내가 유쾌하고 흥미로운 잡담이나 험담을 신이 나서 떠들어대면 맞장구를 쳐줄 뿐이었다. 하지만 헬렌은 자신과 대화를 나누는 상대에게 수준 높은 대화를 맛볼 수 있는 특권을 안겨주었다.

독자들이여, 이것은 사실이다. 비록 내가 장점보다 단점이 많은 부족한 아이였기는 해도 결코 헬렌 번스가 지겨워진 적은 없었다. 나에게 활기를 되찾아준, 단호하면서도 부드럽고 또 존경스러운 그녀에 대한 내 사랑을 어떻게 멈출 수 있겠는가? 헬렌은 언제 어떤 상황에서도 언짢은 표정을 짓거나 짜증을 부린 적이 없었다.

헬렌은 아팠다. 벌써 몇 주일째 2층 어느 방에 격리되어 있어서 나는 그녀를 볼 수가 없었다. 전해 듣기로 헬렌은 발진티푸스 환자들과 같이 있지 않다고 했다. 그녀는 발진티푸스가 아니라 폐결핵을 앓고 있었기 때문이다. 나는 그때까지만 해도 폐결핵이 시간을 두고 치료하면 낫는 가벼운 병이라고 생각했다.

아주 따뜻하고 화창한 날 오후쯤 헬렌이 템플 선생의 부축을 받아 아래층으로 내려와서 운동장까지 나온 것을 한두 번 보았다. 이 모습을 보고 시간이 지나면 나을 거라고 믿었다. 그러나 나는 다가가서 말을 걸 수가 없었다. 그저 교실 창문을 통해 내다보았을 뿐이다. 그녀는 온몸을 둘둘 싸매고 저 멀리 베란다 아래에 앉아 있어서 제대로 볼 수조차 없었다.

6월 초 어느 날 저녁, 나는 메리 앤과 함께 꽤 늦게까지 숲에서 놀고 있었다. 어느 때처럼 우리는 다른 아이들과 떨어져 멀리까지 걸었다. 그런데 너무 멀리 간 나머지 길을 잃고 말았다. 그러다 다행히 외딴 오두막집을 발견했고 길을 물어볼 수 있었다. 그 오두막집에서는 한 부부가 숲에서 도토리를 먹고 자라는 반은 야생인 돼지를 키우며 살고 있었다. 학교로 돌아오니 어느새 달이 수줍게 얼굴을 내밀었다. 교정에는 망아지 한 마리가 서 있었다. 의사 선생의 말이었다. 메리 앤은 이렇게 늦은 시간에 베이츠 선생을 모셔온 걸 보면 누군가 몹시 아픈 게 틀림없다고 말했다. 메리 앤은 안으로 들어갔고 나는 남아서 숲에서 뽑아온 나무뿌리 한 주먹을 화단에 심었다. 아침까지 그냥 놔두면 시들까 봐 걱정됐기 때문이다. 뿌리를 다 심고 나서도 여전히 운동장을 서성거렸다. 이슬을 머금은 꽃에서는 한층 더 달콤한 향기가 났다. 정말 고요하고 포근하며 기분 좋은 저녁이었다. 여전히 불그레한 서쪽 하늘은 내일도 날씨가 맑을 거라고 알려주는 듯했다. 어느새 달이 어두운 동쪽 하늘에 위풍당당하게 떠올랐다. 나는 그런 것들을 보며 아이처럼 즐거워했다. 그때 문득 난생처음 이런 생각이 들었다.

'지금 병상에 누워 죽음을 앞두고 있다면 얼마나 슬플까? 세상은 이처럼 즐거운데 말이야. 여기를 떠나 아무도 모르는 곳으로 가야 한다면 정말 쓸쓸할 거야.'

나는 처음으로 그동안 들어왔던 천국과 지옥을 진지하게 생각해보려고 애썼다. 그리고 순간 흠칫하며 어리둥절해졌다. 앞뒤 좌우를 둘러봐도 사방이 온통 헤아릴 수 없는 심연처럼 보였다. 지금 서 있는 이 지점, 즉 현재 말고는 모두 흐릿한 구름과 공허한 혼돈일 뿐이었다. 혼돈 속에서 비틀거리다 빠져버릴지도 모른다고 생각하니 몸서리가 쳐졌다. 이런 생각을 하고 있을 때 현관문 열리는 소리가 들렸다. 그리고 베이츠 선생과 간호사가 함께 나왔다. 간호사는 의사가 말을 타고 떠나자 안으로 들어가 문을 닫으려고 했다. 나는 그녀에게 달려갔다.

"헬렌 번스는 좀 어때요?"

"많이 아프단다."

간호사가 대답했다.

"베이츠 선생님이 헬렌을 진찰하러 오신 거예요?"

"그래."

"선생님께서 뭐라고 하세요?"

"여기 오래 있지는 못할 거라는구나."

만약 어제 이 말을 들었더라면 나는 그저 헬렌이 고향 노섬벌랜드로 돌아가게 됐다고 생각했을 것이다. 헬렌이 죽어간다는 뜻이라고는 상상조차 하지 못했을 것이다. 그러나 나는 이제 단번에 알았다. 헬렌이 이 세상을 떠날 날이 얼마 남지 않았고, 영혼의 나라가 있다면 그곳으로 불려가게 될 거라는 사실을 또렷하게 깨달은 것이다. 충격을 받은 나는 두려움과 슬픔에 온몸이 떨렸다. 그리고 헬렌을 꼭 만나보고 싶었다. 그래야만 했다. 나는 헬렌이 어느 방에 누워 있는지 물어봤다.

"헬렌은 템플 선생님 방에 있단다."

간호사가 대답했다.

"가서 얘기 좀 해도 돼요?"

"아니, 안 돼. 자, 이제 방으로 갈 시간이야. 밤이슬을 맞으면 열병에 걸릴 거야."

간호사가 문을 닫았다. 나는 교실로 통하는 옆문으로 들어갔다. 때마침 아홉 시가 되어 밀러 선생이 학생들에게 취침 시간을 알리고 있었다.

두 시간쯤 지나 아마 열한 시쯤 되었을까. 기숙사는 모두 깊은 잠에 빠져 쥐죽은 듯 조용했다. 그때까지 잠들지 못한 나는 살며시 일어나 잠옷 위에 외투를 걸치고 맨발로 침실을 빠져나와 템플 선생의 방으로 향했다. 그녀의 방은 건물 반대편에 있었다. 이미 가는 길을 알고 있는 데다 구름에 가려지지 않은 여름 달빛이 복도 창문으로 비쳐들어 쉽게 찾을 수 있었다. 열병 환자의 병실이 가까워지자 장뇌와 초산 태우는 냄새가 진동했다. 밤샘하는 간호사에게 들킬까 봐 조마조마해하면서 나는 병실 문 앞을 재빨리 지나쳤다. 들키기라도 하면 침실로 쫓겨갈 게 뻔했다. 나는 꼭 헬렌을 만나야 했다. 죽기 전에 그녀를 안아주고 마지막 입맞춤을 해준 뒤 그녀와 작별인사를 나누어야 했다.

나는 계단을 내려가 아래층을 가로지른 뒤 소리 없이 두 개의 문을 열고 닫는 데 성공했다. 그리고 또 다른 계단을 올라가니 템플 선생의 방이 나왔다. 열쇠 구멍과 문 아래쪽 틈으로 불빛이 새어나왔다. 사방이 고요했다. 가까이 가서 보니 방문이 살짝 열려 있었다. 사방이 꽉 막힌 병실을 환기시키려고 조금 열어둔 듯했다. 나는 조급한 마음을 도저히 억누를 수 없어 극심한 슬픔과 고통으로 덜덜 떨며 문을 열고 방 안을 들여다보았다. 눈으로 헬렌을 찾으면서도 그녀가 죽어 있는 건 아닐까 두려웠다.

템플 선생의 침대 바로 옆 흰 커튼에 반쯤 가려진 조그만 침대 하나가 놓여 있었다. 이불 밑으로 사람의 윤곽이 보이긴 했지만 얼굴이 커튼에 가려 보이지 않았다. 운동장에서 잠깐 대화를 나눴던 간호사가 안락의자에서 졸고 있었고, 촛불은 탁자 위에서 희미하게 타고 있었다.

템플 선생은 방에 없었다. 나중에 안 일이지만 선생은 헛소리하는 환자를 돌보러 발진티푸스 병실에 가 있었다. 나는 가까이 다가가 조그만 침대 옆에 멈춰 섰다. 커튼을 붙잡기는 했지만 한쪽으로 걷어내기 전에 말을 건네고 싶었다. 죽은 모습을 볼까 봐 두려워 망설였던 것이다.

"헬렌! 자니?"

나는 속삭이듯 말했다.

그때 헬렌이 몸을 움직여 커튼을 젖혔다. 그녀는 창백한 얼굴에 기력이 없어 보이긴 했지만 늘 그렇듯 침착했다. 변한 게 없는 얼굴을 보자 이내 두려움이 사라졌다.

"제인?"

헬렌이 특유의 다정한 목소리로 물었다.

'아! 헬렌은 죽지 않아. 사람들이 틀렸어. 죽어간다면 이렇게 침착한 표정으로 말할 수 없지!'

나는 침대 옆으로 가서 그녀에게 입을 맞췄다. 이마가 차가웠다. 양쪽 볼뿐만 아니라 손과 손목도 여위었다. 하지만 헬렌은 평소와 다름없이 미소를 짓고 있었다.

"제인, 여긴 왜 왔어? 열한 시가 넘었잖아. 몇 분 전에 시계 종소리를 들었는데."

"너를 보러 왔지. 네가 많이 아프다는 얘길 들어서 너를 만나지 않고는 잘 수가 없었어."

"작별인사를 하러 왔구나. 그럼 제시간에 맞춰 왔네."

"어디 가는 거야? 집으로 가?"

"응, 나의 머나먼 집, 내 마지막 집으로."

"헬렌, 안 돼! 그러지 마!"

나는 마음이 너무 아파 말을 잇지 못했다. 눈물을 참으려고 애쓰는데 헬렌이 발작적으로 기침을 했다. 하지만 다행히 간호사는 깨지 않았다. 기침이 멎자 헬렌은 기진맥진해져 몇 분을 가만히 누워 있다가 속삭였다.

"제인, 너 맨발이구나. 자, 여기 누워서 이불을 덮어."

나는 시키는 대로 했다. 헬렌이 한 팔로 나를 안았고 나는 그녀에게 바짝 다가갔다. 우리는 말없이 한참을 그렇게 있었다. 그러다 헬렌이 다시 속삭이듯 말했다.

"제인, 나는 정말 행복해. 그러니까 내가 죽더라도 슬퍼하지 마. 슬퍼할 것 없어. 누구나 언젠가는 죽게 되어 있잖아. 내가 걸린 이 병은 아프지도 않아. 부드럽고 천천히 진행되거든. 그래서 마음이 편해. 내가 죽는다고 슬퍼할 사람도 없고 말이야. 아버지가 계시지만 최근에 재혼하셨거든. 아마 내가 보고 싶지 않으실 거야. 그리고 난 일찍 죽으니까 큰 고통을 피하게 된 거지. 나는 이 세상에서 성공할 소질이나 재능이 없어. 만날 실수만 하며 살걸."

"헬렌, 그럼 너는 어디로 가? 거기가 보여? 어딘지 알아?"

"나는 믿어. 내게는 믿음이 있어. 나는 하느님 곁으로 가는 거야."

"하느님은 어디 있는데? 하느님이 뭐지?"

"나와 너를 창조하신 분이지. 하느님께서는 본인이 창조한 것을 결코 파괴하지 않으시는 분이야. 나는 하느님께 전적으로 의지하고 그분의 선하심을 믿어. 그래서 하느님께로 돌아가 그분의 모습을 보게 될 뜻 깊은 날을 손꼽아 기다리고 있어."

"헬렌, 너는 우리가 죽으면 그 영혼이 천국에 간다는 얘기를 믿는 거야?"

"나는 내세를 믿거든. 하느님의 선하심을 믿으니까 아무런 의심 없이 영혼을 맡길 수 있어. 하느님은 아버지이고 친구이시기도 해. 나는 하느님을 사랑하고 그분께서도 나를 사랑하신다는 걸 믿어."

"그럼 나도 죽으면 너를 다시 만날 수 있겠네?"

"당연히 만날 수 있지. 제인, 너도 나처럼 행복의 나라로 올 거야. 위내하고 선능하신 아버지께서는 틀림없이 너를 받아주실 거야."

나는 또다시 물었다. 하지만 이번에는 속으로만 생각했다.

'거긴 어디 있는 걸까? 정말 있기는 한 걸까?'

나는 두 팔로 헬렌을 꼭 껴안았다. 헬렌이 그 어느 때보다 사랑스럽고 소중하게 생각되었다. 도저히 그녀를 보낼 수 없을 것 같았다. 그래서 그녀의 목에 내 얼굴을 묻었다. 헬렌은 더없이 달콤한 목소리로 말했다.

"아, 정말 편하다. 좀 전에 기침을 하고 났더니 좀 피곤해져 이제 잘 수 있을 것 같아. 제인, 나를 두고 가지 마. 곁에 있어줘."

"응, 여기 있을게. 헬렌, 내가 꼭 있을게."

"따뜻하니?"

"응."

"잘 자, 제인."

"잘 자, 헬렌."

우리는 서로에게 입을 맞췄다. 그리고 금세 잠들었다.

깨어보니 아침이었다. 평소와 다른 움직임에 잠에서 깼다. 올려다보니 내가 누군가의 팔에 안겨 있었다. 어제 만났던 그 간호사가 나를 안고 복도를 지나 기숙사로 가고 있었다. 나는 침실에서 빠져나왔다고 혼나지 않았다. 모두 뭔가 다른 일에 신경을 쓰고 있는 듯했다. 이것저것 물어봐도 아무도 대답해주지 않았다. 하루 이틀이 지나서야 새벽녘에 방으로 돌아온 템플 선생이 작은 침대에서 자고 있는 나를 발견했다는 이야기를 들었다. 나는 헬렌의 어깨에 얼굴을 묻고 두 팔로 그녀의 목을 껴안은 채 자고 있었다. 헬렌은 숨을 거둔 뒤였다.

헬렌은 브로클허스트 교회 묘지에 묻혔다. 그녀가 죽은 뒤 십오 년간 묘지는 풀만 무성했다. 하지만 지금은 '헬렌'의 이름과 함께 '부활하리라'라는 글귀가 새겨진 대리석 묘비가 세워져 있다.

제10장

지금까지 하찮은 내 삶에 일어났던 사건들을 자세히 적었다. 내 생애의 첫 십 년을 기록하는 데 거의 그만큼의 장을 할애했다. 하지만 나는 이 책을 자서전으로 쓸 생각이 없다. 그저 흥미를 끌 만한 부분을 어느 정도 기억해내기만 하면 된다. 그래서 이제 팔 년이라는 세월을 뛰어넘으려고 한다. 다만 앞뒤 이야기가 연결되도록 설명 몇 줄을 적어둔다.

로우드가 황폐해지자 발진티푸스는 임무를 마친 듯 서서히 사라졌다. 그러나 그보다 먼저 발병력과 엄청난 희생자 숫자 때문에 세간의 이목이 로우드에 집중되었다. 발병 원인을 조사한 결과 드러난 여러 가지 사실 때문에 사람들의 분노가 들끓었다. 학교가 건강에 좋지 않은 곳에 자리하고 있었으며 학생들이 먹은 음식의 양과 질이 터무니없는 데다 요리할 때 염분이 섞이고 악취 나는 식수를 사용했다. 또한 형편없는 의복과 학교 시설, 숙소 등 모든 것이 폭로됐다. 그로 말미암아 브로클허스트 씨는 손가락질을 당했지만 학교에는 잘된 일이었다.

그 지역에 사는 몇몇 인자한 부자가 낸 넉넉한 기부금으로 더 좋은 위치에 좀 더 편한 건물이 세워졌다. 새로운 교칙을 만들고 식사와 의복 문제도 개선했다. 학교 운영기금도 관리위원회에 맡겼다. 많은 재산과 좋은 가문 때문에 무시할 수 없는 브로클허스트 씨는 여전히 회계감독 자리를 유지했지만 훨씬 더 관대하고 동정심이 많으며 인색하지 않은 사람들에게 실무를 빼앗겼다. 또한 이성과 엄격함, 근검함과 안락함, 연민과 정직을 아우를 수 있는 사람들에게 감독 역할이 주어졌다. 이렇게 개선된 학교는 진정으로 학생들에게 이로운 훌륭한 학교가 되었다. 학교가 다시 태어난 뒤 나는 이 학교에 남아 학생으로 육 년, 선생으로 이 년, 이렇게 팔 년을 보냈다. 그래서 나는 학생과 선생의 입장에서 로우드가 가치 있고 중요한 학교라는 사실을 증명할 수 있다.

지난 팔 년 동안의 내 생활은 늘 단조로웠지만 불행하진 않았다. 아무것도 하지 않은 채 시간만 보내지는 않았기 때문이다. 훌륭한 교육을 받을 수 있는 길이 가까이에 있었다. 좋아하는 과목이 있었고 모든 과목을 잘하고 싶은 의욕도 있었다. 게다가 내가 좋아하는 선생들의 격려를 받았고 선생들을 기쁘게 해드릴 수 있어 즐거웠다. 나는 내게 주어진 혜택을 십분 활용했다. 상급반에서 1등을 했고 그다음엔 선생이 되어 이 년간 열심히 일했다. 그리고 이 년이 지날 무렵 내게 변화가 생겼다.

템플 선생은 모든 변화를 겪으면서 계속 교장 선생 자리에 있었다. 내가 배운 것들 중 가장 재미있던 것은 모두 템플 선생에게 배웠다. 나는 그녀와 우정을 나누고 끊임없이 위로받았다. 그녀는 내 어머니이자 가정교사였으며 나중에는 친구도 되었다. 하지만 이 무렵 그녀가 결혼하면서 남편(목사이며 그녀에게 어울리는 훌륭한 분이었다)을 따라 먼 지역으로 떠났다. 나는 그녀와 헤어지게 되었다.

템플 선생이 떠난 이후 나는 예전의 내가 아니었다. 로우드를 마치 내 집처럼 느끼게 해준 안정감과 그 연결고리가 사라졌기 때문이다. 나는 템플 선생의 여러 성품과 습관을 그대로 본받았다. 균형 잡힌 사고방식과 절제된 감정이 마음속에 자리잡았다. 나는 의무를 다했고 규율에 충실히 따랐으며 마음도 평온하고 매사가 만족스러웠다. 다른 사람들뿐만 아니라 나 자신이 보기에도 나는 차분하고 기강이 잘 잡힌 사람이었다.

그러나 네이즈미스 목사가 나타나면서 운명은 나와 템플 선생을 갈라놓았다. 그녀는 결혼식을 치르자마자 여행복으로 갈아입고 역마차에 올라탔다. 나는 마차가 언덕을 넘어 사라질 때까지 지켜보았다. 그리고 방으로 돌아와 결혼식을 축하하기 위해 쉬기로 한 나머지 반나절을 고독하게 보냈다.

가만히 앉아 있지 못하고 방 안을 이리저리 서성거렸다. 나는 내가 템플 선생을 잃고 아쉬워하면서 어떻게 그 빈 공간을 메울 수 있을까 생각하는 줄 알았다. 오랜 사색 끝에 정신을 차리고 고개를 들어보니 어느새 오후도 다 지나 캄캄한 밤이 되었다. 그때 나는 새로운 사실을 깨달았다. 말하자면 그동안 나는 변하고 있었던 것이다.

내 마음은 템플 선생에게 빌려왔던 것들을 모두 버렸다. 아니, 그보다는 템플 선생 곁에서 내가 숨 쉬던 고요한 기운을 그녀가 함께 가지고 가버렸다. 그리고 이제 나는 원래의 나로 남겨져 과거의 감정이 스멀스멀 올라오는 것이 느껴졌다. 말하자면 버팀목이 아니라 원동력이 사라진 것이고 평온함을 유지하는 힘이 아니라 평온해야 할 이유가 없어진 것이다.

지난 몇 년 동안 로우드는 내게 이 세상의 전부였다. 나는 로우드의 교칙과 제도 속에서만 살았다. 그리고 이제야 세계가 넓다는 사실이 기억났다. 이 세상은 희망과 두려움, 감동과 흥분 등 온갖 감정을 느끼며 진정한 삶의 지혜를 찾기 위해 위험을 무릅쓰고 넓은 세상으로 나아갈 용기 있는 사람들을 기다리고 있었다.

나는 창가로 다가가 창문을 열고 밖을 내다보았다. 양쪽으로 건물이 보이고 교정이 있었다. 로우드 숲의 끝자락이 보이고 겹겹이 펼쳐진 산들이 지평선을 이루었다. 내 시선은 모두를 지나쳐 저 멀리 큰 산봉우리에 닿았다. 전부터 가보고 싶었던 산이다. 바위와 황야가 경계를 이루고 있어서 그 가운데 있는 산은 마치 감옥의 뜰이나 유배지 같았다. 나는 산기슭을 휘감고 산과 산 사이의 하얀 오솔길을 따라가곤 했다. 얼마나 멀리 가보고 싶었던가! 마차로 저 길을 달려오던 때가 생각났다. 저녁놀이 질 무렵 저 산을 내려왔다. 내가 처음 로우드에 왔던 그날 이후 오랜 시간이 흘렀다. 나는 그날 이후 한 번도 로우드를 떠난 적이 없다. 방학도 학교에서 보냈다. 리드 부인은 나를 한 번도 게이츠헤드로 부르지 않았고 그녀와 가족들 가운데 누구도 나를 찾아오지 않았다. 나는 단 한 번도 편지나 다른 방법을 통해 바깥세상과 연락한 적이 없다. 교칙과 교무, 관례, 사고방식 그리고 학교에 있는 사람들의 목소리와 얼굴, 말투, 옷차림, 좋아하는 것, 싫어하는 것 들이 내 생활의 전부였다.

그리고 이제야 나는 그것만으론 부족하다고 느끼게 되었다. 반나절 만에 팔 년간 계속해오던 틀에 박힌 일상이 지겨워졌다. 나는 자유를 갈망하고 자유를 위해 기도했다. 기도 소리는 바람에 흩어지더니 마침내 사라졌다. 나는 기도를 포기하고 좀 더 겸허하게 애원하기 시작했다. 변화와 자극을 달라고 말이다. 하지만 그 애원 또한 허공으로 사라지는 것 같았다.

"그렇다면 제게 새로운 고역을 내려주소서!"

나는 절박한 심정으로 소리쳤다.

그때 저녁 식사를 알리는 종이 울렸고 나는 아래층으로 내려 갔다. 취침 시간이 되기 전까지 끊어졌던 생각을 다시 해볼 여유가 없었다. 심지어 잠자리에서마저 나와 같은 방을 쓰는 그라이스 선생이 쉴 새 없이 잡담을 늘어놓는 바람에 안타깝게도 생각에 잠길 수가 없었다. 그녀가 잠들기만을 얼마나 바랐는지 모른다. 창가에 서면 마지막에 떠올렸던 생각으로 다시 돌아가 나를 구원해줄 암시를 새로 얻을 수 있을 것만 같았다.

마침내 그라이스 선생이 코를 골기 시작했다. 그라이스 선생은 웨일스 출신으로 뚱뚱했다. 매일 밤 그토록 귀에 거슬리던 그녀의 코고는 소리가 그날 밤에는 반갑기 그지없었다. 이제 더는 방해받지 않을 수 있었다. 그러자 잊었던 생각들이 다시 떠오르기 시작했다.

'새로운 예속, 그거야. 거기 뭔가 있겠지.'

나는 혼잣말을 했다(마음속으로 생각했을 뿐 입 밖으로 소리를 내지는 않았다).

'그래, 듣기에 좋은 말은 아니야. 자유, 흥분, 기쁨 같은 단어하고는 다르지. 그런 단어들은 듣기 좋잖아. 하지만 그냥 그렇게 들리는 것뿐이라고. 내게는 공허하고 너무 순식간이라서 시간 낭비일 뿐이지. 그런 말에 귀를 기울이는 것조차 시간 낭비야. 하지만 예속! 이건 실제로 있는 일이지. 이만한 일 정도는 내 의지대로 할 수 있겠지? 불가능한가? 아니지. 가능하고 말고. 그리 어려운 목표도 아니잖아. 머리를 잘 굴려 그 목적을 달성할 방법을 마련하기만 하면 돼.'

나는 머리를 짜내기 위해 정신을 바짝 차리려고 침대에서 벌떡 일어나 앉았다. 밤공기가 쌀쌀했다. 나는 숄을 어깨에 두르고 온 힘을 다해 생각에 전념했다.

'내가 원하는 게 뭐지? 새로운 환경, 새로운 집, 새로운 사람들 틈에서 새로운 일자리를 갖는 것이다. 그 이상은 바라봤자 소용없으니 내 바람은 이 정도로 해두자. 다른 사람들은 어떻게 새 일자리를 구하지? 친구들에게 부탁하겠지. 지금 내겐 친구가 없지만, 이 세상에는 친구가 없는 사람도 많아. 이런 사람들은 스스로 찾아내야 하겠지. 도와줄 사람도 자신밖에 없고. 그런데 어떻게?'

알 수가 없었다. 도무지 방법이 떠오르지 않았다. 그래서 나는 빨리 답을 찾아내라고 머리에 명령했다. 머리는 점점 더 빨리 돌아갔다. 내 머릿속과 양쪽 관자놀이에서 고동치는 맥박이 느껴졌다. 한 시간이나 정신없이 머리를 굴려봤지만 아무런 소득이 없었다. 나는 모든 노력이 수포로 돌아가자 방 안을 한 바퀴 돌고 커튼을 젖혔다. 별이 하나 둘 보였다. 그러다 너무 추위 덜덜 떨며 다시 이불 속으로 기어들어 갔다.

그런데 그사이 친절한 요정이 베개 위에 내가 찾아 헤매던 해답을 떨어뜨려놓은 것이 분명했다. 침대에 눕자마자 한 가지 생각이 떠오른 것이다.

'일자리를 찾는 사람들은 광고를 내잖아. 그러니 나도 ○○ 신문에 광고를 내자!'

'어떻게? 나는 광고라곤 전혀 아는 게 없는데?'

이번 대답은 순식간에 튀어나왔다.

'○○ 주 신문사 편집장 앞으로 광고 문구와 광고료를 보내자. 시간 되는 대로 로턴에 가서 우체통에 넣어야지. 답장은 여기 로턴 우체국의 제인 에어 앞으로 보내라고 하고. 편지를 보내고 일주일쯤 뒤에 답장이 왔는지 물어보는 거야. 답장이 왔다면 그 내용에 따라 움직이면 되지.'

나는 머릿속으로 이 계획을 두세 번 따져본 다음 마음속에 꼼꼼하게 새겼다. 계획은 깔끔하고 효율적이었다. 나는 만족스러운 기분으로 잠이 들었다.

다음 날 아침 나는 일찍 일어났다. 그리고 기상 시간을 알리는 종소리에 다른 이들이 잠자리에서 일어나기 전 광고 문구를 써서 봉투에 넣었다. 광고 문구는 이랬다.

교사 경력이 있는 젊은 여자로(이 년이나 교사로 있었으니까)

십사 세 미만 아동의 가정교사 자리를 구함(나는 이제 막 열여덟 살이 되었으니 내 또래의 학생을 가르칠 수는 없다고 생각했다). 영국 정규교육의 일반 과목뿐 아니라 프랑스어, 미술, 음악 지도 가능(지금은 부족해 보이지만 당시에는 꽤 많은 과목이라는 생각이 들었다).

주소: ○○ 주 로턴 우체국 J. E.

이 편지는 온종일 내 서랍에 들어 있었다. 차 마시는 시간이 지난 뒤 신임 교장 선생에게 개인적으로 볼일도 있고 동료들이 부탁한 심부름을 하러 로턴에 다녀오겠다고 말하자 쉽게 허락이 떨어졌다. 그리고 그날 오후 길을 나섰다. 로턴까지는 3킬로미터가 넘는 거리를 걸어가야 했다. 비가 내렸지만 해가 완전히 지려면 아직 멀었다. 나는 가게 한두 곳에 들렀다가 우체통에 편지를 넣고 학교로 돌아왔다. 비에 흘딱 젖었지만 마음은 가벼웠다.

그다음 한 주는 아주 길게 느껴졌다. 하지만 이 세상 모든 것에 끝이 있듯 마침내 일주일이 지나갔다. 어느 상쾌한 늦가을 저녁 나는 다시 한 번 로턴으로 나갔다. 가는 길은 정말이지 그림처럼 아름다웠다. 가장 경치 좋은 골짜기를 따라 흐르는 시냇물과 나란히 길이 나 있었다.

그러나 이날 내 신경은 아름다운 초원이나 시냇물보다 지금 내가 향하는 작은 도시에서 어쩌면 나를 기다리고 있을지도 모를 편지에 온통 쏠려 있었다.

이번에는 구두를 맞춘다는 핑계를 대고 나왔다. 우선 구둣방에서 신발을 맞춘 뒤 깨끗하고 조용한 거리를 지나 우체국으로 갔다. 콧등에 뿔테 안경을 걸치고 검은색 벙어리장갑을 낀 할머니가 우체국을 지키고 있었다.

"제인 에어 앞으로 온 편지는 없나요?"

마음을 진정시킨 뒤 물었다.

할머니는 안경 너머로 나를 뚫어지게 쳐다봤다. 그리고 서랍을 열더니 손으로 그 안을 한참 뒤적였다. 너무 오래 걸려 내 희망이 점점 사라지기 시작했다. 하지만 마침내 할머니는 한 통의 편지를 꺼내 들었다. 그리고 오 분이나 안경 앞에 편지를 붙들고 있다가 의심스러운 눈초리로 쳐다보며 창구 밖으로 내밀었다. 제인 에어 앞으로 온 것이었다.

"한 통밖에 없나요?"

"더는 없어요."

무뚝뚝한 말투였다. 나는 편지를 주머니에 넣고 학교로 향했다. 규칙상 학교에 여덟 시까지 들어가야 하는데 벌써 일곱 시 반이었다.

학교에 도착하자 여러 가지 일이 나를 기다리고 있었다. 학생들의 자습 시간을 감독했고 공부가 끝나자 기도문을 낭독할

차례였다. 그다음에는 학생들의 취침을 감독했다. 모든 일과가 끝나고 나서는 선생들과 함께 식사를 했다. 겨우 잠자리로 돌아왔을 때는 여지없이 그라이스 선생이 기다리고 있었다. 나는 그녀가 얼마 남지도 않은 양초가 다 탈 때까지 수다를 떨지 않을까 두려웠다. 하지만 다행히 저녁밥을 배불리 먹어서인지 그녀는 금세 잠이 들었다. 내가 옷을 채 갈아입기도 전에 벌써 코를 골았다. 초는 아직 한 치 정도 남아 있었다. 드디어 나는 편지를 꺼냈다.

봉투는 F라는 머리글자로 봉해져 있었다. 내용은 간단했다.

지난주 목요일 ○○ 주 신문에 광고를 내신 J. E. 씨가 기재한 학식을 갖추고 신원과 학력을 보증하는 서류를 제출하신다면 십 세 미만의 소녀가 있는 가정에서 일자리를 제공하겠습니다. 보수는 일 년에 30파운드입니다. 증명서, 성명, 주소 등 상세한 내용을 아래 주소로 보내주시기 바랍니다.
○○ 주 밀코트 인근 손필드, 페어팩스 부인

나는 꽤 오랫동안 이 편지를 들여다봤다. 나이 든 어른의 필체였는데 내용이 다소 애매했다. 조건은 마음에 들었다. 다만 혼자 멋대로 처리하다가 곤경에 처할까 봐 걱정이었다. 무엇보다 내가 노력한 만큼 존경받고 정당한 대접을 받았으면 했다.

생각해보니 내가 하려는 일에 나이 많은 부인이 관련된다 해도 전혀 나쁠 일이 없었다. 페어팩스 부인! 검은 드레스에 모자를 쓴 과부일 듯했다. 쌀쌀맞을지 몰라도 무례하진 않을 것이다. 존경할 만한 전형적인 영국의 노부인일 것이다. 손필드! 틀림없이 그녀의 집 이름이겠지. 분명 깨끗하고 아담한 집일 거야. 그 집을 제대로 그려보려고 애썼지만 실패했다. ○○ 주 밀코트라고 했다. 머릿속으로 영국 지도를 그려보았다. 그렇지. 주와 마을을 모두 찾았다. ○○ 주는 지금 내가 살고 있는 곳보다 런던에서 110킬로미터쯤 가깝다. 마음에 들었다. 활기찬 곳에 가보고 싶었다. 강변에 위치한 밀코트는 대규모 공업도시니까 분명 번화할 것이다. 그래서 더욱 좋았다. 적어도 완전히 새로울 테니까. 기다란 굴뚝과 자욱한 연기만을 상상한 것은 아니었다. 나는 '하지만 손필드는 아마도 시내에서 꽤 떨어져 있을 거야'라고 생각했다.

이때 초가 다 녹아 불이 꺼졌다.

이튿날은 다음 단계가 기다리고 있었다. 나는 계획을 도저히 가슴속에만 묻어둘 수가 없었다. 계획이 성공하려면 알려야 했다. 나는 쉬는 시간에 교장 선생을 찾아갔다. 그녀에게 지금 내가 받고 있는 월급의 두 배(로우드에서 받는 연봉은 15파운드에 불과했다)를 받을 수 있는 일자리가 생겼다고 말했다. 그리고 브르클허스트 씨를 비롯한 다른 위원들에게 이 이야기를 꺼내주고 그들을 보증인으로 내세워도 될지 물어봐 달라고 부탁했다. 교장 선생은 기꺼이 나를 도와주겠다고 말했다. 다음 날 교장 선생은 브로클허스트 씨에게 이 문제를 거론했다. 그는 리드 부인이 내 보호자이므로 이 사실을 부인에게도 알려야 한다고 말했다. 그리하여 나는 리드 부인에게 편지를 썼고 얼마 후 이런 답장이 날아왔다.

'네 문제에 간섭하는 일은 일찌감치 포기했다. 네가 하고 싶은 대로 하렴.'

이 편지는 위원들에게 회람되었다. 그리고 지긋지긋하게 오랜 시간을 끌다가 마침내 더 좋은 일자리로 옮겨도 된다는 정식 허가가 떨어졌다. 또한 내가 로우드에서 교사나 학생으로서 성실히 생활해왔으므로 신원이나 실력을 보증한다는 의미로 로우드 학원의 감독 위원들이 서명한 보증서도 제공해주겠다고 했다. 그로부터 한 달쯤 뒤 나는 그 증명서를 받아 사본을 페어팩스 부인에게 보냈다. 부인은 만족한다며 이 주 후부터 가정교사로 일하라는 내용의 답장을 보내왔다.

나는 분주하게 떠날 준비를 했다. 이 주일은 순식간에 흘러갔다. 욕심이 많지 않아 필요한 만큼의 옷밖에 없었기 때문에 가방은 떠나기 전날 꾸려도 충분했다. 팔 년 전 게이츠헤드에서 갖고 온 바로 그 트렁크였다.

가방은 끈으로 묶어 이름표를 달았다. 이 짐을 로턴까지 운

반할 짐꾼이 삼십 분 후에 오기로 되어 있었다. 나는 내일 아침 일찍 로턴에 가서 역마차를 타기로 했다. 검은 모직 여행복을 꺼내 먼지를 털고 모자, 장갑, 팔 토시를 챙긴 뒤 빠진 물건이 없는지 서랍 안까지 확인했다. 모든 준비가 끝나면 잠시 쉬려고 했는데 도무지 그럴 겨를이 없었다. 종일 바삐 움직였는데도 쉴 틈이 전혀 없었다. 너무 들떠 있었다. 오늘 밤 내 인생의 1막이 끝나고 제2막이 열리려는 이때 쿨쿨 잠이 올 리가 없었다. 변화가 일어나는 과정 하나하나를 두 눈으로 똑똑히 지켜보고 싶어졌다.

마치 불안한 사람처럼 서성거리고 있을 때 휴게실에서 하녀와 마주쳤다.

"선생님, 아래층에 어떤 분이 찾아오셨어요."

하녀가 말했다.

'짐꾼이겠지'라고 생각하며 나는 더 이상 묻지 않고 아래층으로 내려갔다. 부엌을 향해 문이 반쯤 열린 교사용 응접실을 지나 들어가려는데 누군가 뛰어나오더니 말했다.

"아가씨 맞죠. 확실해, 어디서든 나는 딱 알아볼 수 있어!"

한 여인이 발걸음을 멈추게 하며 내 손을 붙잡았다. 옷을 잘 차려입은 하녀 같기도 하고 부인 같기도 했지만 아직 젊어 보였다. 머리와 눈동자가 검고 안색이 밝은 예쁜 여자였다.

"나를 알아보겠어요?"

낯익은 목소리와 미소였다.

"나를 영영 잊어버린 건 아니죠, 제인 아가씨."

그 순간 나는 너무나 기뻐서 그녀를 안고 정신없이 입을 맞추었다.

"베시! 베시! 베시!"

나는 이 말만 되풀이했고 베시는 울다가 웃다가 했다.

우리는 응접실로 들어갔다. 난로 옆에 체크무늬의 겉옷과 바지를 입은 세 살가량 된 아이가 서 있었다.

"내 아들이에요."

베시가 재빨리 말했다.

"결혼했어요, 베시?"

"오 년 됐어요. 마부 로버트 리븐이 남편이에요. 여기 보비말고 딸이 하나 더 있는데 이름을 제인이라고 지었어요."

"그럼 이제 게이츠헤드에는 안 살아요?"

"문지기 집에 살아요. 문지기 영감이 나갔거든요."

"그렇군요, 베시. 모두 어떻게 지내요? 가족들 얘기 좀 해줘요. 우선 앉아봐요. 보비, 너는 내 무릎에 앉으렴."

하지만 보비는 자기 엄마 옆으로 갔다.

"제인 아가씨는 키가 별로 안 자랐네요, 살도 안 찌고. 학교에서 대접이 좋지 않은 거예요? 일라이자 아가씨는 키가 아가씨보다 머리 하나는 더 크고 조지아나 아가씨는 몸집이 아가씨

두 배는 될 텐데."

리븐 부인이 말했다.

"조지아나는 아름다운 숙녀가 되었죠?"

"그럼요. 지난겨울 마님과 런던에 갔는데 전부 조지아나 아가씨한테 넋을 잃었대요. 그중 어느 젊은 귀족이 아가씨한테 반해 청혼했는데 그분 가족들이 결혼을 반대한 거예요. 그래서 어떻게 되었는지 아세요? 그분과 아가씨가 도망을 쳤지 뭐예요. 그러다 잡혀서 결국 헤어졌어요. 그런데 찾아낸 사람이 바로 일라이자 아가씨였어요. 내 생각엔 질투를 한 것 같아요. 지금 그 둘은 앙숙이 되어 지내요. 매일 싸우면서요."

"그럼 존 리드는 어때요?"

"아아, 그분은 마님께서 바라신 것만큼 잘 지내지 못해요. 대학에 들어갔는데 낙제했다던가……. 사람들이 그러더라고요. 삼촌들이 변호사가 되라고 해서 법률 공부를 하긴 하는데 워낙 방탕해서 삼촌들도 크게 기대하지 않는 눈치예요."

"어떻게 생겼어요?"

"키가 엄청 커요. 잘생긴 청년이라는 사람도 있지만 입술이 너무 두꺼워요."

"그럼 리드 부인은요?"

"마님은 건강하고 얼굴도 보기 좋은데 마음이 편치 않으신가 봐요. 존 도련님 때문에 속상하신 거겠죠. 돈을 물 쓰듯 하거든요."

"외숙모가 베시를 여기로 보내신 거예요?"

"아뇨, 그럴 리가요. 예전부터 아가씨가 보고 싶었거든요. 그러던 차에 아가씨한테 편지가 왔는데 다른 고장으로 떠난다기에 일부러 보러 온 거예요. 영영 못 만나는 먼 곳으로 가기 전에 당장 가서 만나봐야지 하고요."

"나를 보고 실망했겠네요."

내가 웃으며 말했다. 베시의 눈에서 존경스러운 빛은 엿보였지만 감탄한 기색은 없었다.

"아니에요, 아가씨. 꼭 그렇지도 않아요. 제인 아가씨는 아주 고상해져서 보기에 마치 귀부인 같아요. 예상하던 거의 그대로예요. 솔직히 아가씨는 어릴 때도 예쁘지는 않았잖아요."

베시의 솔직한 대답을 듣고 나는 미소를 지었다. 맞는 말이지만 솔직히 그 말이 아무렇지도 않게 들리지는 않았다. 열여덟 살이 되면 대부분의 사람은 남의 마음에 들고 싶어 한다. 그런데 자신의 외모가 그런 바람을 충족시켜주지 못한다는 것을 알게 되면 실망할 수밖에 없다.

"그래도 아가씨는 똑똑하잖아요."

베시가 위로하듯 말했다.

"아가씨는 어떤 걸 할 줄 알아요? 피아노는 치나요?"

"조금 칠 줄 알아요."

방 안에 피아노가 있었다. 베시는 피아노로 가서 뚜껑을 열더니 한 곡만 쳐달라고 부탁했다. 내가 왈츠를 한두 곡 치자 그녀는 감탄했다.

"리드 댁 아가씨들은 그만큼 못 쳐요."

베시가 정말 기쁜 듯이 말했다.

"공부라면 아가씨가 리드 댁 아가씨들하고 비교도 안 되게 잘할 거라고 내가 늘 말했잖아요. 그림도 그리나요?"

"저기 벽난로 위에 걸린 그림도 내가 그린 거예요."

그건 수채 물감으로 그린 풍경화였다. 나를 위해 위원들에게 허락을 받아준 게 고마워서 교장 선생에게 선물한 것이었다. 교장 선생은 그 그림을 액자에 끼워 걸어놓았다.

"정말 아름답네요. 리드 아가씨들을 가르치는 미술 선생이 그린 것만큼이나 훌륭해요. 아가씨들의 그림 수준은 발끝에도 못 따라가겠어요. 프랑스어도 할 줄 알아요?"

"네, 읽고 말할 수 있어요."

"모슬린이나 캔버스에 수도 놓을 수 있고요?"

"그럼요."

"어머나! 아가씨는 정말 귀부인이 다 됐네요. 내 그럴 줄 알았지. 이제는 아가씨 친척이 돌봐주지 않아도 잘 지낼 수 있겠어요. 그런데 아가씨한테 물어볼 게 있어요. 혹시 아버님 친척인 '에어' 댁에서 무슨 소식 못 들었어요?"

"한 번도 들은 적이 없어요."

"그렇군요……. 마님께서 늘 아가씨 친척이 가난하고 천한 것처럼 말씀하셨잖아요. 한데 내 생각에는 가난할지는 몰라도 리드 가문 못지않게 점잖은 분들일 거라는 생각이 들어요. 칠 년 전쯤에 에어라는 분이 게이츠헤드로 찾아오셨어요. 아가씨 를 만나고 싶다고요. 마님께서 아가씨가 80킬로미터쯤 떨어진 학교에 있다고 말하니까 크게 실망하시는 것 같더라고요. 그분 은 외국으로 떠나야 해서 머물 수가 없었나 봐요. 배가 하루 이 틀 있다가 런던을 떠나기로 되어 있어서요. 점잖아 보이는 신 사분이던데 아가씨 아버님의 형제 같았어요."

"외국 어디로 가셨어요?"

"수천 킬로미터 떨어진 섬이고, 포도주를 만든다고 집사가 그랬는데……."

"마데이라?"

내가 추측해보았다.

"맞아요. 바로 거기예요."

"그래서 떠나셨어요?"

"네, 오래 계시지도 않았어요. 마님이 너무 거만하게 대하셨 거든요. 나중에 마님은 그분이 천한 장사꾼이라고 하셨는데 남 편은 포도주 사업가인 것 같다고 하더라고요."

"그렇겠네요. 아니면 포도주 사업가 밑에서 일하는 직원이거나 판매업자였겠죠."

베시와 나는 한 시간이 넘게 옛날 얘기를 주고받았다. 그리고 어느새 베시가 떠날 시간이 되어 우리는 헤어져야 했다. 다음 날 아침 나는 로턴에서 역마차를 기다리다가 베시와 잠시나마 다시 만났다. 마침내 우리는 브로클허스트암스 어귀에서 각자의 길로 떠났다. 베시는 게이츠헤드로 가는 마차를 타러 로우드펠 언덕으로 가고 나는 새 일자리와 새로운 삶이 있는 밀코트의 미지의 장소로 데려다 줄 마차에 올랐다.

제11장

소설 속의 새로운 장은 연극의 새로운 장면과 같다. 그러니 독자들이여, 내가 이제 막을 올리면 밀코트에 위치한 조지 여인숙의 방을 들여다보고 있다고 상상하기 바란다.

여인숙 방에 있을 법한 무늬가 큰 벽지에다 여인숙다운 카펫과 가구, 벽난로 위의 장식품이 있으며 조지 3세와 영국 황태자의 초상화, 울프 장군의 전사 장면을 그린 그림이 벽에 걸려 있었다. 천장에 달린 등불과 활활 타오르고 있는 벽난로의 불빛이 모든 것을 환하게 비춰주었다. 나는 외투를 입고 모자를 쓴 채 불 옆에 앉아 있었다. 팔 토시와 우산을 탁자 위에 올려놓고 10월의 매서운 추위 속에서 장장 열여섯 시간이나 찬바람을 맞아 얼어붙은 몸을 녹이고 있었다. 새벽 네 시에 로턴을 떠났는데 밀코트에 도착해보니 시계가 막 저녁 여덟 시를 가리켰다. 나는 방 안에 편안히 앉아 있는 것처럼 보였지만 마음속으로는 안절부절못했다. 마차가 여기 도착하면 누군가 마중 나와 있을 거라고 생각했다. 편히 내리도록 갖다놓은 나무 발판을 밟고 내려오면서 혹시 누가 내 이름을 부르지 않을까 하며 손필드로 나를 데려다 줄 마차가 보이길 바랐지만 아무도 없었다. 여관 종업원에게 제인 에어를 찾는 사람이 없었느냐고 물어봤지만 없다는 대답뿐이었다. 나는 방으로 안내해달라고 부탁하고 지금 이 방에 앉아 기다리고 있다. 온갖 의심과 두려움으로 마음속이 어지러웠다. 세상 물정에 어두운 젊은 처녀가 모든 관계를 끊고 떠나온 항구에 도착할 수 있을지도 불확실했고, 그렇다고 되돌아가자니 너무 많은 장해물이 가로막고 있었다. 세상 천지에 나 혼자뿐이라는 생각이 들자 기분이 묘했다. 모험의 매력이 이런 기분을 더 즐겁게 만들어주고 자부심이라는 불꽃이 마음을 더욱 따뜻하게 해주지만, 두근거리는 불안감이 이 모든 기분을 어지럽혔다. 삼십 분이 지나도록 혼자 있으려니 마음속에 불안한 마음이 가득했다. 나는 일단 초인종을 눌러보기로 했다.

"이 근처에 손필드라는 곳이 있나요?"

종소리를 듣고 온 종업원에게 물었다.

"손필드요? 모르겠네요. 술집에 가서 물어보겠습니다."

그는 나가더니 금세 다시 돌아왔다.

"혹시 에어 양이신가요?"

"네."

"여기 기다리는 분이 계십니다."

나는 벌떡 일어나 토시와 우산을 챙겨들고 서둘러 복도로 나갔다. 열린 문 앞에 한 남자가 서 있었다. 등불이 켜진 거리에 어렴풋이 말 한 필이 끄는 마차가 보였다.

"이게 선생님 짐이죠?"

남자는 나를 바라보더니 불쑥 복도에 놓인 가방을 가리키며 물었다.

"네."

남자는 수레 같은 마차에 짐을 올렸고 나도 마차에 올라탔다. 그가 마차 문을 닫기 전에 나는 손필드가 얼마나 멀리 떨어져 있는지 물었다.

"10킬로미터쯤 됩니다."

"도착할 때까지 얼마나 걸릴까요?"

"한 시간 반쯤 걸릴 겁니다."

그는 마차 문을 닫고 바깥 자리에 앉았다. 그리고 마차가 출발했다. 마차가 비교적 천천히 달려서 생각할 시간은 충분했다. 나는 드디어 여행이 끝나간다고 생각하니 무척 기뻤다. 우아하지는 않지만 안락한 마차에 기대 편안한 마음으로 이런저런 상념에 빠졌다.

'하인과 마차가 소박한 걸 보니 페어팩스 부인은 그리 멋을 부리는 사람은 아닌 듯하네. 그럴수록 좋지. 사치스러운 사람들과 살았을 때 얼마나 비참했어. 페어팩스 부인은 어린 소녀와 단둘이 살고 있나? 만약 그렇고 사람도 친절하다면 틀림없이 잘 지낼 수 있을 거야. 최선을 다해야지. 최선을 다한다고 항상 보답이 돌아오는 건 아니지만 로우드에서 그렇게 마음먹고 생활했더니 사람들이 모두 날 좋아했잖아. 하지만 리드 외숙모는 내가 최선을 다해도 핀잔만 주었어. 페어팩스 부인이 제2의 리드 외숙모가 아니길 바랄 뿐이야. 만약 그렇다면 나는 거기서 살 수 없어. 최악의 상황이 와도 상관없어. 또 광고를 내면 되지 뭐. 그런데 지금 얼마나 왔지?'

나는 창문을 내리고 밖을 내다보았다. 밀코트는 저 멀리 뒤에 있었다. 불빛이 많은 것으로 보아 로턴보다 훨씬 크고 더 번화한 곳인 듯했다. 눈앞에 펼쳐진 광경을 보건대 마차는 넓은 공유지 위를 달리고 있는 것처럼 보였지만 군데군데 집들이 흩어져 있었다. 로우드와 달리 더 번화하지만 경치는 그저 그렇고, 활기차지만 낭만은 부족한 곳에 와 있는 느낌이었다.

길은 질척거리고 밤안개가 자욱했다. 마부가 계속해서 말을 걸게 내버려두는 바람에 한 시간 삼십 분이면 갈 거리를 두 시간이나 걸려 도착했다. 마침내 마부가 고개를 돌리며 말했다.

"손필드에 거의 다 왔습니다."

나는 다시 밖을 내다보았다. 마침 교회 앞을 지나고 있었다. 낮고 폭이 넓은 탑이 하늘로 솟아 있었다. 교회의 종이 십오 분마다 울렸다. 언덕 위에 마을의 불빛이 마치 가느다란 은하수처럼 퍼져 있었다. 우리가 들어가자 뒤에서 쿵 하고 문이 닫혔다. 마차는 이제 천천히 올라가 기다란 건물 앞에 섰다. 커튼을 친 창문 하나에서 촛불 빛이 비쳤지만 다른 창들은 모두 깜깜했다. 마차가 현관 앞에 멈추자 하녀가 문을 열었다. 나는 마차에서 내려 안으로 들어갔다.

"이쪽으로 오시겠습니까?"

하녀가 앞서 걸으며 말했다. 나는 하녀를 따라 사방으로 높다랗게 문이 나 있는 네모난 홀을 지나갔다. 하녀는 나를 난로와 촛불이 켜진 방으로 안내했다. 두 시간이나 어둠 속에 있다 보니 처음에는 눈이 부셔 아무것도 보이지 않았다. 하지만 시간이 조금 지나자 아늑한 광경이 눈앞에 펼쳐졌다.

작지만 포근한 방이었다. 타오르는 난롯불 곁에는 동그란 탁자가 있고 높은 구식 안락의자에 모자를 쓴 채 검은 비단 옷에 하얀 모슬린 앞치마를 두른 단아하고 자그마한 노부인이 앉아 있었다. 생각보다 덜 우아하고 생각보다 더 상냥하지만 내가 상상한 그대로의 모습이었다. 뜨개질을 하고 있는 그녀의 발치에는 커다란 고양이 한 마리가 얌전히 앉아 있었다. 완벽하게 평화로운 가정의 모습이었다. 새 가정교사에게 이보다 더 마음 놓이는 첫 만남은 없을 것이다. 나를 주눅 들게 만드는 웅장함이나 쩔쩔매게 만드는 기세등등함은 없었다. 내가 들어가자 노부인은 재빨리 일어나 반갑게 다가왔다.

"어서 와요. 오는 동안 지루했죠? 존이 마차를 좀 느리게 몰아요. 추울 텐데 난롯가로 와요."

"페어팩스 부인이신가요?"

내가 물었다.

"맞아요, 앉아요."

부인은 자기 의자로 나를 데려가 숄을 벗기고 모자 끈을 풀어주었다. 나는 손사래를 치며 만류했다.

"아니에요, 괜찮아요. 추워서 손이 얼음장이네요. 리어, 따끈한 니거스(포도주와 더운물, 설탕 등을 넣은 음료―옮긴이)랑 샌드위치를 가져와. 저장실 열쇠는 여기 있어."

부인은 이렇게 말하며 호주머니에서 열쇠 꾸러미를 꺼내 하녀에게 건넸다.

"자, 난로 쪽으로 좀 더 가까이 와요. 짐은 가져왔죠?"

"네."

"짐은 방에 갖다놓으라고 할게요."

부인은 이렇게 말하고 바삐 밖으로 나갔다.

'날 손님처럼 대해주시네. 이렇게 환대받을 줄은 예상도 못했어. 차갑고 무뚝뚝하게 맞아줄 거라고 생각했는데 말이야. 가정교사 대우가 이 정도라고 듣지는 않았는데. 그래도 섣불리 좋아하지는 말아야지.'

나는 이런 생각을 하며 들뜬 마음을 가라앉혔다.

부인은 돌아와 손수 탁자에 있는 뜨개질 거리와 책 두어 권을 치우고 리어가 방금 가져온 쟁반을 놓았다. 그러고 나서 내게 음식을 권했다. 지금까지 이런 대접을 받아본 적이 없는 데다가 그 대상이 고용주면서 손윗사람이기까지 해서 어리둥절했다. 하지만 부인은 자신의 행동이 격에 맞지 않는다고 생각하는 것 같지 않아 잠자코 친절을 받아들이기로 했다.

"오늘 저녁에 페어팩스 양을 만나볼 수 있을까요?"

나는 부인이 권하는 음식을 먹으며 물었다.

"뭐라고요? 내가 귀가 좀 어두워요."

마음씨 좋은 부인이 내 입가에 자기 귀를 갖다 대며 말했다.

나는 또박또박 다시 한 번 물었다.

"페어팩스 양이오? 아하! 바렝 양 말이군요! 앞으로 가르치실 아이 이름은 바렝입니다."

"그렇군요! 부인의 딸이 아닌가 보네요."

"네, 나는 가족이 없어요."

바렝 양과는 무슨 관계냐고 묻고 싶었지만 한꺼번에 너무 많이 묻는 게 실례인 듯해서 잠자코 있었다. 때가 되면 알게 될 거라고 생각했다.

노부인은 내 맞은편에 앉아 무릎 위에 고양이를 올려놓으며 말을 이었다.

"반갑네요. 선생님이 오셔서 정말 기뻐요. 이제 말벗도 생겼으니 여기서 사는 게 좀 더 즐거워지겠네요. 원래도 살기 좋은 곳이기는 하지만요. 손필드는 유서 깊은 저택이에요. 최근에 좀 방치되긴 했지만 여전히 훌륭한 곳이죠. 하지만 겨울에는 아무리 훌륭한 저택이라도 혼자면 쓸쓸하거든요. 혼자라고는 했지만 물론 리어는 착한 아이이고 존 부부도 예의 바른 사람들이에요. 하지만 보시다시피 하인들이니까 아무래도 동등한 입장에서 대화를 나눌 수가 없지요. 권위를 잃지 않으려면 적당히 거리를 둬야죠. 기억할지 모르지만 작년 겨울은 정말 추웠고 눈이 오지 않는 날에는 비가 오거나 바람이 불었죠. 11월부터 2월까지 푸줏간 주인과 우편배달부 말고는 이 집에 사람 그림자 하나 없었어요. 매일 밤 혼자 앉아 있으니 정말 우울해지더군요. 가끔 리어에게 책을 읽어달라고 했지만 불쌍한 그 애도 썩 좋아하는 눈치가 아닌 데다 지루해하는 것 같더군요. 봄과 여름에는 훨씬 낫죠. 해가 나고 날이 길어지면 확 달라지잖아요. 그러다 지난 초가을에 아델 바렝과 그 애 유모가 왔어요. 그 애 덕분에 집안에 생기가 넘쳐나게 되었어요. 게다가 선생님까지 오셨으니 얼마나 기쁜지 몰라요."

이 말을 듣고 나니 이 훌륭한 노부인이 정말 좋아졌다. 나는 그녀 쪽으로 의자를 당겨 앉았다. 그리고 그녀가 나와 함께 지내면서 기대하는 것처럼 즐겁기를 진심으로 바란다고 말했다.

부인이 말했다.

"하지만 오늘 밤은 늦게까지 붙들고 있지 않을게요. 벌써 열두 시네요. 종일 여행을 했으니 피곤할 거예요. 발이 녹았으면 침실을 보여줄게요. 내 옆방을 준비했어요. 작기는 해도 정면을 바라보는 넓은 방과 비교해 더 좋을 거예요. 넓은 방이 가구는 더 좋지만 을씨년스러워 나는 거기서 자본 적이 없어요."

사실 긴 여행에 피곤해서 세심한 배려에 감사드린 다음 이제 침실로 가겠다고 말했다. 부인이 촛불을 들고 나가자 나는 그 뒤를 따라나섰다. 부인은 우선 현관문이 잠겨 있는지 살핀 뒤 자물쇠의 열쇠를 빼서 2층으로 올라갔다. 계단과 난간은 참나무로 되어 있고 계단에 있는 창문은 격자 모양으로 높이 나 있었다. 침실로 통하는 긴 복도와 복도의 창문은 집이 아니라 마치 교회 같았다. 지하실 같은 썰렁한 공기가 계단과 복도를 감돌아 쓸쓸하고 고독하게 느껴졌다. 내 침실은 작지만 아늑하고 평범했으며 현대적인 가구로 꾸며져 있었다. 나는 방이 마음에 들었다.

페어팩스 부인이 친절하게 잘 자라고 인사한 뒤 나가자 나는 문을 잠그고 방 안을 느긋하게 둘러봤다. 거대한 방과 어둡고 널찍한 계단, 길고 서늘한 복도를 보고 받았던 으스스한 인상이 이 생기 있는 작은 방에 들어서자 어느 정도 사라졌다. 몸은 피로하고 마음은 불안했던 하루를 보내고 마침내 안식처에 도착했다는 안도감이 밀려들었다. 감사한 마음이 벅차올라 나는 침대에서 무릎을 꿇고 감사기도를 올렸다. 기도를 마치기 전에 앞으로 내가 갈 길을 보살펴주시고, 아직 애쓴 일이 없는데도 극진히 대해준 친절에 보답할 수 있는 힘을 달라고 애원하는 것도 잊지 않았다. 그날 밤 나는 조금도 불편하지 않았고 방에 혼자 있어도 두렵지 않았다. 만족스러운 데다가 피곤하기도 해서 나는 금세 곯아떨어졌다. 다음 날 눈을 뜨자 대낮처럼 날이 환했다.

내 방은 정말 아늑하고 밝았다. 화사한 푸른색 꽃무늬 커튼 사이로 아침 햇살이 비치면서 로우드의 회칠한 지저분한 벽이나 널빤지가 그대로 드러난 바닥과는 비교도 안 되는 도배한 벽과 카펫이 깔린 마루를 비췄다. 나는 그 광경을 보자 기분이 밝아졌다. 젊은이에게 외부적인 것들은 큰 영향을 미친다. 내게도 꽤 괜찮은 시절이 시작되고 있다는 생각이 들었다. 꽃과 즐거움뿐만 아니라 가시밭길과 괴로움도 함께 있을 것이다. 환경의 변화와 희망찬 새 일자리에 고무되어 내 모든 능력도 깨어나는 듯했다. 무엇을 기대하는지 꼬집어 얘기할 수는 없지만 즐거운 것이었다. 오늘이나 다음 달이 아니라 언젠가 다가올 미래의 어느 날일 것이다.

　나는 일어나 신경 써서 옷을 입었다. 아주 단순한 옷밖에 없어 수수하게 보이겠지만 최대한 단정하게 보이고 싶었다. 성격상 부끄럽게 보이거나 부주의하다는 인상을 주고 싶지 않았다. 오히려 최대한 잘 보이고 싶고 되도록 예쁘게 보이고 싶었다. 가끔 내가 좀 더 예쁘게 생기지 않아 속이 상하기도 했다. 때때로 불그레한 볼에 오뚝한 코, 앵두 같은 입술을 가졌으면 했다. 키가 크고 위풍당당하며 균형 잡힌 몸매이길 간절히 바랐다. 작은 키와 창백한 얼굴에 제멋대로 생긴 독특한 이목구비 때문에 불행하다고 느낀 적도 있었다. 나는 왜 이런 열망과 아쉬움을 갖게 된 것일까? 답하기 어려운 질문이었다. 그 당시에는 나 자신한테도 그 이유를 설명하기가 어려웠다. 하지만 나름의 이유는 있었다. 너무나 합리적이고 당연한 이유 말이다. 어쨌든 머리를 곱게 빗고 퀘이커 교도처럼 보이지만 그래도 몸에 꼭 맞아 잘 어울리는 검은색 드레스를 입은 다음 새하얀 깃 장식을 가다듬고 나니 이 정도면 페어팩스 부인 앞에 스스럼없이 나설 수 있고, 새 제자도 내가 싫어 움찔하지 않을 거라는 생각이 들었다. 나는 침실 창문을 열어젖히고 화장대 물건이 가지런히 놓였는지 확인한 뒤 용기를 내어 방을 나섰다.

　매트가 깔린 긴 복도를 지나 매끈매끈한 참나무 계단을 내려가니 큰 홀이 나타났다. 나는 걸음을 멈추고 벽에 걸린 그림 몇

점(내 기억에 그중 하나는 갑옷을 입은 험상궂게 생긴 남자의 초상화였고, 다른 하나는 머리에 분을 바르고 진주 목걸이를 한 귀부인의 초상화였다)과 천장에 걸린 청동 램프, 오래되고 손때가 묻어 새까맣고 묘한 조각으로 장식된 커다란 참나무 시계를 바라보았다. 모든 것이 웅장하고 인상 깊었다. 그때까지 그만큼 장엄한 광경을 본 적이 없어서 더욱 그랬을 것이다. 절반이 유리로 된 커다란 현관문은 열려 있었다.

나는 현관문을 나섰다. 이른 아침 가을 햇살이 갈색 숲과 아직 푸르른 들판을 잔잔하게 비췄다. 나는 잔디밭으로 나가 고개를 들어 정면에서 저택을 바라보았다. 건물은 3층짜리로 꽤 컸지만 거대할 정도는 아니었다. 귀족의 저택이라기보다는 신사의 저택 같았고 지붕을 둘러싼 흉벽 덕분에 그림 같은 느낌도 있었다. 회색빛 저택은 까마귀 떼가 날아오르는 숲을 배경으로 우뚝 서 있었다. 새들이 잔디와 정원을 지나 넓은 초원에 내려앉았다. 저택과 풀밭 사이에는 도랑이 있었다. 참나무같이 단단하며 마디가 굵고 많은 가시나무들의 당당한 모습은 손필드라는 이름의 유래를 알려주었다. 저 멀리 언덕이 보였다. 로우드를 둘러싼 언덕처럼 높지도 않고 바위도 많지 않았으며 세상과 갈라놓는 장벽처럼 보이지도 않았다. 그러나 몹시 고요하고 쓸쓸해 보였다. 번화한 밀코트 지방이라는 생각이 들지 않을 만큼의 한적함이 손필드를 에워싸고 있었다. 나무 사이로 언덕배기에 작은 마을의 지붕들이 보였다. 그리고 손필드 근처 교회의 낡은 첨탑이 저택 건물과 대문 사이의 작은 언덕 너머로 보였다.

나는 이 평온한 경치와 상쾌하고 신선한 아침 공기를 즐기며 까마귀 떼의 깍깍거리는 소리를 듣고 있었다. 저택의 넓고 낡은 홀을 바라보며 페어팩스 부인처럼 작고 외로운 여성이 살기에는 너무 큰 집이라는 생각을 하고 있을 때 문 앞에 부인이 나타났다.

"어머, 벌써 나왔네요? 일찍 일어났나 봐요."

부인은 내가 다가가자 다정한 몸짓으로 입을 맞추며 손을 꼭 잡았다.

"손필드가 마음에 들어요?"

나는 고개를 끄덕이며 마음에 든다고 말했다.

"그렇죠, 아름다운 곳이에요. 하지만 로체스터 씨가 아예 여기에 정착하시거나, 적어도 지금보다 더 자주 오시지 않는다면 못 쓰게 되지 않을까 걱정이에요. 아무래도 큰 저택과 멋진 정원에는 주인이 살아야 하거든요."

"로체스터 씨라고요? 그분이 누구신데요?"

나는 처음 듣는 이름에 놀라며 물었다.

"손필드의 주인이오. 주인 이름이 로체스터 씨라는 걸 모르셨어요?"

그녀가 차분한 목소리로 말했다.

물론 나는 몰랐다. 그의 이름을 들어본 적이 없었다. 하지만 노부인은 온 세상이 그의 존재를 알아야 하며, 누구든 본능적으로 알고 있어야 하는 사실로 여기는 듯했다.

"나는 여기가 부인의 저택이라고 생각했어요."

내가 말했다.

"내 집이오? 무슨 그런 생각을! 내 집? 난 그냥 가정부예요. 관리인이죠. 외가 쪽으로 로체스터 씨와 먼 친척이긴 해요. 말하자면 내 남편이 그래요. 남편은 저 언덕 너머에 있는 작은 헤이 마을의 목사였어요. 문가에 있는 교회를 맡고 있었지요. 로체스터 씨의 어머니가 페어팩스 집안인 남편과 육촌 간이었어요. 하지만 나는 절대로 친척 관계를 내세우거나 하지는 않아요. 사실 아무것도 아니니까요. 나 자신도 보통 가정부와 똑같다고 생각해요. 이 집의 주인은 항상 친절해서 나는 더 이상 바라는 게 없어요."

"그럼 제 학생이 될 아이는요?"

"그 아이는 로체스터 씨의 양녀예요. 나한테 가정교사를 구해달라고 부탁하셨거든요. 내 생각에 주인 양반은 그 애를 ○○ 주에서 키우실 모양이에요. 아, 저기 '본'이랑 같이 오네요. 저 애는 유모를 본이라고 부르더군요."

드디어 수수께끼가 풀렸다. 상냥하고 친절한 미망인은 높으신 귀부인이 아니라 나와 같은 고용인이었다. 그렇다고 그녀가 싫어지진 않았다. 오히려 전보다 더 가깝게 느껴졌다. 그녀가 나를 동등하게 대해준 것은 우리가 실제로 평등했기 때문이지 겸손해서가 아니었다. 그래서 더 좋았다. 훨씬 더 자유롭게 행동할 수 있을 거라는 생각이 들었기 때문이다.

이런 생각을 하고 있을 때 소녀가 유모와 함께 잔디밭을 뛰어왔다. 나는 아이를 바라보며 서 있었다. 그 애는 내가 누구인지 알아보지 못한 듯했다. 일곱 살에서 여덟 살 정도로 보이는 꽤 어린 아이였다. 창백한 얼굴에 눈코입이 오밀조밀하고 몸이 자그마한 아이로 숱 많은 곱슬머리가 허리까지 길게 내려왔다.

"아델, 잘 잤니?"

페어팩스 부인이 말했다.

"이리 와서 인사 드리렴. 앞으로 너를 가르치며 똑똑한 숙녀로 만들어주실 선생님이셔."

소녀가 다가왔다.

"이분이 내 선생님이세요?"

그 애는 나를 가리키며 프랑스어로 유모에게 물었다.

"그래."

유모가 대답했다.

"외국인들인가요?"

나는 프랑스어를 듣고 깜짝 놀라 물었다.

"네, 유모는 프랑스 사람이에요. 아델은 대륙에서 태어나 여섯 달 전에 처음 그곳을 떠나왔다더군요. 처음 여기 왔을 때는 영어를 한 마디도 못 했어요. 지금은 조금씩 말하기 시작했죠. 그래도 나는 이 아이의 말을 잘 못 알아듣겠어요. 프랑스어를 섞어서 하거든요. 하지만 선생님은 바로 알아들으실 거예요."

다행히 나는 프랑스인에게 프랑스어를 배웠다. 그리고 기회가 될 때마다 피에로 선생과 대화를 하려고 노력했으며 지난 칠 년간 매일 프랑스어를 암기했다. 악센트에 특별히 공을 들여 선생과 최대한 비슷하게 발음하려고 노력했다. 이런 노력 덕분에 나는 프랑스어를 꽤 정확하고 유창하게 말할 수 있었다. 아델과 대화하는 데도 큰 무리는 없을 것 같았다.

아델은 내가 가정교사라는 말을 듣자 다가와서 악수를 청했다. 나는 아침 식사를 하러 가면서 프랑스어로 몇 마디 말을 걸었다. 아이는 처음에는 짧게 대답하다가 식탁에 앉자 커다란 연갈색 눈으로 십 분 정도 나를 살피더니 갑자기 말을 술술 쏟아내기 시작했다.

"어머나! 선생님도 로체스터 아저씨만큼 프랑스어를 잘하시네요. 아서씨한테 하듯이 선생님과도 얘기할 수 있겠어요. 소피도 그렇고요. 소피가 정말 기뻐할 거예요. 여기선 아무도 소피 말을 못 알아듣거든요. 페어팩스 부인은 영어밖에 못 해요. 소피는 제 유모예요. 저하고 연기를 내뿜는 굴뚝이 달린 커다란 배를 타고 바다를 건너왔어요. 연기가 무지무지 많이 났어요. 저는 멀미를 했는데 소피도 하고 아저씨도 했어요. 로체스터 아저씨는 살롱이라는 좋은 방에 있는 소파에 누워 계셨고 소피와 저는 다른 방 작은 침대에 누워 있었어요. 그때 침대에서 떨어질 뻔했어요. 침대가 선반 같았어요. 그런데 선생님 이름은 뭐예요?"

"에어란다. 제인 에어."

"에이르요? 칫, 발음을 못 하겠어요. 음, 그런데 우리 배는 아침에 해가 뜨기도 전 어떤 큰 도시에 멈췄어요. 큰 도시에……. 집들은 시커멓고 연기가 자욱한 큰 도시였어요. 제가 살던 예쁘고 깨끗한 곳이랑은 전혀 딴판이었죠. 아저씨가 먼저 배에서부터 저를 안아서 판자를 건너 내려왔어요. 소피는 그다음에 내렸고 우리 셋은 마차에 올라탔어요. 마차는 우리를 멋지고 큰 집에 내려줬어요. 호텔이라는 곳이었는데 이 집보다 훨씬 더 크고 멋졌어요. 일주일 정도 거기에 머물렀죠. 저하고 소피는 매일 나무가 빽빽이 들어찬 넓은 공원이라고 하는 곳을 산책했어요. 거기엔 저 말고 다른 애도 많았어요. 연못에 예쁜 새들이 있어 새들한테 빵부스러기를 주기도 했어요."

"저렇게 빠른 말을 다 알아들으세요?"

페어팩스 부인이 물었다.

나는 피에로 선생의 유창한 말투에 이미 익숙해져 있어서 아델의 말을 수월하게 알아들었다.

"부탁이 있는데 이 애한테 부모님에 대해 한두 가지만 물어봐주세요. 부모님이 기억나는지 궁금해서요."

페어팩스 부인이 말했다.

"아델, 그럼 아까 말한 아름답고 깨끗한 마을에서 누구랑 살았어?"

부인한테서 고개를 돌리고 아델에게 물었다.

"아주 예전에는 엄마랑 같이 살았어요. 그런데 엄마는 성모 마리아님한테 가버렸어요. 엄마는 저한테 춤과 노래를 가르쳐주고 시를 낭송하게 하셨어요. 엄청 많은 신사와 귀부인이 엄마를 보러 오셨죠. 그러면 저는 그 사람들 앞에서 춤을 추기도 하고 무릎에 앉아 노래를 부르기도 했어요. 그게 좋았어요. 선생님께도 노래를 불러드릴까요?"

마침 아델이 식사를 마쳤기에 나는 노래를 불러달라고 했다. 그녀는 의자에서 내려와 나한테 다가오더니 무릎에 앉았다. 그리고 작은 손을 얌전히 포개고 곱슬머리를 뒤로 넘기다 천장을 바라보며 오페라 아리아를 부르기 시작했다. 버림받은 여자의 노래였다. 애인에게 배신당해 슬퍼하는 여인이 자존심을 지키기 위해 하녀를 시켜 화려한 보석과 사치스러운 옷으로 꾸미고 그날 밤 무도회에서 자기를 배신한 남자를 만나 밝게 행동하면서 그가 떠났지만 자신은 아무렇지 않다는 것을 보여주겠다고 다짐하는 내용이었다.

어린아이가 부르기에는 어울리지도 않는 노래였다. 하지만 사람들은 어린아이가 혀 짧은 소리로 부르는 사랑과 질투에 대한 노래를 재미있어 하며 들었을 것 같다. 악취미가 아닐 수 없었다. 적어도 나는 그렇게 생각했다.

아델은 이 노래를 듣기 좋은 가락으로 나이에 어울리게 불렀다. 그리고 노래를 마치자 내 무릎에서 뛰어내리며 말했다.

"선생님, 이번에는 시를 읊어볼게요."

아델은 자세를 잡고는 라퐁텐의 우화 〈쥐들의 동맹〉을 낭송하기 시작했다. 구두점이나 강세, 억양에 세심하게 신경 쓰며 동작까지 곁들여 시를 낭송했다. 아델 또래한테서는 찾아보기 힘든 실력이라 매우 꼼꼼하게 배운 것을 알 수 있었다.

"그건 엄마가 가르쳐주셨어?"

내가 물었다.

"네, 엄마가 늘 이렇게 말했어요. '그럼 너는 어떻게 할 거야? 말해보렴 하고 쥐 한 마리가 말했습니다.' 그리고 엄마는 내 손을 들게 했어요. 질문이 나올 때 억양 올리는 걸 까먹지 않게요. 이번에는 춤을 춰볼까요?"

"아니야, 이제 됐어. 그런데 엄마가 성모 마리아님께 가신 뒤에는 누구하고 살았니?"

"프레데리크 부인이랑 그분 남편하고 살았어요. 저를 돌봐주셨는데 친척은 아니에요. 그분은 가난한 것 같았어요. 집이 그다지 좋지 않았거든요. 거기서 오래 살지는 않았어요. 아저씨가 영국에 가서 같이 살지 않겠느냐고 물어보셔서 그러겠다고 했어요. 프레데리크 부인보다 아저씨를 더 먼저 알았거든요. 로체스터 아저씨는 항상 저한테 친절하셨고 예쁜 옷과 장난감도 많이 사주셨죠. 하지만 약속을 지키지 않았어요. 저를 영국에 데려온 뒤로는 한 번도 오시지 않았거든요."

아침 식사를 마치고 아델과 나는 서재로 갔다. 로체스터 씨가 서재를 공부방으로 쓰라고 한 모양이었다. 책들은 대부분 유리문이 달린 책장 안에 있었고 문이 잠겨 있었다. 하지만 잠가놓지 않은 책장 하나에 초급 수준의 학습 과정에서 필요로 할 만한 책들과 가벼운 문학작품, 시, 전기, 기행문 몇 권과 로맨스 소설 몇 권이 있었다. 로체스터 씨는 가정교사가 개인적으로 읽기에 이 정도면 된다고 생각한 듯했다. 사실 이 정도면 지금으로서는 충분히 만족스러웠다. 로우드에서 이따금 얻어 읽은 보잘것없는 책들에 비하면 훨씬 재미있고 많은 지식을 얻을 수 있을 듯했다. 방 안에는 새것과 다름없는 작지만 고급스러운 피아노 한 대가 있었고, 그림 그릴 때 쓰는 이젤과 지구본 한 쌍도 있었다.

아델은 말은 잘 듣는 편이었지만 공부는 열심히 하지 않았다. 그 아이는 규칙적인 일에 익숙하지 않았다. 그러니 처음부터 심하게 제한하면 안 될 것 같았다. 그래서 나는 여러 가지 이야기를 들려주고 조금 공부하게 한 다음 점심이 되면 유모에게 돌려보냈다. 나는 점심시간까지 아델을 가르칠 때 쓸 작은 그림 몇 장을 스케치하기로 마음먹었다.

그림 가방과 연필을 가지고 2층으로 올라가는데 페어팩스 부인이 나를 불렀다.

"아침 수업이 끝났나 보군요?"

부인은 접이식 문이 열려 있는 방에 있었다. 부인의 목소리에 나는 방으로 들어갔다. 보라색 의자와 커튼, 터키산 카펫, 호두나무 판자를 덧댄 벽, 아름다운 색유리로 된 커다란 창문, 우아한 형태의 높은 천장 등 넓고 훌륭한 방이었다. 페어팩스 부인은 찬장에 놓인 아름다운 보라색 돌로 된 꽃병의 먼지를 털어내고 있었다.

"정말 아름다운 방이네요."

나는 방 안을 둘러보며 감탄했다. 지금까지 이 방의 절반만큼이라도 아름다운 방을 본 적이 없었다.

"그렇죠. 여기는 식당이에요. 환기도 시키고 햇볕도 좀 쐬려고 방금 창문을 열어놓았어요. 거의 안 쓰는 방이라서 공기가 눅눅하거든요. 저쪽 응접실에 가면 마치 지하실에 있는 듯한 기분이에요."

부인은 창문만큼 넓은 아치를 가리켰다. 거기에는 창문처럼 자줏빛 커튼이 묶여 있었다. 폭이 넓은 계단을 두세 칸 올라가 들여다보니 마치 요정의 나라를 보는 것 같았다. 처음 보니 이 세상의 것이 아닌 듯 눈이 부실 정도로 화사했다. 정말 멋진 응접실이었고 그 안에 부인용 내실도 있었다. 두 곳 모두 하얀 카펫이 깔려 있고 화려한 꽃다발이 놓여 있었다. 하얀 포도송이와 포도 잎사귀 무늬의 나무 장식이 천장에 대어져 있고 그 아래에는 진홍빛 침대와 긴 의자가 뚜렷한 대조를 이루며 붉게 빛나고 있었다. 한편 푸른빛이 감도는 하얀 대리석 벽난로 위에는 루비처럼 반짝거리는 보헤미아 유리잔이 장식품으로 놓여 있었다. 창문과 창문 사이에 놓인 대형 거울은 전반적으로 흰색과 붉은 색이 섞인 방 안을 비추었다.

"방을 아주 깔끔하게 정돈해두셨네요. 덮개도 없는데 먼지 하나 없어요. 좀 서늘해서 그렇지 매일 누군가 묵고 있는 방 같아요."

내가 말했다.

"로체스터 씨는 자주 오시지 않지만 오실 때는 아무 기별도 없이 갑작스럽게 오시거든요. 오셨을 때 물건에 먼지가 쌓여 있거나 오신 다음에 청소하느라 법석을 떨면 언짢아하시는 것 같아 평소에 방을 정리해두지요."

"로체스터 씨는 까다롭고 꼼꼼한 분인가요?"

"특별히 그렇지는 않지만 신사다운 취향과 습관이 있어 모두 그렇게 관리되길 바라시죠."

"부인은 그분을 좋아하세요? 다들 좋아하나요?"

"아, 그럼요. 이 지역에서 로체스터 댁은 명망 있는 집안이에요. 아주 옛날부터 이 근방 대부분이 로체스터 집안의 소유랍니다."

"그렇군요. 하지만 땅과 상관없이 그분을 좋아하세요? 인품만 보고도 사람들이 좋아하나요?"

"나는 그분을 좋아하지 않을 이유가 없어요. 소작인들도 그분을 공정하며 너그러운 지주라고 생각하고요. 하지만 소작인들과 같이 지내신 적은 거의 없답니다."

"특이한 점은 없나요? 한마디로 어떤 성격이세요?"

"성격은 나무랄 데가 없지만 좀 별난 구석이 있긴 하세요. 여행을 많이 해서 세상에 대해 보고 들은 것도 많으시고요. 똑똑하신데 그분과 대화를 많이 해보지는 않았어요."

"어떤 점에서 특이하세요?"

"글쎄요, 딱 꼬집어 설명하기는 어렵네요. 그분 얘기를 듣고 있으면 그런 생각이 절로 들 거예요. 농담인지 진담인지, 기분이 좋은지 나쁜지 영 알 수가 없거든요. 그러니 그분의 마음을 제대로 알 수가 없어요. 적어도 나는 그래요. 하지만 별거 아니에요. 아무튼 좋은 주인이세요."

내 고용주와 관련해 페어팩스 부인한테서 들은 얘기는 이게 전부다. 세상에는 사람이나 사물의 성격을 파악하거나, 특징을 관찰해서 잘 표현하지 못하는 사람이 있다. 마음씨 좋은 페어팩스 부인은 그런 부류였다. 부인은 내 질문에 제대로 된 답을 하지 못하고 당황했을 뿐이다. 그녀에게 로체스터 씨는 로체스터 씨였다. 신사이고 주인일 뿐 그 이상도 이하도 아니었다. 그 밖에 더 묻거나 살펴보지도 않았을 것이고, 그와 관련된 얘기를 더 명확하게 알고 싶어 하는 나를 오히려 의아하게 생각했을 것이다.

함께 식당을 나오자 그녀는 집 안의 다른 곳도 보여주겠다고 했다. 나는 아래위층을 다니면서 가는 곳마다 감탄했다. 어느 방이나 깔끔하게 정돈되어 있고 아름다웠다. 앞쪽의 넓은 방은 내가 보기에 유난히 웅장했고 3층에 있는 몇몇 방은 천장도 낮고 어두웠지만 고풍스러운 분위기를 풍겨 흥미로웠다. 아래층 방에 놓았던 가구들을 유행이 바뀌자 3층으로 옮겨놓은 것 같았다. 좁은 창문으로 희미한 빛이 들어와 수백 년 된 낡은 침대를 볼 수 있었다. 참나무나 호두나무로 만든 옷장에는 종려나무 가지와 천사의 얼굴을 오묘하게 조각해 마치 유대인들이 십계명을 새긴 돌을 넣어둔 성궤처럼 보였다. 등받이가 높고 좁다란 낡은 의자가 여러 줄로 놓여 있었고 의자 쿠션에는 두 세대 전 세상을 떠난 사람들이 손으로 수놓은 반쯤 지워진 낡은 자수의 흔적이 남아 있었다. 이런 유물 때문에 3층은 마치 과거의 집이나 추억의 전당처럼 보였다. 낮 시간에 이 고요하고 진기한 외딴 장소를 둘러보는 것은 좋았지만, 밤에 저 넓고 육중한 침대에서 쉬고 싶은 생각은 전혀 들지 않았다. 참나무 문으로 사방을 둘러싼 침대도 있었고, 오랜 시간 공들여 기묘한 꽃과 새와 사람을 수놓아 만든 낡은 영국풍의 장막으로 덮인 침대도 있었다. 이런 것들이 모두 창백한 달빛 아래에서라면 아주 기이하게 느껴질 듯했다.

"하인들은 이 방에서 자나요?"

"아니요. 하인들은 뒤쪽의 조그만 방에서 자요. 여기는 전혀 사용하지 않아요. 손필드 저택에서 유령이 나온다면 아마 이 방에서일 거예요."

"그럴 것 같네요. 그러면 유령은 없는 거지요?"

"나는 못 봤어요."

페어팩스 부인이 미소를 지으며 대답했다.

"전해지는 이야기도요? 전설이나 귀신 얘기 같은 거요."

"없어요. 그저 로체스터 집안사람들이 대대로 조용하기보다는 좀 사납다고 하더라고요. 그래서 지금은 모두 무덤 속에서 조용히 쉬고 계시나 봐요."

"열병 같은 삶을 마치고 조용히 잠들었구나(셰익스피어의 희곡 《맥베스》 3막 2장에 나오는 맥베스의 대사—옮긴이)."

나는 혼잣말처럼 중얼거렸다.

그때 부인이 방을 나섰다.

"페어팩스 부인, 이번에는 어디로 가세요?"

"지붕에 올라가 보려고요. 같이 올라가서 구경해보겠어요?"

나는 조용히 부인을 따라서 좁은 계단을 올라 다락방으로 갔다. 거기서 다시 사다리를 타고 올라가 들창을 통해 지붕 위로 나갔다. 까마귀 둥지와 같은 높이까지 올라가 둥지를 들여다볼 수도 있었다. 흉벽에 기대 아래를 내려다보며 나는 마치 지도를 들여다보는 듯 저택 부지를 살펴볼 수 있었다. 눈부신 벨벳 같은 잔디밭이 저택의 잿빛 토대를 에워싸고 있었다. 공원처럼 넓은 들판에는 고목들이 여기저기 보였다. 회갈색으로 시들어버린 숲은 나무보다 더 푸른 이끼가 뒤덮인 샛길로 나뉘었고 대문 옆에 있는 교회와 도로, 조용한 언덕이 가을 햇살 속에서 쉬고 있었다. 새하얀 진줏빛 대리석 무늬를 그려놓은 듯한 지평선은 새파란 하늘과 맞닿아 있었다. 특별한 것은 없지만 절로 기분이 좋아지는 풍경이었다. 그곳에서 들창을 통해 내려올 때는 사다리를 내려오는 길이 거의 보이지 않았다. 그때까지 보고 있던 푸른 하늘과 이 저택을 중심으로 펼쳐진 숲과 초원, 푸른 언덕에 비하면 다락방은 지하실처럼 어두웠다.

페어팩스 부인은 들창문을 잠그느라 조금 늦게 내려왔다. 나는 손으로 더듬어가며 다락방에서 나오는 길을 찾아 좁은 계단을 내려가기 시작했다. 그러다 3층의 앞방과 뒷방을 가르는 긴 복도에서 잠시 머뭇거렸다. 복도는 좁고 천장이 낮은 데다가 저 멀리 끝에 자그마한 창이 거우 하나 나 있어서 어둡기까지 했다. 양쪽에 검은 문들이 닫힌 채 늘어서 있는 것을 보니 마치 '푸른 수염 사내가 사는 성(여섯 명의 아내를 죽였다는 전설의 주인공―옮긴이)'의 복도 같았다.

조심스레 복도를 걸어가는데 이렇게 적막한 곳에서는 들을 수 없을 것 같은 웃음소리가 귓가를 스쳤다. 특이하고 억지로 웃는 듯한 소리가 또렷하게 들렸다. 나는 걸음을 멈췄다. 웃음소리는 잠시 멎었다가 더 큰 소리로 다시 들리기 시작했다. 처음에는 또렷하지만 나지막이 들렸다. 하지만 이내 그 소리는 모든 빈방에 메아리칠 만큼 커졌다. 한 곳에서 나는 소리였지만 어느 방인지 분간할 수가 없었다.

"페어팩스 부인! 저 시끄러운 웃음소리 들으셨어요? 누구일까요?"

나는 페어팩스 부인이 계단을 내려오는 소리를 듣고 그쪽을 향해 물었다.

"하인 중 한 명일 거예요. 아마 그레이스 풀이겠죠."

그녀가 대답했다.

"들으셨어요?"

나는 거듭 물었다.

"그럼요, 자주 들어요. 저기 어느 방에서 바느질을 하거든요.

리어와 함께 어울리면서 종종 저렇게 소란스럽게 굴지요."

나지막한 웃음소리는 계속해서 또렷하게 울리다가 이상한 중얼거림으로 바뀌더니 사라졌다.

"그레이스!"

페어팩스 부인이 소리쳤다.

나는 그레이스가 대답을 할 거라고 생각하지 않았다. 내 평생 그렇게 비극적이고 괴의한 웃음소리는 들어본 적이 없었기 때문이다. 해가 중천에 떠 있고 괴이한 웃음소리와 함께 귀신이 나타날 분위기도 아니었고 공포심을 불러일으킬 만한 장소와 시간도 아니었기에 망정이지 그렇지 않았다면 나는 두려움에 벌벌 떨었을 것이다. 하지만 깜짝 놀란 것만으로도 어리석은 일이었다는 게 금방 밝혀졌다.

바로 앞에 있던 문이 열리더니 하녀가 나타난 것이다. 삼사십 대로 보이는 여성이었다. 어깨가 벌어진 다부진 체격으로 빨간 머리에 사나운 인상이었다. 이토록 낭만적이지도 귀신같지도 않은 귀신은 없을 것이다.

"그레이스, 너무 시끄러워요. 지적받은 걸 잊지 말아요."

페어팩스 부인이 말했다. 그레이스는 말없이 인사를 하고 다시 들어갔다.

"그레이스는 재봉 일을 하고 리어의 일을 거들어요. 부족한 점이 없는 건 아니지만 제법 일을 잘해요. 그런데 오늘 아침 새로운 학생과는 어땠나요?"

부인이 물었다.

대화의 주제는 아델로 바뀌었고 밝고 생기 넘치는 아래층으로 내려올 때까지 이야기는 계속됐다.

큰 홀에서 아델이 우리에게 달려오며 외쳤다.

"식사 준비가 끝났대요! 배고파 죽겠어요!"

페어팩스 부인의 방에 우리를 위한 식사가 차려져 있었다.

제12장

    손필드에서의 생활이 평온하게 시작되자 앞으로 순조로운 날이 계속될 것만 같았다. 이 기대감은 그 집 사람들과 사귀어가면서도 변하지 않았다. 페어팩스 부인은 겉보기와 마찬가지로 차분한 성품에 친절하며 교육도 충분히 받고 어느 정도 지적 수준을 갖춘 사람이었다. 활발한 데다 버릇없이 자란 내 제자가 가끔 속을 썩이기도 했지만, 그 아이의 교육은 모두 내 소관으로 누구의 간섭도 받지 않고 가르칠 수 있었다. 얼마 지나시 않아 그 애노 변덕을 멈추고 고분고분하며 가르치기 좋은 아이가 되어갔다. 타고난 재능이 뛰어나거나 성격에 두드러진 특징이 있는 것은 아니었다. 보통 아이들보다 특별한 감정이나 취향을 가지고 있지도 않았다. 여느 아이들보다 뛰어난 점이 있는 것도 아니었다. 하지만 문제가 될 만한 결점이나 단점도 없었다. 아델은 적절한 속도로 발전했고 내게 깊지는 않지만 아이다운 생기 넘치는 애정을 품고 있었다. 그 애의 순진함과 쾌활한 수다 그리고 내 마음에 들려고 노력하는 모습에 감동받은 나도 그 애에게 애정을 가지고 대했다. 우리 둘은 서로에게 매우 만족스러워하며 지냈다.

아이들은 천성적으로 천사 같으며 그들의 교육을 맡고 있는 사람은 아이들을 우상처럼 여길 의무가 있다고 주장하는 사람들에게는 내 평가가 냉정하게 들릴지도 모른다. 그러나 나는 부모들의 자부심에 알랑거리고 위선적인 말에 맞장구치거나 남을 속이고자 이 글을 쓰고 있는 것이 아니다. 단지 진실을 말할 뿐이다. 나는 아델의 행복과 발전을 위해 진심으로 걱정하고 있으며 그 애 자체를 좋아했다. 마치 내가 페어팩스 부인의 친절을 고맙게 생각하며 그녀가 내게 보여준 한결같은 배려심과 그녀의 절제된 정신과 성격에 맞추어 함께 보내는 조화로운 시간을 즐거워하는 것과 마찬가지였다.

이런 말을 덧붙인다고 해서 나를 비난하는 사람도 있을 것이다. 이따금 정원을 홀로 산책하거나 대문까지 내려가 문밖으로 길을 내다볼 때, 또는 아델이 유모와 놀고 페어팩스 부인이 식품창고에서 젤리를 만드는 사이 나는 3층 계단을 지나 다락방 들창을 열고 지붕으로 올라가 저 멀리 들판과 언덕, 흐릿한 지평선을 내려다볼 수 있었다. 그럴 때면 지평선 너머까지 볼 수 있는 능력이 있으면 하고 바랐다. 그러면 지금까지 보지 못했던 활기차고 번잡한 마을이나 도시, 세상을 볼 수 있을지 모른다는 생각이 들었다. 나는 지금보다 더 많은 현실적 경험을 해보고 싶었다. 나와 비슷한 사람들을 사귀고, 나와는 다른 사람들과 만나보고 싶었다. 페어팩스 부인과 아델의 장점을 소중하게 여겼지만 이 세상에는 더 뚜렷하고 다른 종류의 선량함도 존재한다고 믿었다. 그것을 내 눈으로 직접 보고 싶었다.

누가 나의 이런 바람을 비난할까? 틀림없이 많은 사람이 분수도 모르고 고마운 줄 모른다고 할 것이다. 하지만 나는 천성적으로 가만있지를 못한다. 심지어는 너무 불안해 괴로울 때도 많았다. 그럴 때면 고요하고 한적한 3층 복도를 왔다 갔다 걸어 다니면서 오랫동안 눈앞에 밝게 빛나는 환상들을 바라보는 것이 유일한 위안이었다. 그 환상은 아주 다양하고 생생하기까지 했다. 그리고 내 마음은 기쁨으로 들썩거리며 괴로움 속에서 활기차게 부풀어 올랐다. 무엇보다 큰 기쁨은 끝없는 이야기에 내 마음속 귀를 기울이는 것이었다. 간절히 바라지만 현실에서는 얻지 못한 모든 사건과 삶, 열정, 감정을 담아 내가 상상 속에서 끊임없이 만들어낸 이야기들 말이다.

인간이란 평온한 삶에 만족해야 한다는 말은 부질없는 소리다. 인간은 활발하게 움직여야 한다. 그리고 움직일 거리를 찾을 수 없으면 만들어내야 한다. 수백만 명의 사람이 나보다 단조로운 삶을 살고 있으며, 또 수백만 명의 사람이 조용히 그들의 운명에 저항하며 살아가고 있다. 정치적 반란이 아니더라도 많은 사람 사이에서 셀 수 없을 정도로 많은 반란이 일어나고 있다. 대개 여자는 얌전해야 한다고 여긴다. 하지만 여자도 남자와 똑같은 감정을 느끼고 오빠나 남동생처럼 능력을 계발해 노력의 결실을 펼칠 무대가 필요하다. 지나치게 엄격한 구속이나 전혀 발전이 없는 삶 때문에 괴로운 것은 남자나 여자나 마찬가지다. 여자보다 더 많은 특권을 누리는 남자들이 여자는 요리를 하거나 양말을 짜거나 피아노를 치거나 주머니에 수놓는 일만 해야 한다는 것은 편협한 생각일 뿐이다. 관습적으로 여자들에게 필요하다고 여겨지던 일을 벗어나 더 많이 배우고 시도해보려는 여성들을 비난하고 비웃는 것도 몰지각한 일이다.

이렇게 혼자 있을 때면 그레이스 풀의 웃음소리가 더 자주 들렸다. 처음 들었을 때 나를 소름끼치게 했던 것처럼 크게 터졌다가 느리게 나지막이 "하하!" 하고 웃는 그 웃음이었다. 괴상하게 중얼거리는 소리도 들렸다. 그 소리는 심지어 웃음소리보다 더 기괴했다. 조용한 날도 있지만 도무지 알 수 없는 소리가 날 때도 있었다. 나는 이따금 그녀를 보기도 했다. 그녀는 대야나 접시 아니면 쟁반을 들고 방에서 나와 부엌에 갔다가 흑맥주 병을 들고 금세 돌아왔다. (낭만적인 독자들이여, 단순히

208

사실만을 나열하는 것을 용서하기 바란다.) 그녀를 보면 항상 기괴한 웃음소리를 듣고 생겨났던 호기심이 사라졌다. 못생겼지만 차분한 얼굴이어서 도무지 흥미가 생기지 않았다. 나는 대화를 나눠보려고 시도해봤지만 원래 말수가 적은 편인지 항상 단답형의 대답만 할 뿐 말이 이어지지 않았다.

존 부부와 하녀 리어, 프랑스인 유모 소피 등 이 집에 사는 다른 사람들은 모두 괜찮은 사람으로 큰 특징이 없었다. 나는 소피와는 프랑스어로 대화했고 이따금 그녀의 모국에 대해 물어보기도 했다. 하지만 그녀가 자세히 설명하거나 구구절절 이야기하는 성격이 아니라서 대개는 그 대답이 재미도 없고 헷갈리기만 하다 보니 더 물어볼 생각이 들지 않았다.

10월과 11월 그리고 12월은 그렇게 흘러갔다. 1월 어느 날 오후, 페어팩스 부인은 아델이 감기에 걸렸으니 오늘 하루 수업을 쉬었으면 좋겠다고 청했다. 게다가 아델까지 간절히 부탁하자 내가 어렸을 적 수업 쉬는 날이 얼마나 소중했는지가 떠올라 이 시점에서 융통성을 발휘하는 것이 좋을 듯싶어 결국 허락했다. 매우 추웠지만 바람 한 점 없는 맑은 날이었다. 아침나절 서재에서 내내 시간을 보내고 있자니 지겨운 생각이 들었다. 이때 마침 페어팩스 부인이 편지 한 통을 써서 부치려고 했다. 그래서 내가 부쳐주겠다고 한 뒤 모자와 외투를 걸치고 헤이 마을까지 걸어가기로 했다. 3킬로미터 정도 거리면 겨울 오후 시간에 기분 좋게 산책하기 좋았다. 아델은 페어팩스 부인의 방 난롯가 작은 의자에 편안히 앉아 있었다. 나는 아델에게 가장 좋은 밀랍인형(나는 그 인형을 늘 은종이에 싸서 서랍 안에 보관했다)을 가지고 놀라며 주고 인형이 싫증나면 읽을 동화책도 줬다.

"빨리 다녀오세요, 사랑하는 제인 선생님."

나는 아델에게 입맞춤으로 답해주고 길을 나섰다.

땅은 꽁꽁 얼어붙었으나 바람은 불지 않았다. 길은 호젓했다. 나는 몸이 더워질 때까지 빠르게 걸었다. 그러다가 이 시간과 환경이 주는 즐거움을 꼼꼼히 살펴보고 즐기기 위해 천천히 걷기 시작했다. 이제 막 세 시가 되었다. 종탑 밑을 지나는데 교회 종이 울렸다. 점점 깔려오는 어스름과 옅은 빛을 내며 미끄러지듯 낮아지는 태양이 마음을 사로잡았다. 나는 손필드에서 1.6킬로미터가량 떨어진 길을 걷고 있었다. 그 길은 여름이면 들장미, 가을이면 나무 열매와 블랙베리로 유명한 곳이었다. 지금도 들장미와 산사나무에는 산호 같은 열매가 매달려 있었다. 그러나 이런 겨울철 최고의 즐거움은 완전한 고독과 잎이 다 떨어진 뒤의 고요함이었다. 한 줄기 바람이 불어도 아무런 소리도 나지 않았다. 나뭇잎이 바스락거리며 소리를 내는 동백나무나 상록수가 없었기 때문이다. 잎이 다 떨어진 산사나무나 개암나무 관목은 길 한복판에 깔린 닳아서 하얘진 자갈처럼 꼼짝없이 서 있었다. 양옆으로 멀리 쭉 펼쳐진 들판에도 풀을 뜯어먹는 소 한 마리 보이지 않았다. 이따금 산울타리 속에서 자그마한 갈색 새들이 보이긴 했지만 미처 떨어지지 못한 낙엽처럼 보였다.

이 길은 헤이 마을까지 가는 내내 오르막이었다. 중간쯤 도착한 나는 들판으로 이어지는 울타리 계단에 앉았다. 매서운 추위에도 외투를 꽉 여미고 두 손을 머프(모피 뒷면에 헝겊을 대어 토시 모양으로 만들어서 양쪽으로 손을 넣는 방한용구—옮긴이)에 넣고 있으니 춥지 않았다. 얼마나 추운지 길 위에 깔린 빙판만 봐도 알 수 있었다. 지금은 굳었지만 며칠 전 갑자기 눈이 녹는 바람에 작은 도랑이 넘친 것이었다. 내가 앉은 자리에서는 손필드가 내려다보였다. 눈 아래 펼쳐진 골짜기에서는 흉벽이 있는 잿빛 저택이 가장 눈에 띄었다. 손필드의 숲과 시커먼 떼까마귀들이 사는 숲이 서쪽 하늘을 배경으로 솟아 있었다. 나는 해가 나무들 사이로 내려와 새빨갛게 가라앉아 완전히 사라질 때까지 그대로 앉아 있다가 동쪽으로 몸을 틀었다.

언덕 꼭대기 위로 달이 떠올랐다. 아직은 구름처럼 흐릿했지만 점점 밝아지고 있었다. 달은 숲으로 반쯤 가려진 헤이 마을을 비췄다. 마을의 몇몇 굴뚝에서는 푸르스름한 연기가 뿜어져 나오고 있었다. 마을까지는 아직 1킬로미터 넘게 남아 있었지만 쥐죽은 듯 고요해서 사람들이 도란도란 나누는 말소리가 희미하게 들려왔다. 또 물 흐르는 소리도 귓가에 들렸다. 어느 골짜기인지, 얼마나 깊은지는 알 수 없었다. 헤이 마을 너머엔 야산도 많고 틀림없이 요리조리 그 사이를 흐르는 개울도 많을 터였다.

바로 그때 그 소리를 뚫고 멀리서 또렷하게 시끄러운 소리가 들려왔다. 터벅터벅 걸어오는 말발굽 소리였다. 부드럽게 물결 치며 흐르는 물소리를 몰아내는 듯한 금속성의 말발굽 소리가 분명했다. 마치 새까맣고 또렷하게 그려놓은 단단한 바위산이나 울퉁불퉁한 참나무 줄기의 전경이 푸른 산, 찬란하게 빛나는 지평선, 다채로운 구름의 원경을 압도하는 듯했다.

그 소리는 길에서 났다. 말 한 마리가 달려오고 있었다. 길이 구불구불 나 있어 아직 보이진 않았지만 소리는 점점 가까워졌다. 나는 계단에서 일어나려다가 길이 좁아 그대로 앉아서 말을 보내기로 했다. 그때만 해도 아직 어린 나이여서 밝고 어두운 온갖 종류의 공상을 마음속에 품고 있었다. 그중에는 어린 시절에 들었던 이야기도 있었다. 그 기억을 떠올리니 나이가 많아진 덕분에 예전에는 알지 못했던 활기와 생생함이 더해졌다. 어두컴컴한 가운데 말이 나타나기를 기다리는데, 베시가 들려준 이야기에 등장하는 '가이트래시'라는 영국 북부 지방의 유령이 생각났다. 말이나 노새가 커다란 개의 모습으로 주로 외딴길에 출몰하며 지금 달려오고 있는 저 말처럼 늦은 밤길을 걷는 나그네 앞에 자주 모습을 드러낸다고 했다.

말은 거의 다 왔지만 아직 눈에는 보이지 않았다. 달가닥거리는 말발굽 소리와 함께 뭔가가 산울타리 아랫길로 쏜살같이 달려오는가 싶더니 개암나무 밑동 근처를 커다란 개가 미끄러지듯 지나갔다. 흰 털과 검은 털이 섞여 있어 나무 사이에서도 또렷하게 보였다. 베시가 말한 가이트래시의 모습 그대로였다. 털이 길고 머리가 커다란 사자 같은 개였다. 하지만 개는 그냥 조용히 나를 스쳐 지나갔다. 멈춰 서서 개처럼 보이지 않는 눈빛으로 나를 올려다보지 않을까 걱정했지만 그대로 지나쳐갔다. 그 뒤로 말이 따라왔다. 키가 큰 말에 한 남자가 타고 있었다. 사람이 나타나자 단번에 마법이 풀렸다. 더구나 내가 알기로 마귀는 말 못 하는 짐승의 몸을 빌려 살기는 해도 평범한 인간의 모습을 하지는 않았다. 그러니 이 사람은 가이트래시일 리가 없었다. 그저 밀코트로 가는 지름길을 택한 나그네일 뿐이었다.

그가 지나간 뒤 나도 내 길을 갔다. 몇 걸음이나 걸었을까. 나는 깜짝 놀라 뒤를 돌아보았다. 미끄러지는 소리와 함께 "망할 것! 제길!" 하더니 쿵 떨어지는 소리가 들렸던 것이다. 사람과 말이 넘어져 있었다. 길 위 얇게 얼어 있던 얼음에 미끄러진 것이다. 개는 어느새 되돌아와 주인이 위험에 처한 광경을 지켜보다가 말이 신음하는 소리를 듣더니 덩치에 어울리게 우렁찬 소리로 저녁노을이 지는 언덕 전체가 울리도록 짖어댔다. 개는 쓰러진 사람과 말 곁에서 킁킁거리더니 내게 달려왔다.

그것밖에 할 수 있는 게 없었던 모양이다. 당장 도움을 요청할 데라곤 없었으니까. 나는 개를 따라 나그네에게로 걸어갔다. 나그네는 말에서 빠져나오려고 애쓰고 있었다. 꽤 힘차게 발버둥치는 걸 보니 다치지는 않은 듯했지만 그래도 어떤 상태인지 물어봤다.

"어디 다치신 데는 없나요?"

확실치는 않지만, 그는 입속으로 뭐라고 욕설을 내뱉는 듯했다. 뭔가 주문 같은 것을 외우고 있는 듯 내 물음에 바로 답하지 못했다.

"도와드릴까요?"

내가 다시 물었다.

"그냥 한쪽에 서 있어요."

그는 먼저 무릎을 세웠다가 다시 발로 디디고 일어나며 말했다. 나는 한쪽으로 비켜섰다. 이어서 들어 올리는 소리, 발 구르는 소리, 달그락거리는 소리가 나고 개 짖는 소리와 으르렁거리는 소리에 나는 몇 미터 뒤로 물러났다. 그러나 이 사태가 수습되기 전에 자리를 뜰 생각은 없었다. 다행히도 말은 일어섰고 "파일럿, 앉아!"라는 주인의 명령에 개는 짖어대는 것을 멈췄다. 나그네는 몸을 굽혀 발과 다리가 괜찮은지 확인하더니 어딘가 다친 듯 내가 좀 전까지 앉아 있던 산울타리 계단으로 가서 앉았다.

나는 도움을 주거나 참견이라도 하고 싶었다. 그래서 다시 그에게 다가갔다.

"다쳐서 도움이 필요하시면 손필드 저택이나 헤이 마을에서 사람을 불러올게요."

"고맙지만 괜찮소. 뼈가 부러진 게 아니고 그냥 좀 삐었을 뿐이오."

그는 다시 일어나 걸어보았다. 하지만 이내 "윽" 하는 신음이 새어나왔다. 아직 노을빛이 남아 있는 데다가 달빛도 밝아져 그의 모습을 분명히 볼 수 있었다. 그는 깃에 모피가 달리고 강철 버클을 채운 승마용 외투를 입고 있었다. 자세히는 볼 수 없었지만 키는 보통이고 가슴이 꽤 넓다는 것을 알 수 있었다. 사나운 이목구비에 가무잡잡한 피부, 미간을 찌푸린 얼굴이었다. 그의 두 눈과 찌푸린 눈썹은 되는 일이 없다는 듯 화가 난 표정이었다. 이제 청년은 아니지만 아직 중년은 안 된 서른다섯 살 정도 되어 보였다. 나는 그가 두렵지 않았고 수줍어하지도 않았다. 그가 잘생기고 늠름한 젊은 신사였다면 굳이 됐다는데도 이렇게 서서 질문을 하거나 도와주겠다고 하지 않았을 것이다. 나는 지금껏 잘생긴 청년을 본 적이 없고 살면서 대화를 나눠본 적은 더더욱 없었다. 나는 아름다움과 우아함, 용맹스러움, 매력 등을 이론적으로 존중하고 찬미했지만 그런 요소를 남성이라는 모습을 통해 마주했다면 그것들이 본능적으로 내 어떤 성격과도 공감하지 못하고 또 어울리지도 않는다는 걸 알았을 것이다. 그래서 사람들이 불이나 번개, 또는 그 밖에 화려하기는 하지만 좋아하지 않는 것들을 피하듯 나도 그것들을 피했을 것이다.

예를 들어 내가 말을 걸었을 때 처음 보는 이 남자가 미소를 지으며 사근사근하게 대했거나 도와주겠다는 내 제안을 감사하다며 정중하게 거절했다면 더는 아무 말 하지 않고 내 갈 길을 갔을 것이다. 그러나 그의 찌푸린 얼굴과 무뚝뚝한 태도에 나는 오히려 마음이 놓였고, 가라는 손짓에도 그 자리에 서서 이렇게 말했다.

"이 늦은 시각에, 이런 외딴 길에 다친 사람을 놔두고 갈 수는 없죠. 말에 오르는 걸 보기 전까지는요."

이 말에 그는 나를 쳐다보았다. 조금 전까지는 내 쪽으로 눈길도 주지 않던 사람이 말이다.

"당신이야말로 집에 가야 하지 않겠소. 이 근처에 산다면 말이오. 어디서 오는 거요?"

그가 물었다.

"바로 저 아래에서요. 저는 달이 떠 있으면 늦은 밤이라도 무섭지 않아요. 필요하시면 헤이까지 달려갈게요. 편지 부치러 가는 길이었거든요."

"바로 아래요? 그럼 저 흉벽 달린 집 말이오?"

그가 손필드를 가리켰다. 어슴푸레한 달빛을 받은 저택은 숲 속에서 도드라져 보였다. 숲은 이제 서쪽 하늘과 대비되어 커다란 그림자처럼 보였다.

"네."

"저 저택은 누구 집이오?"

"로체스터 씨 댁입니다."

"로체스터 씨를 아시오?"

"아뇨, 아직 못 뵈었어요."

"그 사람은 거기 살지 않소?"

"네."

"그럼 어디 사는지 아시오?"

"모르겠어요."

"틀림없이 그 댁 하인은 아닌 것 같은데 누구……."

그는 말을 멈추고 내 옷차림을 훑어보았다. 늘 그렇듯 매우 수수한 차림이었다. 나는 검은 메리노 외투에 검정 수달피 모자를 쓰고 있었다. 이 두 가지는 하녀 옷차림의 반만도 못한 것들이었다. 그가 내 신분을 맞히기 어려워하는 듯해서 도와주기로 했다.

"가정교사예요"

"아, 가정교사!"

그가 다시 한 번 말했다.

"아, 잊고 있었군. 가정교사라!"

그러고 나서 그는 또다시 내 옷차림을 살펴봤다. 이 분쯤 지나자 그가 계단에서 일어났다. 몸을 움직일 때 고통스러운 표정이 얼굴에 스쳤다.

"사람을 불러오라고 하지는 못하겠고, 좀 도와주겠소?"

"네, 그럴게요."

"혹시 지팡이로 쓸 만한 우산이 있소?"

"없어요."

"그럼 말의 고삐를 잡은 뒤 끌어다 내게 주시오. 무섭지 않겠소?"

혼자였다면 무서워서 말을 건드리지 못했을 것이다. 그러나 부탁을 받으니 한번 해보고 싶었다. 머프를 벗어 계단 위에 올려놓고 나는 키가 큰 말 쪽으로 다가갔다. 그리고 고삐를 잡아보려고 했지만 사나운 말이 머리 근처에도 못 오게 했다. 애써 봤지만 소용없었다. 말이 앞발로 마구 차는 바람에 너무나 무서웠다. 기다리던 그 남자는 한참을 지켜보다가 결국 웃음을 터뜨렸다.

"절대 산을 마호메트 앞으로 옮길 수는 없군요. 그러니 당신은 마호메트가 산으로 가도록 도와주는 수밖에 없겠소. 이리로 와보시오."

나는 그에게 다가갔다.

"실례하오. 어쩔 수 없이 당신 도움을 받아야겠소."

그는 묵직한 손을 내 어깨에 얹더니 내 몸에 의지한 채 절뚝거리며 말에게 다가갔다. 그리고 말고삐를 잡자마자 안장에 올라탔다. 그때 삔 다리가 닿았는지 인상을 찌푸렸다.

그는 악물었던 아랫입술을 풀며 말했다.

"채찍을 좀 집어주시오. 산울타리 아래 떨어져 있소."

나는 채찍을 찾아줬다.

"고맙소. 그럼 헤이 마을까지 가서 얼른 편지를 부치고 최대한 빨리 집으로 돌아가시오."

그가 박차를 가하자 말은 뒷발로 껑충 일어서더니 이내 달리기 시작했다. 개가 그 뒤를 쫓아갔다. 그렇게 사람과 말, 개는 내 시야에서 사라졌다.

거센 바람에 휘날리는
황야의 히스처럼.

나는 머프를 집어 들고 가던 길을 계속 갔다. 뜻밖의 사건이 일어났다가 끝나버렸다. 낭만도 없고 흥미로울 것도 없는 평범한 사건이었다. 그러나 단조로운 내 생활에 단 한 시간이나마 변화가 있었다. 누군가 내 도움이 필요했고 나는 도움을 주었다. 사실 무슨 일을 했다는 점이 기뻤다. 사소하고 일시적인 행위였지만 내가 능동적으로 한 일이었다. 나는 시키는 일만 하는 생활에 싫증이 나 있었다. 게다가 처음 본 그 얼굴은 기억의 화랑에 새 그림을 소개한 것과 같았다. 기존에 걸려 있던 다른 그림들과는 전혀 다른 그림이었다. 남성이며 사납고 늠름한 검은 얼굴이었다. 헤이 마을에 도착해 우체국에서 편지를 부친 뒤에도 그 얼굴이 눈앞에서 어른거렸다. 언덕길을 내려오며 서둘러 집으로 돌아올 때도 그 얼굴이 눈에 선했다. 계단 있는 곳에 당도했을 때 나는 걸음을 멈추고 주위를 둘러보며 귀를 기울였다. 다시 오르막길을 달려오는 말발굽 소리가 들리면서 망토를 걸친 기수나 가이트래시와 비슷한 뉴펀들랜드 종의 개가 다시 나타나지 않을까 싶어서였다. 그러나 내 눈에는 달빛을 맞으며 조용히 서 있는 산울타리와 밑동만 남은 버드나무밖에 보이지 않았다. 1킬로미터 넘게 떨어진 손필드를 둘러싼 나무 사이로 스쳐 지나는 희미한 바람 소리만 내 귓가에 울려 퍼졌다. 바람 소리가 나는 방향을 내려다보던 나는 저택 창가에서 반짝이는 불빛을 발견했다. 불빛을 보니 늦었다는 생각이 들어 서둘러 집으로 향했다.

나는 손필드 저택으로 들어가고 싶지 않았다. 그 집 문지방을 넘어간다는 것은 침체된 생활로 돌아가는 걸 의미했다. 고요한 홀을 지나 어두컴컴한 계단을 올라 쓸쓸한 내 작은 방으로 들어가고, 그 후 차분한 페어팩스 부인과 단둘이 그 기나긴 겨울밤을 보낸다는 건 아까의 산책으로 일깨웠던 작은 흥분을 뭉개버리는 것이나 마찬가지였다. 그리하여 단조롭고 너무 안온하기만 한 생활이라는 족쇄를 내게 채우는 것이었다. 차라리 괴롭고 불안한 생활의 폭풍 속에 내던져져 온갖 고생을 한 뒤 지금 내가 불만을 가지고 있는 평온한 생활을 동경하게 되었더라면 좋았을 텐데. 그렇다. '너무 편한 의자'에 앉아 있기가 지겨워진 사람에게 긴 산책이 좋듯 나 같은 처지라면 편한 의자가 지겨운 사람처럼 움직이고 싶은 게 당연했다.

나는 대문 앞에서 서성거렸다. 잔디밭에서도 시간을 끌었다. 그리고 자갈길을 왔다 갔다 했다. 유리창의 덧문이 다 닫혀 있어 안을 들여다볼 수가 없었다. 내 눈과 영혼은 햇빛이 들지 않는 작은 방들이 많은 컴컴한 동굴 같은 이 음산한 저택에서 벗어나 눈앞에 펼쳐진 푸른 하늘로, 구름 한 점 없는 푸른 바다로 끌려가고 싶어 했다. 달이 그 하늘에서 장엄하게 떠오르고 있었다. 저 아래 산봉우리를 떠나 헤아릴 수 없이 깊고 먼 칠흑같이 어두운 하늘을 향해 떠오르며 위로 솟구치는 듯했다. 달의 뒤를 좇는 반짝이는 별들을 올려다보는 내 마음은 떨렸고 내 피는 뜨거워졌다. 사소한 일이 나를 땅 위로 불러 내렸다. 홀에 있는 시계가 울렸던 것이다. 그거면 충분했다.

나는 달과 별을 뒤로한 채 샛문을 열고 집 안으로 들어갔다.

홀은 어둡지도 환하지도 않았다. 높이 매달린 청동 램프가 켜져 있었다. 따뜻한 불빛이 홀과 참나무 계단 아래로 퍼졌다. 불그스름한 빛은 식당에서 나오고 있었다. 열린 문 사이로 기분 좋게 타고 있는 벽난로의 불빛이 보였다. 불꽃은 대리석 벽난로나 놋쇠로 된 벽난로용 부집게에 반사되고 진홍빛 커튼과 윤이 나는 가구를 비췄다. 또한 불꽃은 벽난로 근처에 모여 있는 사람들의 모습도 비추었다. 그들을 보고 화기애애한 사람들의 목소리를(그 속에 아델의 목소리가 끼어 있었다) 듣는 순간 문이 닫혀버렸다.

나는 서둘러 페어팩스 부인의 방으로 갔다. 역시 벽난로의 불은 타고 있었으나 촛불도 없고 부인의 모습도 보이지 않았다. 부인 대신에 아까 길에서 마주쳤던 가이트래시 비슷하게 생긴 털이 길고 흑백색이 섞인 커다란 얼룩개 한 마리가 양탄자에 반듯하게 앉아 난롯불을 지켜보고 있었다. 아까 본 개와 너무나 닮아서 나는 다가가 이름을 불러보았다.

"파일럿!"

그러자 개가 벌떡 일어나서 내게 다가와 쿵쿵 냄새를 맡았다. 쓰다듬어주니 커다란 꼬리를 흔들었다. 하지만 둘이서만 있으려니 그 개가 어디서 왔는지 몰라 너무 무서웠다. 나는 촛불이 필요해 초인종을 울렸다. 개에 대해 물어보고 싶기도 했다. 리어가 들어왔다.

"이 개는 뭐죠?"

"주인님이 데리고 온 개예요."

"누구요?"

"주인님이오. 로체스터 씨가 데려왔어요. 주인님이 방금 도착하셨거든요."

"그렇군요! 그럼 지금 페어팩스 부인도 로체스터 씨와 같이 계시나요?"

"네, 아델 양도요. 다들 식당에 있어요. 존은 의사 선생님을 모시러 갔고요. 주인님이 사고를 당하셔서요. 말이 넘어지는 바람에 발목을 삐셨대요."

"헤이로 가는 좁은 길에서 그러셨다고 하세요?"

"네. 언덕을 내려오는데 말이 얼음 위에서 미끄러졌답니다."

"그래요! 촛불 좀 갖다 주겠어요?"

리어가 촛불을 가져왔다. 곧이어 페어팩스 부인이 들어섰다. 부인은 또다시 같은 이야기를 되풀이하고 외과의사인 카터 선생이 와서 로체스터 씨와 함께 있다고 덧붙였다. 부인은 곧바로 차 준비를 시키러 나갔고, 나는 옷을 갈아입으러 2층으로 올라갔다.

제13장

그날 밤 로체스터 씨는 의사의 권고로 일찍 잠자리에 든 모양이었다. 그리고 이튿날 아침도 늦게까지 일어나지 않았다. 그가 온 것은 사무를 처리하기 위해서였다. 대리인과 몇몇 소작인이 찾아와 면담을 기다리고 있었다.

이제 아델과 나는 서재를 비워야 했다. 방문객을 맞이하는 응접실로 사용해야 했던 것이다. 대신 2층 방 하나에 난롯불을 피우고 나는 그곳으로 책을 옮겼다. 그리고 공부방으로 쓸 수 있도록 정리했다. 나는 하룻밤 사이에 손필드 저택이 크게 변한 것을 알아챘다. 이젠 교회처럼 조용하지 않고 한두 시간마다 현관문 두드리는 소리와 종소리가 들렸다. 큰 홀을 가로지르는 발소리도 자주 들리고 아래층에서 낯선 사람들이 각기 다른 억양으로 이야기하는 소리가 들려왔다. 바깥 세계의 시냇물이 저택 안으로 흘러들어 오고 있었다. 드디어 주인이 돌아온 것이다. 나로서는 그 편이 훨씬 좋았다.

그날은 아델을 가르치는 데 애를 먹었다. 아델은 전혀 공부에 집중하지 못했다. 연신 문 쪽으로 달려가서는 혹시라도 로체스터 씨를 볼 수 있지 않을까 하는 기대를 갖고 난간 너머를 살폈다. 그러고는 반기는 사람도 없는 아래층 서재로 내려갈 핑계를 만들려고 했다. 그쯤은 나도 눈치 채고 있었다. 결국 나는 살짝 화가 나서 아델을 억지로 앉혀놓았다. 그러자 그 애는 쉬지 않고 "내 친구 에두아르 페르팩스 드 로체스터 씨"(나는 그 전까지 주인의 성 말고는 들어본 적이 없었다)를 되풀이하며 무슨 선물을 사왔을까 궁금해했다. 아무래도 전날 밤 짐이 밀코트에 도착하면 그중에 아델이 좋아할 작은 상자가 들어 있을 거라고 로체스터 씨가 알려준 모양이었다.

"분명히 제 선물이 있을 거예요. 선생님 것도요. 아저씨가 선생님 이야기도 하셨거든요. 선생님 이름이 뭐냐고 물어보셨어요. 또 키가 작고 좀 말랐으며 얼굴이 창백하냐고 하셨어요. 그래서 그렇다고 대답했어요. 사실이잖아요. 안 그래요, 선생님?"

나와 아델은 평소와 다름없이 페어팩스 부인의 방에서 식사를 했다. 그날 오후는 날씨가 좋지 않았고 눈까지 내려 공부방에서 시간을 보냈다. 날이 저물어 나는 아델에게 책과 자수 도구를 치우고 나서 아래층으로 내려가도 좋다고 했다. 아래층이 비교적 조용하고 현관 종소리도 더는 들리지 않아 로체스터 씨가 이제 좀 한가해졌을 거라고 생각했기 때문이다. 나는 홀로 창가로 다가갔다. 하지만 아무것도 보이지 않았다. 땅거미가 지고 눈송이가 흩날려 잔디밭의 관목들조차 잘 보이지 않았다. 나는 커튼을 치고 난롯가로 돌아와 앉았다.

타오르는 불 속에서 언젠가 본 듯한 라인 강가의 하이델베르크 성을 그린 그림을 떠올리고 있을 때 페어팩스 부인이 들어왔다. 내가 맞추고 있던 불꽃 모자이크가 깨져버렸고 혼자 있으면 떠오르는 달갑지 않은 무거운 생각들도 사라졌다.

"로체스터 씨가 오늘 저녁 응접실에서 선생님이랑 아델과 함께 차를 마셨으면 하시네요. 종일 바빠서 그전에는 선생님을 보자고 할 수가 없었다고요."

페어팩스 부인이 말했다.

"차는 몇 시에 마시죠?"

내가 물었다.

"아, 여섯 시요. 여기 오면 일찍 주무시고 일찍 일어나세요. 지금 옷을 갈아입는 게 좋겠네요. 같이 가서 도와줄게요. 초는 여기 있어요."

"옷도 갈아입어야 하나요?"

"그게 좋을 거예요. 로체스터 씨가 여기 계시면 저도 늘 저녁에 옷을 갈아입죠."

군이 이런 격식을 차려야 하는 건지 좀 의아했다. 하지만 나는 방으로 가서 페어팩스 부인의 도움을 받으며 검은 모직 옷을 벗고 검정색 비단 드레스로 갈아입었다. 밝은 회색 비단 드레스 말고는 여벌의 옷이 이것밖에 없고 내가 가진 옷들 가운데 가장 좋은 것이었다. 그 옷은 정말 훌륭해서 로우드에서 지낼 때 특별한 날에만 입을 수 있었다.

"브로치를 달아야겠어요."

페어팩스 부인이 말했다. 내게는 템플 선생이 작별 선물로 준 진주 장식 브로치가 있었다. 그걸 달고 우리는 아래층으로 내려갔다. 낯선 사람을 만나는 게 익숙지 않았던 나는 이렇게 격식을 차려 로체스터 씨 앞에 서는 것이 고역이었다. 나는 페어팩스 부인을 따라 식당으로 갔다. 식당에서도 그녀 뒤에 숨어 커튼이 드리워진 아치형 문을 지나 우아한 응접실로 들어갔다.

탁자와 벽난로 선반 위에 촛불이 두 개씩 켜져 있었다. 파일럿은 밝게 타오르는 따뜻한 벽난로 옆에 엎드려 있고 그 옆에는 아델이 앉아 있었다. 로체스터 씨는 한쪽 발을 쿠션에 올린 채 긴 소파에 반쯤 기대어 아델과 개를 바라보고 있었다. 그의 얼굴이 난로 불빛에 적나라하게 드러났다. 넓고 짙은 눈썹과 검은 머리칼을 옆으로 쓸어 넘겨 이마가 더욱 각이 져 보였다. 바로 어제 만난 나그네가 분명했다. 잘생겼다기보다 과감

한 성격을 드러내는 코, 화난 듯 보이는 커다란 콧구멍, 단호해 보이는 입과 턱까지 모두 험상궂은 게 틀림없이 그 나그네였다. 외투를 벗은 체격이 각진 얼굴과 잘 어울린다고 생각했다. 키가 크거나 몸이 날씬하지는 않지만 가슴이 넓고 허리가 가늘어 운동선수를 하기에 좋은 체격이었다.

로체스터 씨는 페어팩스 부인과 내가 들어온 걸 알면서도 아는 척할 기분이 아닌 듯 우리가 다가가도 고개를 들지 않았다.

"에어 선생이 왔습니다."

페어팩스 부인이 말했다. 이 말에 그는 고개를 까딱일 뿐 여전히 개와 어린아이한테서 눈길을 떼지 않았다.

"에어 선생에게 앉으라고 하세요."

그가 말했다. 마지못해 한 것처럼 느껴지는 뻣뻣한 인사와 형식적이고 짜증 섞인 말투는 '에어 선생이 왔건 말건 나보고 어쩌라고? 난 지금 그녀와 얘기하고 싶지 않아!'라고 말하는 듯했다.

나는 마음 편히 자리에 앉았다. 온갖 예의를 갖춰 맞아줬다면 아마 어리둥절했을지도 모른다. 그에 걸맞는 고상하고 우아한 답례를 하지 못했을 테니까 말이다. 제멋대로 변덕을 부리니 부담감이 덜했다. 오히려 별난 태도를 가진 상대한테는 품위 있고 차분하게 대하는 것이 유리했다. 게다가 별난 행동이 재미있다는 생각이 들었다. 그가 어떻게 나올지 지켜보는 게 흥미롭기까지 했다.

로체스터 씨는 줄곧 조각상처럼 있었다. 말을 하거나 움직이지도 않았다. 누군가 한 사람은 상냥해야 한다고 생각했는지 페어팩스 부인이 입을 열었다. 늘 그렇듯 친절하고 상투적인 이야기였다. 종일 일에 시달리고 다리까지 다쳐 얼마나 아프고 괴롭겠냐며 위로하고 그걸 다 참아내다니 대단하다면서 칭찬했다.

"부인, 차를 마시고 싶군요."

그의 대답은 이게 전부였다. 그녀는 재빨리 종을 울렸다. 하녀가 차 쟁반을 가져오자 부인은 민첩하면서도 꼼꼼하게 잔과 스푼 등을 차렸다. 나와 아델이 탁자 곁으로 갔지만 주인은 여전히 긴 소파에 앉아 있었다.

"로체스터 씨께 차를 좀 건네주시겠어요? 아델은 엎지를지도 모르니까요."

페어팩스 부인이 내게 말했다.

나는 그에게 찻잔을 건넸다. 그가 내 손에서 찻잔을 받아들자 아델은 나를 위해 부탁할 좋은 기회라고 생각했는지 크게 외쳤다.

"아저씨, 작은 상자 안에 에어 선생님의 선물도 있어요?"

"누가 선물 얘기를 했니? 선생도 선물을 기대하시오? 선물을 좋아하오?"

그는 무뚝뚝한 말투로 묻더니 내 얼굴을 빤히 쳐다봤다. 그 눈빛은 어두울 뿐 아니라 화가 나서 쏘아보는 듯했다.

"잘 모르겠습니다. 받아본 적이 별로 없어서요. 대개는 선물을 받으면 좋아하지요."

"대개는? 나는 지금 선생이 어떻게 생각하는지 묻는 거요."

"그러면 천천히 생각해보고 대답을 드려야겠네요. 선물에도 다양한 면이 있으니까요. 의견을 말하려면 그전에 모든 면을 다 생각해봐야죠."

"에어 선생, 당신은 아델처럼 순진하지 않군요. 그 애는 나만 보면 선물 타령인데 당신은 은근슬쩍 떠보네요."

"제가 아델만큼 선물 받을 자격이 있는 것 같지 않아서요. 아델은 선생님을 안 지가 오래되었고 또 늘 그래 왔으니 달라고 할 수도 있지요. 늘 장난감을 사다 주신다면서요? 하지만 제 경우라면 난감하죠. 저는 낯선 사람이고 선물을 받을 만한 일도 하지 않았으니까요."

"지나치게 겸손하시군! 난 아델을 만난 뒤 선생이 가르치느라 고생했다는 걸 알았소. 총명하지도 않고 특별한 재능도 없는 아이가 얼마 지나지 않았는데 저렇게 나아지다니."

"방금 그 말씀이 저한테는 선물이나 마찬가지예요. 고맙습니다. 학생의 실력이 나아졌다는 칭찬만큼 좋은 선물은 없지요."

"흠!"

로체스터 씨는 이렇게 대답하고는 잠자코 차를 마셨다.

"난롯가로 오시오."

하녀가 차 쟁반을 가져가자 주인이 이렇게 말했다. 페어팩스 부인은 뜨개질 거리를 들고 구석 자리에 앉았다. 아델은 탁자와 옷장 위의 장식품과 예쁜 책을 보여주겠다며 내 손을 잡은 채 방 안 이리저리로 끌고 다니던 중이었다. 우리는 주인이 시키는 대로 다가갔다. 아델은 내 무릎 위에 앉고 싶어 했으나 로체스터 씨는 파일럿과 놀고 있으라고 했다.

"여기서 생활한 지 석 달쯤 됐소?"

"네."

"어디서 왔소?"

"○○ 주의 로우드 학교에서 왔습니다."

"아, 자선기관. 거기는 얼마나 있었소?"

"팔 년입니다."

"팔 년! 정말 강인한 생명력을 가졌나 보군. 누구라도 그런 곳에서는 그 절반만 살아도 쓰러지고 말았을 텐데! 선생이 왜 저세상 사람 같은 몰골인지 알겠소. 어디서 저런 얼굴이 되었을까 궁금했거든. 어젯밤 헤이로 가는 길에서 내게 다가왔을 때 어쩐지 옛날 동화가 생각나서 당신이 내 말에 주문을 걸지 않았나 생각했소. 사실 아직도 의심스럽긴 하군. 그럼 부모님은 어떤 분들이오?"

"안 계세요."

"원래 안 계셨던 건가 보군. 부모님은 기억나요?"

"아뇨."

"그럴 줄 알았소. 그래서 산울타리 계단에 앉아 친구들을 기다리고 있었소?"

"누구요?"

"초록색 옷을 입은 요정들 말이오. 요정들이 나타나기에 딱 좋은 달밤이었잖소. 내가 둥글게 모여 놀고 있는데 가운데를 뚫고 지나갔다고 그 재수 없는 얼음을 깔아놓은 것 아니오?"

나는 고개를 저었다.

"초록색 옷을 입은 요정들은 백 년 전쯤에 전부 영국을 떠났답니다. 헤이로 가는 그 길이나 이 근처 들판 어디에도 요정들은 흔적조차 없는걸요. 여름이나 가을, 겨울 달빛 아래서도 요정들이 뛰노는 모습은 볼 수 없을 거예요."

나도 그처럼 진지하게 대답했다.

페어팩스 부인이 뜨개질을 하다 말고 도대체 무슨 이야기를 하는지 의아하다는 듯 눈썹을 치켜세웠다.

"부모님이 안 계시면 친척이라도 있을 것 아니오. 숙부나 숙모같이?"

로체스터 씨가 말했다.

"한 번도 뵌 적이 없어요."

"그럼 집은?"

"집도 없고요."

"남매나 자매는 있소?"

"없습니다."

"누가 여길 추천해줬소?"

"제가 광고를 냈더니 페어팩스 부인이 답장을 주셨습니다."

"맞습니다."

부인은 이제야 무슨 이야기를 하는지 알고 대답했다.

"저는 하느님께 이분을 선택하게 해주셔서 매일 감사하는 마음이랍니다. 에어 선생은 저에겐 소중한 친구이고 아델한테는 친절하고 세심한 선생님입니다."

"성격까지 얘기해주지 않아도 돼요. 나는 남의 칭찬을 듣고 생각을 바꾸는 사람이 아니니까요. 판단은 내가 해요. 이 선생은 만나자마자 내 말을 넘어뜨렸소."

로체스터 씨가 말했다.

"네?"

페어팩스 부인은 놀란 듯했다.

"다리를 삐게 해줘서 선생에게 고맙다고 해야겠소."

부인은 어리둥절한 표정이었다.

"에어 선생, 도시에서 살아본 적이 있소?"

"없습니다."

"사람은 많이 만나봤소?"

"로우드 학교 학생과 선생들이 전부예요. 그리고 지금은 손필드 식구들이 있고요."

"책은 많이 읽었나요?"

"제가 구할 수 있는 만큼 읽었어요. 많지도 않고 그리 어려운 책들도 아니고요."

"수녀처럼 살았군요. 종교의식은 철저하게 배웠겠네요. 내가 알기로 로우드 학교를 경영하는 브로클허스트 씨가 목사일 텐데, 맞소?"

"그렇습니다."

"그리고 당신들은 수녀들이 원장을 존경하듯 그 사람을 존경했을 거고."

"아닙니다."

"꽤 냉정하군! 신참 수녀가 사제를 존경하지 않다니! 신성모독처럼 들리는데?"

"저는 브로클허스트 씨를 싫어했어요. 하지만 저만 그런 건 아니었어요. 그분은 잔인한 사람이었거든요. 거만하고 시시콜콜 참견했지요. 학생들 머리칼을 잘라버리기도 하고 돈을 아낀다며 잘 들어가지도 않는 질 나쁜 바늘과 실을 사다 줬죠."

"그건 아끼는 게 아닐 텐데."

대화 내용을 알아듣고 페어팩스 부인이 한 마디 거들었다.

234

"그게 그 사람의 가장 큰 잘못이오?"

로체스터 씨가 물었다.

"위원회가 생기기 전에는 그분이 혼자 물품을 관리해서 우리를 거의 굶기다시피 했어요. 일주일에 한 번씩 긴 설교를 해서 우리를 지겹게 하고 밤마다 자기가 쓴 글 중에서 갑자기 사람이 죽거나 벌 받는 이야기를 들려주는 바람에 우리는 무서워서 편히 잠자리에 들지도 못했어요."

"로우드에는 몇 살에 들어갔소?"

"열 살쯤이었어요."

"그럼 거기 팔 년간 있었으니 지금 열여덟 살이군."

나는 대답 대신에 고개를 끄덕였다.

"산수가 이번만큼은 쓸모가 있군. 그 덕분에 선생의 나이도 맞히고. 당신처럼 생김새와 표정이 딴판이면 나이를 가늠하기가 어렵거든. 그런데 로우드에서는 뭘 배웠소? 피아노는 칠 줄 알아요?"

"조금요."

"그러시겠지. 다들 그렇게 대답하더군. 서재로 가시오. 아, 내 말은 '가보시겠소?'라는 뜻이오. 내가 명령조로 말해도 이해해주시오. 이래라저래라 하는 게 버릇이 되어 쉽게 고쳐지지가 않는군. 그건 그렇고 촛불을 갖고 서재로 가시오. 문은 그냥 열어놓고 피아노를 한번 쳐보시오."

나는 시키는 대로 서재에 가서 피아노를 쳤다.

"그만."

몇 분 뒤에 그가 소리쳤다.

"조금 치는군. 영국의 보통 여학생 몇몇보다는 나을지 몰라도 그다지 잘 치는 편은 아니군."

나는 피아노 뚜껑을 덮고 방으로 돌아왔다. 로체스터 씨가 말을 이었다.

"오늘 아침 아델이 선생이 그렸다면서 스케치 몇 장을 보여주더군요. 전부 선생이 직접 그린 건지는 모르겠소. 다른 그림 선생이 도와줬을 수도 있잖소."

"아니에요, 절대 아니에요!"

나는 소리치듯 말했다.

"아아! 자존심을 건드렸나 보군. 정말 이 그림들을 선생 혼자서 그렸다면 다른 그림들도 가져와 봐요. 확실하지 않은데 그렇게 장담을 하면 안 되지. 짜깁기를 한 건지는 내가 보면 금방 알 수 있소."

"그럼 저는 아무 말씀도 안 드릴게요. 알아서 판단하세요."

나는 화첩을 가져왔다.

"탁자를 가까이 가져와요."

나는 그의 말대로 탁자를 긴 소파 쪽으로 밀었다. 아델과 페어팩스 부인도 그림을 보려고 다가왔다.

"모여들지 말아요. 내가 다 보면 가져가세요. 얼굴을 내 쪽으로 들이밀지 말고."

로체스터 씨가 말했다.

그는 스케치와 수채화를 한 장 한 장 찬찬히 살펴보았다. 그러더니 세 장은 따로 빼놓고 나머지는 보고 나서 옆으로 밀쳐놓았다.

"페어팩스 부인, 이 그림들은 저쪽 탁자로 가져가세요."

그가 계속 말했다.

"아델이랑 같이 보세요. 선생은 (나를 힐끗 보며) 거기 다시 앉아서 질문에 대답하세요. 이 그림들을 한 사람이 그린 건 알겠는데 정말 당신이 그린 거요?"

"네."

"이걸 그릴 시간이 있었소? 시간도 오래 걸리고 생각할 것도 많았을 텐데."

"로우드를 떠나기 전에 두 번의 방학을 보내면서 그렸습니다. 다른 할 일이 없었거든요."

"뭘 보고 그린 거요?"

"머릿속으로 상상해서요."

"지금 당신 어깨 위에 얹힌 그 머리 말이오?"

"그렇습니다."

"그 안에 이런 비슷한 내용들이 또 있소?"

"있겠죠. 어쩌면 좀 더 나은 것들로요."

그는 앞에 그림을 펼쳐놓고 다시 번갈아 자세히 살펴보았다.

로체스터 씨가 열중해 살펴보는 동안 나는 어떤 그림인지 설명하겠다. 우선 그 그림들은 조금도 훌륭하지 않았다. 사실 내 머릿속에서 생생하게 떠오른 것들을 그린 그림이었는데, 그림으로 그리기 전 마음속 눈으로 봤을 때는 매우 매력적이었다. 다만 내 그림 솜씨가 제대로 받쳐주지 못했다. 세 장 모두 내가 상상한 것을 어렴풋이 표현했을 뿐이다.

그림들은 모두 수채화였다. 첫 번째 그림은 넘실대는 바다 위에 낮게 떠 있는 검푸른 구름을 그린 것이었다. 원경은 전체적으로 어두웠고 육지가 없어 가장 가까이에 있는 큰 파도가 전경이었는데 역시나 흐릿했다. 한 줄기 빛이 반쯤 가라앉은 돛대를 비추어 돋보이게 했고 돛대 위에는 크고 시커먼 가마우지가 날개에 물거품을 묻힌 채 보석이 박힌 황금 팔찌를 물고 앉아 있었다. 나는 내가 가진 물감으로 표현할 수 있는 한 가장 밝게 보석을 칠했다. 붓으로 최대한 번쩍거리고 화려하게 그렸다. 새와 돛대 아래 푸른 물결 속에 가라앉고 있는 시체가 보였다. 가마우지가 물고 있는 팔찌를 차고 있던 흰 팔 하나만이 또렷하게 보일 뿐이다.

두 번째 그림은 전경에 산들바람이 불어와 풀잎과 나뭇잎이 한쪽으로 비스듬하게 기울어진 희미한 언덕 꼭대기밖에 없었다. 언덕 너머 위편에는 황혼이 질 무렵의 검푸른 하늘이 펼쳐져 있었다. 하늘 위로는 되도록 흐릿하고 어둡게 그린 한 여인의 상반신이 솟아 있었다. 어두운 이마에는 별이 박혀 있고 그밑의 윤곽은 마치 안개 속에서 보는 듯 흐릿했다. 새까만 눈은 야성적으로 빛나고 머리칼은 폭풍우나 전류에 찢긴 먹구름처럼 흘러내리고 있었다. 목덜미에는 달빛과 같은 푸른빛이 비치고 그와 비슷한 희미한 빛이 옅은 조각구름을 물들이고 구름 사이로 샛별이 땅 위를 굽어보고 있었다.

세 번째 그림은 북극의 겨울 하늘에 솟은 빙산 꼭대기를 그린 것이었다. 북극광들이 모여 긴 창을 세워놓은 것처럼 지평선을 따라 빽빽하게 들어차 있었다. 이것들이 원경을 이루고 있었고, 전경에는 거대한 머리가 비스듬히 빙산에 기대어 솟아 있었다. 이마 아래에 가지런히 모아 이마를 받치고 있던 가녀린 두 손은 얼굴에 검은 베일을 드리웠다. 그래서 뼈처럼 핏기 없이 새하얀 이마와 절망만을 담고 무의미하게 한 곳을 응시하는 퀭한 한쪽 눈만 보였다. 관자놀이 위에는 형태나 밀도가 구름처럼 흐릿한 검정색 터번이 씌워져 있었고 주름진 터번의 가운데 더 화려한 색의 불꽃을 보석처럼 달아놓은 듯한, 희고 둥근 불길이 빛나고 있었다. 이 파리한 초승달은 '왕관의 닮은 꼴'이었고 '형태 없는 형태'가 왕관을 이루었다.

"이 그림들을 그릴 때 행복했소?"

로체스터 씨가 물었다.

"완전히 빠져들어 있었어요. 그래서 행복했죠. 지금까지 살면서 그림을 그리는 것만큼 즐거웠던 일은 많지 않았어요."

"그렇겠지, 즐거운 일이 별로 없었다고 했으니까. 하지만 선생은 이런 기묘한 빛깔을 섞고 칠하는 동안 예술가의 꿈나라에서 살았겠군. 매일 오래도록 그림을 그렸소?"

"방학이라서 다른 할 일이 없었어요. 아침부터 점심때까지 그리고 낮부터 밤까지 계속 앉아서 그렸지요. 게다가 한여름에는 해가 길어서 그림에 전념하기에 좋았어요."

"그렇게 노력한 결과가 만족스럽소?"

"아직 멀었어요. 머릿속 상상과 그려놓은 작품 사이에 차이가 너무 커서 괴롭고요. 그림마다 제 실력으로는 도무지 표현할 수 없는 상상을 했거든요."

"반드시 그런 건 아니오. 어떤 상상을 했는지 그것의 그림자 정도는 표현했소. 그 이상은 안 되었을 테지만 말이오. 전부 표현해내기에는 예술적 기술이나 지식이 부족했겠지. 그래도 이 그림들은 여학생 솜씨치고는 특별하군. 상상도 요정 같아. 이 샛별 속의 눈은 꿈에서 본 거겠지. 이처럼 또렷하게 그렸는데 왜 반짝이지 않을까? 그건 위에 있는 달빛 때문에 그 빛이 사라진 거지. 그리고 이 엄숙하고 깊은 눈은 무슨 의미를 담고 있는 거요? 바람을 그리는 법은 누가 가르쳐준 거요? 하늘과 산봉우리에 강풍이 불고 있소. 라트모스는 어디서 본 거지? 저건 바로 그리스 신화에 나오는 라트모스 산이오. 자, 그림을 치워요!"

내가 화첩의 끈을 다 묶기도 전에 그는 시계를 보더니 갑자기 소리쳤다.

"아홉 시요. 아델을 이렇게 늦게까지 재우지 않다니? 뭡니까! 아델을 침대로 데리고 가시오."

아델은 나가기 전에 그에게 입맞춤을 했다. 그는 인사를 받았지만 파일럿과 입맞춤한 것만큼도 좋아하지 않았다.

"그럼, 안녕."

그는 문을 향해 손짓하며 말했다. 우리와 같이 있는 것이 싫증나서 내보내고 싶다는 손짓 같았다. 페어팩스 부인은 뜨개질거리를 접었고 나는 화첩을 집어 들었다. 그에게 인사를 건넸지만 그는 형식적으로 고개만 끄덕일 뿐이었다.

나는 아델을 재우고 부인 방으로 갔다.

"로체스터 씨가 그리 별스러운 성격이 아니라고 말씀하시지 않았나요?"

페어팩스 부인에게 물었다.

"그래요. 별난 것 같아요?"

"네, 처음 보는 사람들은 그렇게 생각할 거예요."

"나는 익숙해져서 그런 생각을 안 해봤네요. 그리고 성질이 별나더라도 이해해줘야죠."

"왜요?"

"원래 성격이 그래요. 누구나 타고난 성격은 어쩔 수 없잖아요. 그리고 틀림없이 괴로운 일이 떠올라 정신적으로 불안해서 그러는 걸 거예요."

"무슨 일인데요?

"우선은 가정불화지요."

"하지만 가족이 없잖아요."

"지금은 없지만 전에는 있었죠. 몇 년 전에 형님이 돌아가셨거든요."

"형님이오?"

"네, 로체스터 씨는 재산을 상속받은 지 얼마 안 됐어요. 한구 년쯤 됐나?"

"구 년이면 꽤 긴데 아직도 슬퍼하는 걸 보면 형님을 무척 사랑하셨나 봐요."

"아뇨, 그건 아닐 거예요. 형제 사이에 오해가 있었나 봐요. 형님인 로랜드 로체스터 씨가 우리 주인 에드워드 로체스터 씨한테 좀 섭섭하게 하신 것 같아요. 아버지가 동생을 미워하도록 이간질했다던가. 그 부친께서는 돈에 집착해 여러 가지로 고심을 했나 봐요. 재산은 나누면 줄어들잖아요. 하지만 집안의 체면도 생각해 에드워드 씨께도 좀 나눠줘야겠다는 생각은 한 모양이에요. 그렇게 에드워드 씨가 성년이 됐는데 로랜드 씨와 아버지가 부당하게 일처리를 했대요. 에드워드 씨에게 재산을 나눠주는 대신 곤경에 빠뜨린 거죠. 어떤 상황인지는 정확히 모르겠지만 정신적으로 도저히 받아들일 수가 없었대요. 원래도 너그러운 성격이 못 되고요. 그래서 가족과 연을 끊고 몇 년 동안이나 떠돌아다니면서 살고 있어요. 한 곳에 정착하지도 못하고요. 형님이 유언도 안 남기고 돌아가셔서 손필드의 주인이 되긴 했지만 이 주일 이상 머무르신 적은 없어요. 그리고 이 저택을 싫어하시고요."

"왜 싫어하죠?"

"을씨년스러운가 봐요."

뭔가 얼버무리는 듯한 대답이었다. 나는 좀 더 알고 싶었지만 페어팩스 부인은 로체스터 씨가 고통받는 원인과 내력 등을 알지 못하거나 말하기 싫은 것 같았다. 부인은 자세한 건 자기도 모르고 이야기한 것도 거의 추측일 뿐이라고 했다. 이 문제는 더 이상 말하고 싶어 하지 않은 눈치여서 나도 더는 물어보지 않았다.

제14장

그 후 며칠 동안 로체스터 씨를 거의 보지 못했다. 오전이면 일 때문에 매우 바쁜 듯했다. 오후에는 밀코트나 주변 지역에서 신사들이 찾아와 가끔 식사를 하고 가기도 했다. 삐었던 다리가 말을 타도 될 만큼 낫자 말을 타고 자주 나갔다. 그리고 밤이 이슥해서야 돌아오는 것을 보면 아마도 신사들을 답례차 방문하는 듯했다.

그동안 로체스터 씨는 아델을 거의 부르지 않았다. 나는 큰 홀이나 계단, 복도에서 이따금 그와 마주쳤다. 그럴 때면 그는 멀찍이서 고개를 끄덕이거나, 차갑게 쳐다보며 아는 체를 하고는 거만하고 쌀쌀맞게 지나치거나, 신사답고 친절하게 인사하며 미소를 짓기도 했다. 그가 변덕스럽게 군다고 해서 기분이

상하지는 않았다. 어차피 나와 상관없는 일일 뿐 아니라 오르락내리락하는 감정 기복의 원인이 나와는 전혀 관련이 없었기 때문이다.

그러던 어느 날 로체스터 씨는 손님과 만찬을 하고 있었는데 사람을 보내어 내 그림을 청했다. 나는 의심의 여지도 없이 손님들에게 보여주려 한다고 생각했다. 그런데 페어팩스 부인 말로는 신사들이 밀코트에서 열리는 공식 모임에 참석하려고 일찍 자리를 떴으나 그날 밤은 비가 오고 날이 궂어 로체스터 씨는 가지 않았다고 했다. 손님들이 모두 돌아가자마자 그는 곧 종을 울려 나와 아델을 아래층으로 불렀다. 나는 아델의 머리를 깔끔하게 빗겼다. 그리고 더 손댈 것도 없는 퀘이커 교도 같은 내 옷차림도 점검했다. 땋아 내린 머리까지 전부 검소했다. 우리는 아래층으로 내려갔다. 아델은 '작은 상자'가 도착했는지 궁금해했다. 착오가 있었는지 상자는 지금까지 도착하지 않았다. 우리가 식당에 들어서자 식탁 위에 바로 작은 상자 하나가 놓여 있었다. 아델은 무척 기뻐했다. 직감적으로 선물 상자라는 것을 알아차린 것이다.

"내 꺼야! 내 꺼!"

아델이 소리치며 달려갔다.

"그래, 드디어 네 상자가 도착했구나. 영락없는 파리 아가씨, 가져가서 신나게 뜯어보렴."

비웃는 듯한 로체스터 씨의 굵은 목소리가 난롯가의 커다란 안락의자에서 들려왔다.

"그리고 해부 순서나 내장 상태는 알려줄 필요 없어. 수술은 조용히 하는 거야, 조용히. 알았어?"

아델은 굳이 이런 주의를 줄 필요가 없어 보였다. 벌써 보물을 들고 소파에 앉아 뚜껑을 묶은 상자의 끈을 푸느라 정신이 없었다. 끈을 다 풀고 은색 포장지를 벗겨내며 그녀는 이렇게 외쳤다.

"아이, 예쁘다!"

그러고는 황홀한 표정으로 바라보았다.

"에어 선생, 거기 있소?"

이때 그는 내가 서 있던 문 쪽을 돌아보려고 몸을 반쯤 일으키며 물었다.

"아! 오셨군. 이쪽으로 와서 여기 앉아요."

그러면서 그는 자기 쪽으로 의자 하나를 끌어다 놓았다.

"애들 떠드는 소리는 딱 질색이오. 나처럼 나이 들어 혼자 사는 남자들은 애들의 혀 짧은 소리를 들어도 별다른 감흥이 없으니까. 철없는 애들과 마주 앉아 저녁 시간을 보내는 건 참을 수 없는 일이오. 에어 선생, 의자를 멀리 끌어가지 말고 내가 놓아둔 그 자리에 앉아요. 빌어먹을! 자꾸 공손하게 말하는 걸 잊어버린단 말이야. 원래 소탈한 노부인처럼 구는 것도 아니지만 말이오. 어쨌든 우리 페어팩스 부인도 신경 써야 하는데. 그 부인을 함부로 대해서는 안 될 거요. 물론 시집온 것이긴 하지만 페어팩스 집안의 사람이니까. 피는 물보다 진하다고 하지 않소."

그는 종을 울려 페어팩스 부인을 불러오라고 했다. 부인은 곧 뜨개질 바구니를 들고 왔다.

"어서 와요, 부인. 자선을 좀 베풀어달라고 불렀어요. 아델한테 선물 얘기는 하지 말라고 일렀는데, 저 애는 말하고 싶어 입이 근질거릴 거요. 아델 이야기를 들어주고 말동무 좀 해줘요. 나한테 그것만큼 큰 자선도 없을 거요."

아델은 페어팩스 부인을 보자마자 자기 소파로 불러 재빨리 상자 안에 들어 있던 도자기와 상아 세공품, 밀랍 인형들을 무릎에 잔뜩 쌓아놓고는 자신이 알고 있는 영어를 총동원해 설명하기 시작했다.

"이제 훌륭한 주인 노릇은 다 끝마쳤군. 손님끼리 서로 재미있게 지내고 있으니 지금부터 나도 가벼운 마음으로 즐겨야지. 에어 양, 의자를 앞으로 좀 더 끌어와요. 아직 너무 멀군. 선생 얼굴을 보려면 푹신한 의자에서 위치를 바꿔야 하는데 그러긴 싫거든."

나는 조금 어두운 구석에 있고 싶은 마음이 간절했지만 시키는 대로 했다. 하지만 로체스터 씨가 이렇게 콕 집어 지시한 것은 그대로 따르는 게 당연한 듯했다. 말했다시피 우리는 식당에 있었다. 식사를 위해 켜놓은 샹들리에 불빛이 식당 안을 비췄고, 커다란 벽난로에서는 새빨간 불이 활활 타올랐다. 진홍빛 커튼은 식당의 높은 창문과 그보다 더 높은 아치형 문에 풍성하게 드리워져 있었다. 아델의 소곤거리는 소리 말고는(감히 큰 소리로 이야기하지는 못했다) 사방이 고요했다. 아델의 말소리 사이사이에 겨울 빗방울이 유리창을 두드리는 소리가 들렸다. 다마스크 비단을 씌운 의자에 앉은 로체스터 씨는 전과 달라 보였다. 그리 심각하지도 않고 침울하지도 않았다. 포도주를 마셔서 그런지 입가에는 미소가 감돌고 눈은 빛났다. 말하자면 저녁 식사를 마쳤을 때의 바로 그 편안한 상태였다. 아침의 냉랭하고 무뚝뚝한 기분은 사라진 채 훨씬 풀어지고 상냥하며 느긋한 분위기를 풍겼다. 그러나 푹신한 의자 등받이에 큼직한 머리를 기대고 앉아 화강암을 깎아놓은 듯한 이목구비와 커다란 검은 눈에 난롯불이 비치는 그의 모습은 여전히 우울해 보였다. 유난히 그의 눈이 크고 검으며 아름다웠기 때문일 것이다. 부드럽지는 않지만 부드러움을 떠올리게 하는 어떤 변화가 그의 눈 깊은 곳에서 이따금씩 나타나곤 했다.

로체스터 씨가 이 분쯤 난롯불을 바라보는 동안 나는 그를 바라보고 있었다. 그런데 그때 별안간 고개를 돌렸다. 그 바람에 그의 얼굴을 뚫어지게 보고 있던 나와 눈이 마주치고 말았다.

"에어 선생, 나를 살펴보고 있었군요. 내가 잘생겼다고 생각하오?"

내가 좀 더 신중하게 굴었더라면 이 물음에 애매하고 예의 바르게 대답했을 것이다. 그러나 어쩐 일인지 나도 모르게 이런 대답이 튀어나왔다.

"아니요."

"하하! 한 방 먹었군. 당신한테는 보통 사람과 다른 특이한 구석이 있소. 두 손을 가지런히 모으고 앉아 카펫만 내려다볼 때는 어린 수녀 같은 데가 있어. 지금처럼 내 얼굴을 뚫어져라 쳐다볼 때 말고 말이오. 그런데 누가 당신한테 질문을 하거나 의견 같은 걸 물어보면 매우 솔직하게 대답한단 말이오. 직설적이거나 무뚝뚝하게 말이지, 도대체 왜 그런 거요?"

"제가 너무 솔직했나 봐요. 죄송해요. 외모에 대한 질문에 곧바로 대답하기가 쉽지 않다고 말씀드려야 했는데요. 사람마다 보는 눈이 다르다거나 외모는 중요하지 않다든가, 뭐 그런 식으로요."

"그렇게 대답할 필요 없어요. 외모는 중요하지 않다고? 그런 말로 좀 전의 무례한 대답을 무마하고 나를 살살 달래주는 척하다가 내 목에 칼을 들이대는군! 자, 말해보시오. 내 어디가 못났다는 거요? 나도 다른 사람들처럼 팔다리도 멀쩡하고 이목구비는 번듯한 거 같은데."

"로체스터 씨, 아까 드린 말씀은 없었던 걸로 해주세요. 얼굴에 대해 삐딱한 말을 하려던 게 아니었어요. 실수였습니다."

"나도 그렇게 생각해요. 하지만 그 말에는 책임을 져야 해요. 나를 평가해보시오. 내 이마가 마음에 들지 않소?"

그가 이마를 덮고 있던 검은 머리칼을 쓸어올렸다. 단단한 이마가 드러났지만 상냥한 인상은 부족했다.

"그럼 멍청하게 생겼소?"

"그럴 리가요. 그보다 박애주의자냐고 묻는다면 무례한 말인가요?"

"또 한 방 먹었군! 내 머리를 쓰다듬는 체하면서 또 한 번 칼을 들이대는군. 어린애들이나 노부인과 어울리기 싫어한다고 말해서 그러는 거겠지. 목소리를 낮춰야겠군! 아가씨, 나는 박애주의자는 아니지만 양심은 있소."

그는 양심을 나타낸다는 이마의 솟은 부분을 가리키며 말했다. 다행히도 이마 위쪽의 꽤 넓은 부분이라 눈에 띄었다.

"그뿐 아니라 마음씨도 부드러웠지. 내가 당신 나이였을 때는 어설프지만 야리야리한 청년이었지. 어려운 처지에 놓여 있거나 불행한 사람들, 어린아이들을 특히 배려했소. 하지만 운명에 혹사당하고 휘둘리면서 나는 고무공처럼 단단하고 질긴 사람이 되었소. 내 딴에는 그런 나 자신이 기특하다 싶은데 말이오. 아직 한두 군데 틈이 벌어져 있고 그 깊은 한가운데는 감정이 도사리고 있지만, 이런 내게도 아직 희망이 있는 건가?"

"어떤 희망이요?"

"고무공에서 인간으로 다시 돌아갈 수 있는 희망 말이오."

'술을 너무 많이 마신게 틀림없어.'

나는 속으로 생각했다. 이런 황당한 물음에 어떻게 답해야 좋을지 몰랐다. 되돌아갈 수 있는지 없는지 내가 어찌 알겠는가?

"에어 선생, 몹시 당황한 것 같군요. 내가 미남이 아니듯이 당신도 미인은 아니지만 그 당황하는 모습은 잘 어울리네요. 더구나 당신의 그 호기심 가득한 눈길이 내 얼굴이 아닌 카펫의 꽃무늬에 꽂혀 있는 게 훨씬 편하오. 계속 당황해요, 아가씨. 오늘 밤 나는 누군가와 이야기를 하고 싶으니까."

로체스터 씨는 의자에서 일어나 대리석 벽난로에 팔을 기대고 섰다. 그러고 있으니 그의 얼굴뿐 아니라 몸매가 뚜렷이 드러났다. 그의 가슴은 팔다리 길이와 비율이 맞지 않을 정도로 유난히 넓었다. 대부분의 사람들은 그가 못생겼다고 생각할 것이 틀림없었다. 그런데 그의 행동거지에는 자연스레 자신감이 넘쳤고 태도도 여유로웠다. 자신의 외모에는 전혀 무관심한 듯 보였다. 타고났는지 아니면 어쩌다 보니 그렇게 된 건지 몰라도 외모의 부족함을 채우고도 남을 정도로 당당한 매력이 넘쳤다. 그래서 그를 보는 사람도 그와 마찬가지로 외모 같은 것에 신경 쓰지 않고 그의 자신만만한 모습을 신뢰하게 되었다. 그가 또다시 말했다.

"오늘 밤 나는 누군가와 어울려 이야기를 해볼 참이오. 그래서 당신을 부른 거요. 난롯불이나 샹들리에, 파일럿은 대화 상대가 될 수 없잖소. 모두 말을 못 하니까. 아델은 좀 낫지만 아직은 멀었고……. 물론 페어팩스 부인도 마찬가지요. 당신만 좋다면 알맞은 상대가 될 것 같은데 말이오. 당신을 처음 여기로 불렀을 때 나는 몹시 당황했소. 그리고 그 뒤로 당신을 거의 잊고 지냈지. 다른 생각들 때문에 당신을 떠올릴 겨를이 없었거든. 하지만 오늘 밤은 편하게 마음먹기로 했소. 번거로운 생각은 떨쳐버리고 즐거운 생각만 하기로 말이오. 지금은 당신 이야기를 듣고 당신에 대해 알게 되니 재미있소. 그러니 말해보시오."

나는 대답 대신 미소를 지었다.

"얘기해보라니까."

그가 재촉했다.

"무슨 말을요?"

"아무거나 하고 싶은 이야기요. 어떤 이야기를 어떻게 할지는 당신 마음이니까."

나는 앉아서 아무 말도 하지 않고 마음속으로 중얼거렸다.

'내가 아무 얘기나 지껄이고 잘난 척을 할 거라고 생각했다면 사람을 잘못 골랐다는 걸 알게 될 거예요.'

"에어 양, 말 안 할 거요?"

나는 꿀 먹은 벙어리처럼 여전히 가만있었다. 그는 내 쪽으로 머리를 약간 기울이더니 내 눈 속으로 뛰어들 듯 쳐다보았다.

"고집 부리는 거요? 화가 난 거군. 그럴 만도 하지. 내가 좀 터무니없고 무례한 요구를 했어, 에어 선생. 용서하시오, 이번 한 번뿐이오. 나는 당신을 아랫사람 부리듯 대할 생각은 없소. 나이도 스무 살 넘게 더 많고 한 세기나 앞서 살았으니 우월하다는 것만 내세울 거요. 그건 정당하니까. 아델이 자주 하는 말처럼 나는 그것을 꼭 지킬 거요. 그래서 그 우월함을 내세워 부탁하건대 무슨 이야기든 좀 해주시오. 한 가지 문제에 빠져 녹슨 못처럼 썩어가는 내 관심을 다른 데로 돌려달라는 말이오."

로체스터 씨는 사과하다시피 자신이 부탁하는 이유를 설명했다. 저렇게 저자세로 나오는데 모른 척할 수가 없었다.

"할 수 있다면 기꺼이 위로해드릴게요. 진심이에요. 하지만 무슨 이야기를 해야 할지 잘 모르겠어요. 그리고 어떤 이야기를 좋아하시는지 제가 어떻게 알겠어요? 궁금한 걸 물어보세요. 그러면 최선을 다해 대답할게요."

"그럼 우선 내가 아까 말했던 이유로 어느 정도 주인처럼 굴고 냉정하거나 때로는 엄하게 굴 권리가 있다는 데 동의하오? 나는 당신 아버지와 비슷한 나이인 데다가 당신이 어느 집에서 어떤 가족과 조용히 사는 동안 나는 지구의 절반을 떠돌아다니며 여러 나라 사람들과 만나 다양한 경험을 했으니 말이오."

"좋을 대로 하세요."

"그건 대답하는 게 아니오. 오히려 애해한 대답으로 더욱 짜증만 나게 하는 거지. 딱 부러지게 대답해봐요."

"단지 저보다 나이가 많고 세상 구경을 많이 하셨다고 해서 제게 명령할 권리는 없다고 생각해요. 저에 비해 우월하다고 하시려면 자신의 시간과 경험을 얼마나 의미 있게 쓰셨는지 그 점이 중요해요."

"흠! 척척 답하는군. 하지만 그 말은 인정할 수가 없소. 왜냐하면 내 경우에는 전혀 맞지 않으니까. 나는 시간과 경험을 악용하지는 않았지만 그다지 의미 있게 쓰지도 못했거든. 그러면 우위 문제는 넣어두지. 그래도 당신은 여전히 간혹 내 명령에 따라야 하오. 명령조라고 언짢아하거나 기분 나빠하지 말아요."

나는 미소 지으며 속으로 로체스터 씨가 괴짜일 거라고 생각했다. 그는 자신의 명령을 받아들이는 대가로 내가 일 년에 30파운드씩 받는다는 사실을 잊은 모양이었다.

"웃는 것도 좋소. 하지만 이야기도 좀 하시오."

그는 내 얼굴에 스치고 지나간 미소를 단번에 알아챘다.

"임금을 받는 아랫사람이 자기 명령에 언짢아하거나 기분 나빠할까 봐 걱정하는 주인은 거의 없을 거라고 생각했어요."

"임금을 받는 아랫사람이라…… 뭐? 당신은 내가 임금을 주는 아랫사람이란 말이지. 아, 그렇지. 임금을 잊고 있었군! 좋

254

아, 그럼 그 이유를 들어 내가 좀 괴롭혀도 괜찮소?"

"아뇨, 그 이유로는 안 돼요. 하지만 그건 잊어버리고 아랫사람이 편하게 지내는지 신경 쓰고 계신다는 이유라면 기쁘게 받아들이겠어요"

"그럼 엄청나게 많은 형식적이고 상투적인 예의는 생략해도 무례하다고 생각하지 않는 거요?"

"저는 격식을 차리지 않는다고 해서 무례하다고 생각하지 않아요. 오히려 격식을 차리지 않는 걸 좋아해요. 하지만 자유의 몸으로 태어난 사람은 누구한테도 복종하지 않을 거예요. 아무리 돈 때문이라고 해도요"

"말도 안 돼! 자유의지를 가진 사람이라도 대부분 돈을 위해 무슨 일이든 복종하게 마련이오. 그러니 그런 생각은 혼자 마음속으로만 해요. 당신이 잘 알지 못하는 일반적인 것들은 아는 체하지 않는 게 좋아요. 하지만 방금 한 말이 정확하지는 않아도 나는 마음속으로 찬성이오. 말한 내용보다 솔직하고 진지한 태도가 특히 마음에 든단 말이오. 흔히 볼 수 없는 태도거든. 솔직하게 말했을 때 돌아오는 건 대부분 형식적이거나 냉담한 대답 아니면 어리석은 오해뿐이오. 학교를 갓 졸업한 가정교사 3천 명 중에 지금 당신처럼 말하는 사람은 한 명도 없을 거요. 듣기 좋으라고 하는 말은 아니오. 당신이 대부분의 사람들과 다르다고 해도 그건 당신이 노력해서 그렇게 된 게 아니오. 그렇게 타고난 거지. 내가 너무 성급하게 결론을 내렸군. 어쩌면 당신이 다른 사람들과 비교해 전혀 나을 바가 없고, 당신의 몇 가지 장점마저 덮어버릴 엄청난 결점이 있는지도 모르니까."

'당신도 그럴지 모르죠.'

이런 생각이 내 머릿속을 스쳤을 때 그와 눈이 마주쳤다. 그는 내 마음을 읽은 눈치였다. 그는 내가 생각만 한 게 아니라 입으로 얘기한 듯 이렇게 말했다.

"그래그래, 당신이 맞아. 나도 결점투성이라는 걸 알고 있다고. 변명하고 싶진 않아. 내가 다른 사람에게 엄격하게 굴 입장은 못 되지. 진심으로 뉘우쳐야 할 여러 가지 행동과 그런 생활을 한 과거가 있으니 말이오. 당연히 비웃음이나 비난을 이웃 사람이 아니라 내게로 돌려야 할 거요. 나는 스물한 살이 되면서 사회생활을 시작했소. 아니, 오히려 (나태한 다른 이들과 마찬가지로 나도 이렇게 된 게 절반은 불운과 좋지 않은 상황 탓을 하고 싶소) 잘못된 길로 떠밀려갔지. 그 이후 줄곧 옳은 길로 들어서질 못했소. 그렇지만 나도 조금 다른 사람이 될 수 있었는지도 모르오. 당신같이 현명하고 때 묻지 않은 사람 말이오. 나는 평화로운 마음과 깨끗한 양심, 더럽혀지지 않은 추억을 가진 당신이 부럽소. 꼬마 아가씨, 흠이나 티 없는 추억은 가장 훌륭한 보물일 거요. 게다가 삶의 활력소가 되지 않겠소?"

"열여덟 살 때 어떠셨는데요?"

"그땐 괜찮았지. 썩은 물이 솟아올라도 악취 나는 시궁창이 되지 않을 정도로 맑고 건강했지. 나도 열여덟 살 때는 당신과 비슷했소. 당신과 꼭 닮았었지. 애초에 선한 사람으로 태어났으니까. 지금은 그렇게 안 보일지 몰라도 남들과 비교해 꽤 괜찮은 사람으로 말이오. 에어 선생, 당신은 그렇지 않다고 말하겠지. 당신의 눈빛에서 그 정도는 눈치 챌 수 있소. 그건 그렇고 당신은 눈을 통해 속이 드러나지 않게 조심해요. 당신 마음을 읽는 데 시간이 얼마 걸리지 않으니까. 이건 믿어요. 난 나쁜 사람은 아니니까. 그렇게 생각하지 마시오. 내게 그런 오명을 씌우지 말아요. 타고난 성격이라기보다는 오히려 환경 때문에 돈 많고 쓸모없는 사람들이 흔히 그렇듯 나는 타고난 성격 때문이 아니라 오히려 환경 때문에 온갖 방탕한 생활에 빠진 죄인일 뿐이오. 내가 왜 당신에게 이런 고백을 하는지 궁금하오? 앞으로 살면서 친구가 당신에게 비밀을 털어놓는 일이 자주 있을 거요. 자신의 이야기를 하는 것이 아니라 남의 이야기를 들어주는 게 당신의 장점이라는 걸 다른 사람들도 직감적으로 알아챌 테니까. 또한 분별없이 행동하는 사람을 경멸하지도 않고 그들의 말을 악의가 아니라 동정심을 갖고 듣는다는 것도 느낄 거요. 그것을 겉으로 표현하지 않아도 충분히 위로와 격려가 될 것이오."

"어떻게 아세요? 그걸 다 어떻게 아시죠?"

"나는 잘 알아요. 그래서 일기를 쓰듯 술술 말하는 거요. 당신은 내가 상황을 극복했어야 한다고 말하겠지. 그랬을 수도 있소. 이겨냈어야 해. 하지만 보다시피 나는 그러지 못했소. 운명이 나를 버렸을 때 냉정할 만큼의 분별력이 남아 있지 않았소. 자포자기했고 타락했지. 그래서 어느 악랄한 얼간이가 비열한 말로 화를 돋워도 나 스스로 그보다 자신이 낫다고 자만할 수가 없소. 나나 그 사람이나 다를 바가 없다고 말할 수밖에 없거든. 좀 더 끈기 있게 버티고 싶었는데 말이오. 아마 하느님은 아실 거요! 에어 양, 유혹을 받아 잘못된 길로 들어서면 후회를 두려워하시오. 후회는 인생의 독이오."

"회개는 독이 아니라 약이라고 하던데요."

"약이 아니오. 사람을 아예 개조한다면 모를까. 나도 바뀔 수 있을 거요. 아직 그 정도 힘은 있으니까 말이오. 하지만 나 같이 족쇄를 차고 무거운 짐을 짊어진 저주받은 사람이 그런 생각을 해봤자 무슨 소용이 있겠소? 게다가 행복도 나를 버렸으니 내게는 즐거움을 좇을 권리가 있지. 어떤 대가를 치르더라도 나는 쾌락을 즐길 거요."

"그럴수록 점점 더 타락할 거예요."

"그럴지도 모르지. 하지만 달콤하고 늘 새로운 쾌락을 좇는다고 해서 꼭 타락한다는 법이 있소? 벌이 들판에서 꿀을 모으

듯 계속 달콤하고 새로운 쾌락을 얻게 될지 모르지."

"벌이 찔러 따끔할 거예요. 쓴 맛이 날거고요."

"어떻게 알지? 맛본 적도 없으면서 말이오. 꽤 진지하고 심각한 얼굴이군. 당신은 이 '카메오 머리'처럼 (벽난로 위에서 '카메오' 조각을 집어들며) 그런 문제는 아는 것이 없지 않소. 당신은 내게 설교할 자격이 없소. 일상 밖으로 벗어난 적도 없고 알 수 없는 삶은 겪어본 적도 없는 애송이니까 말이오!"

"저는 다만 스스로 하신 말씀을 되풀이한 것뿐이에요. 실수는 후회를 불러오고 후회는 인생의 독약이라고 하셨잖아요."

"지금 실수라고 했소? 문득 스치고 지나간 생각이 실수라고 생각하지는 않소. 이건 유혹이라기보다 영감에 가깝소. 포근하게 마음을 달래주지요. 그건 분명해. 자, 그것이 다시 머릿속에 떠오르는군! 단언컨대 악마는 아니오. 빛나는 천사의 옷을 입고 있거든. 이처럼 아름다운 손님이 내 마음속에 찾아들 때는 공손히 맞이해야 한다고 생각하오."

"믿지 마세요. 그건 진짜 천사가 아니에요."

"다시 말하지만 그걸 당신이 어떻게 안다는 거요? 당신은 무엇을 근거로 타락 천사와 신이 보낸 사자를 그리고 인도하는 자와 유혹하는 자를 구별할 수 있단 말이오?"

"표정을 보고 판단했어요. 그 생각이 마음속에 다시 떠올랐다는 말씀을 하실 때 괴로워하셨잖아요. 거기에 귀를 기울이면 반드시 더욱 비참해질 거예요."

"천만에! 그건 세상에서 가장 자비로운 메시지를 전하는 거요. 그리고 덧붙여 말한다면 당신은 내 양심 지킴이도 아니니까 걱정할 것 없소. 자, 들어오라. 아름다운 방랑의 천사여!"

로체스터 씨는 자신의 눈에만 보이는 환영한테 얘기하듯 이렇게 말했다. 그러고 나서 보이지 않은 무언가를 끌어안듯 반쯤 벌렸던 두 팔을 가슴 위로 접었다. 그리고 계속해서 내게 말했다.

"자, 나는 순례자를 만났소. 그는 변장한 신이 틀림없소. 이 신은 이미 내게 덕을 베풀었소. 납골당 같던 내 가슴이 신전으로 변했단 말이오."

그는 다시 내게 말했다.

"솔직히 말씀드리면 저는 도무지 당신을 이해할 수가 없어요. 제 이해력을 벗어나는 얘기들이라 대화를 쫓아가지 못하겠어요. 제가 아는 건 딱 하나예요. 과거 당신은 자신이 바란 만큼 좋은 사람이 아니었고, 그래서 자신의 부족함을 후회하고 있다는 거예요. 제가 이해할 수 있는 것도 하나예요. 부끄러운 추억은 영원한 골칫거리라고 하셨죠. 저는 노력만 하시면 곧 스스로도 인정할 만한 사람이 될 수 있다는 것을 알게 되실 거라고 생각해요. 당장 오늘부터 생각과 행동을 고치기로 마음먹는 것부터 시작한다면 몇 년 안에 티 없이 깨끗한 새 추억들을 갖

260

게 될 거고, 기쁜 마음으로 떠올릴 수 있을 거예요."

"바로 그렇소. 그 말대로요, 에어 선생. 그런데 나는 바로 이 순간에도 지옥으로 향하는 길을 닦고 있소."

"네?"

"부싯돌처럼 단단한 선의의 자갈을 깔고 있는 거지. 물론 이제부터 만나는 사람이나 하는 일도 다를 것이오."

"나아질 거라는 말씀이죠?"

"물론이오. 순수한 광석이 더러운 쇳조각보다 훨씬 좋은 거요. 당신은 나를 의심하고 있군. 나는 나 자신을 의심하지 않소. 내 목적과 동기가 무엇인지 잘 알고 있으니까. 그리고 이 순간 내 목적과 동기가 모두 옳다는 사실을 마치 메디아나 페르시아의 법처럼 결코 바꿀 수 없는 것으로 만들겠소."

"목적과 동기를 위해 꼭 새 법이 필요하다면 그건 절대 정당한 게 아니에요."

"에어 양, 새로운 법은 꼭 필요하지만 정당해요. 전례 없이 복잡한 사안에는 예전과 비교해 복잡한 규칙이 필요하오."

"위험천만한 말 같네요. 남용되기 쉽겠는데요."

"경구를 즐겨 쓰는 현자로군! 맞소. 나는 절대로 남용하지 않겠다고 우리 집 수호신께 맹세할 수 있소."

"하지만 사람은 누구나 실수해요."

"나도 그렇고 당신도 그렇소. 그래서 뭐요?"

"사람은 실수를 하니까 하느님이나 전능하신 분께 맡겨야 할 힘을 자신이 쓰려고 하면 안 된다는 거예요."

"무슨 힘 말이오?"

"공인되지 않은 이상한 행동들을 '이게 옳다'라고 말하는 것 말이에요."

"'이게 옳다.' 그래, 바로 이 말이군. 당신이 꼭 맞는 말을 붙여주었군."

"그럼 그게 옳기를 바랄게요."

나는 의자에서 일어서며 말했다. 도무지 이해할 수 없는 이야기를 계속해봤자 시간 낭비일 듯했다. 그리고 지금의 내 통찰력으로는 상대방의 성격을 도저히 파악할 수가 없었다. 전혀 모르겠다는 확신이 들자 나는 왠지 불안해졌다.

"어디 가시오?"

"아델을 재워야죠. 이미 잘 시간이 지났는걸요."

"스핑크스의 수수께끼 같은 이야기를 하다 보니 내가 무서워졌소?"

"네, 수수께끼 같아요. 하지만 어리둥절하긴 해도 무섭지는 않아요."

"당신은 무서워하고 있소. 자신을 사랑하는 마음에 실수라도 할까 봐 두려운 거지."

"그런 의미에서라면 걱정스러운 건 맞아요. 터무니없는 이야

262

기를 하고 싶지는 않으니까요."

"터무니없는 이야기라도 당신처럼 심각하고 침착한 태도로 한다면 의미 있게 들릴 거요. 에어 양, 당신은 크게 웃어본 적이 있소? 대답할 필요는 없소. 당신이 웃지 않아서 하는 소리니까. 하지만 당신은 굉장히 유쾌하게 웃을 수 있는 사람이오. 내 말 믿어요. 내가 애초부터 나쁜 사람이 아니듯 당신도 원래 엄격한 사람이 아니오. 로우드에서의 생활이 계속 당신을 구속하고 있는 거요. 당신의 성격을 지배하고 목소리를 낮추며 손발을 묶어놓고 있소. 당신은 오빠, 아버지나 주인 같은 모든 남자 앞에서 활짝 웃거나 자유롭게 말하거나 재빠르게 움직이는 게 두려울 거요. 하지만 내가 당신 앞에서 격식을 갖춰 행동할 수 없듯이 언젠가 당신도 내 앞에서 편해질 수밖에 없을 거요. 그러면 당신의 표정이나 행동도 지금보다 훨씬 더 활기차고 다양해지겠지. 나는 가끔 당신한테서 꽉 닫힌 새장의 창살 사이로 밖을 엿보는 호기심 어린 새의 시선을 발견하곤 하지. 활발하고 가만히 있을 수 없으면서 의지가 굳은 포로처럼 갇혀 있는 새 말이오. 자유롭게 풀어주면 분명히 하늘 높이 날아갈 거요. 그런데 꼭 가야겠소?"

"벌써 아홉 시예요."

"걱정 말아요. 잠깐만. 아델은 아직 잘 준비가 안 된 것 같소. 에어 양, 이렇게 벽난로를 등 뒤에 두면 얼굴이 방 안을 향해 있어서 살펴보기가 아주 좋지. 당신과 이야기하는 동안에도 나는 틈틈이 아델을 보았소. 내가 저 아이를 살펴보는 데는 나름의 이유가 있소. 그 이유는 기회가 되면, 아니 꼭 말해 주겠소. 십 분쯤 전에 상자에서 예쁜 분홍 드레스를 꺼내 보던 그 아이는 정말 황홀한 표정을 지었다오. 저 애의 핏 속에는 교태가 흘러 뇌를 거쳐 골수까지 박혀 있소. '지금 당장 입어볼 거야' 하고 소리치며 방을 뛰어나갔소. 아마 지금쯤 소피와 함께 옷을 입어보고 있을 거요. 그리고 몇 분 안에 돌아오겠지. 어떤 모습을 하고 있을지 눈에 선하오. 막이 올라 무대에 오른 셀린 바렝과 똑같을 거야. 하지만 상관없어. 민감한 내가 충격을 받게 될 것 같군. 그러니 이 예감이 맞는지 지켜보시오."

이내 홀을 사뿐사뿐 걸어오는 아델의 발소리가 들렸다. 로체스터 씨가 예상한 대로 그 애는 전혀 다른 사람이 되어 들어왔다. 입고 있던 갈색 드레스 대신 짧은 치마에 촘촘히 주름을 잡은 장밋빛 새틴 드레스를 입고 있었다. 이마에는 장미 꽃봉오리로 만든 화환을 두르고 비단 양말과 하얀 새틴 구두도 신고 있었다. 아델이 앞으로 뛰어오며 물었다.

"드레스가 정말 잘 어울리죠? 구두랑 양말은요? 제가 춤을 춰볼게요."

아델은 드레스를 펼치며 미끄러지듯 샤세 스텝으로 방 안을 가로질러 로체스터 씨 앞으로 다가갔다. 그러고는 발끝으로 가볍게 한 바퀴를 돌고 나서 그의 발치에 한쪽 무릎을 꿇고 말했다.

"아저씨. 친절을 베풀어 주셔서 진심으로 감사드립니다."

그리고 일어서며 말했다.

"아저씨! 엄마가 이렇게 했었죠?"

"똑같구나!"

로체스터 씨가 대답했다. 그리고 나에게 말했다.

"그리고 '이렇게' 내 주머니에서 영국 금화를 빼갔지. 나도 그때는 청춘이었소. 새파랗게 젊었었지. 지금 당신의 싱그러운 빛깔처럼 한때 나도 푸르고 싱그러웠소. 하지만 청춘은 내 손 안에 프랑스의 작은 꽃 한 송이만 남겨두고 가버렸소. 나도 이 꽃을 버리고 싶을 때가 있소. 그 꽃이 피어난 뿌리를 사랑하지도 않는 데다가 그 꽃이 금가루만 먹고 자란다는 걸 알았으니까. 특히 지금처럼 조화 같아 보일 때는 좋아하는 마음이 싹 사라지지. 그저 한 가지 선행을 하면 크고 작은 수많은 죄가 속죄될 수 있다는 로마 가톨릭의 교리에 따라서 키우는 것뿐이오. 그 얘기는 때가 되면 다 말해주겠소. 그럼 안녕히 주무시오."

제15장

로체스터 씨는 그 후 약속대로 그 이야기를 들려주었다. 어느 날 오후 아델과 함께 있다가 정원에서 우연히 그와 마주쳤을 때였다. 아델이 파일럿과 셔틀콕을 가지고 노는 동안 그는 아이를 지켜보면서 너도밤나무 길을 걷자고 했다. 그러고는 아델이 자신이 '대단한 열정'을 바쳤던 프랑스의 오페라 무용수인 셀린 바렝의 딸이라고 말했다.

셀린은 로체스터 씨보다 더 열렬히 그를 사랑하는 척했다. 그래서 그는 자신이 비록 못생기긴 했지만 셀린은 자신을 우상으로 여기고 있다고 생각했다. 그녀가 아폴로 조각상의 우아한 아름다움보다 자신의 늠름한 체격을 더 좋아한다고 믿었다는 것이다.

"에어 양, 그래서 프랑스 요정이 좋아한다고 하자 영국 남자 도깨비는 매우 으쓱해졌소. 그녀를 호텔에서 살게 해주고 하녀와 마차, 캐시미어 옷에다가 다이아몬드, 값비싼 레이스까지 모든 걸 다 해줬소. 여자에게 푹 빠진 여느 얼간이들처럼 제 손으로 무덤을 파기 시작한 거지. 독창성마저도 없어 남들과 전혀 다를 바 없는 치욕스러운 파멸의 길로 들어섰소. 바보처럼 남들이 가는 길을 그대로 따라간 거요. 나는 당연히 모자란 방탕아와 같은 운명이 되었소. 어느 날 밤 약속도 없이 셀린을 찾아갔는데 집에 없더군. 날씨도 덥고 파리의 길거리를 다니느라 지쳐서 나는 방에 앉아 있었소. 좀 전까지 셀린이 머물렀으니 성스러워진 공기를 들이마신다고 기뻐하면서 말이오. 아니, 이건 과장한 거요. 셀린한테 신성한 미덕이 있다고 생각한 적은 없소. 그녀는 향정 같은 향기를 남겼지. 신성한 향기라기보다는 사향이나 용연향 같았소. 그러다가 온실의 꽃향기와 향수 냄새가 답답해지기 시작해 창문을 열고 발코니로 나갔소. 그날 밤은 달빛도 밝은데 가스등이 켜져 있었고 정말이지 고요하고 평화로웠소. 발코니에 의자가 한두 개 놓여 있기에 앉아서 여송연을 꺼냈소. 실례지만 지금 한 대 피워야겠소."

그는 잠시 이야기를 멈추고 여송연을 꺼내 불을 붙였다. 그러고는 쌀쌀하고 흐린 하늘로 아바나 여송연 연기를 길게 내뿜으며 말을 이었다.

"에어 양, 그 당시에 나는 좋아하는 봉봉 과자를 씹고 있었소. 상스러운 표현이지만 이해해주시오. 초콜릿 과자를 먹다가 여송연도 피우면서 근처 오페라 극장을 향해 화려한 거리를 달리는 마차들을 바라보고 있었지. 훌륭한 영국산 말 두 필이 끄는 우아한 마차 한 대가 빛나는 도시의 밤거리를 달려오는 모습이 또렷하게 보이더군. 내가 셀린에게 사준 마차였지. 그녀는 집에 돌아오고 있었소. 애타는 내 심장은 기대고 있던 철제 난간이 울릴 정도로 마구 뛰었소. 예상대로 마차는 호텔 입구에서 멈췄고 나의 불꽃 같은 셀린이 내렸소. 불꽃이라, 오페라 무용수인 애인에게 딱 맞는 말이었지. 외투를 걸치고 있더군. 따뜻한 6월의 저녁에는 필요도 없는데 말이오. 어쨌건 마차 발판에서 내릴 때 치맛자락 밑으로 언뜻 보인 조그만 발을 보고 셀린이라는 걸 바로 알아챘다오. 발코니 너머로 허리를 굽혀 '나의 천사!'라고 속삭이려던 참이었소. 물론 내 연인에게만 들릴 정도로 말이오. 그런데 그때 그녀 뒤를 따라 마차에서 누군가 뛰어내리더군. 외투까지 걸치고 말이오. 박차가 달린 구두 뒤축이 바닥에 닿는 소리가 들렸고 군모를 쓴 머리가 호텔의 아치형 정문에 들어섰소. 당신은 질투를 해본 적이 없을 거요. 물론 없겠지. 사랑을 해본 적이 없으니 물어볼 필요도 없겠군. 앞으로는 사랑과 질투를 느끼게 되겠지. 하지만 지금 당신의 영혼은 잠들어 있소. 그 잠을 깨워줄 자극이 아직까지 없는 것 같은데. 당신은 지금껏 젊음이 조용히 흘러갔듯 자신의 인생도 그렇게 조용히 흘러갈 거라고 생각하겠지. 눈을 감고 귀를 막은 채 떠내려가면 가까운 개울 바닥에 솟은 바위들도 보이지 않고 그 밑에서 부딪치는 물소리도 들리지 않을 거요. 하지만 내 말을 명심하시오. 언젠가 바위가 많은 물길을 지나게 될 거요. 인생의 모든 흐름이 소용돌이 치고 거품을 일으키며 요란스럽게 산산조각 날 거요. 당신은 험한 바위 끝에 부딪혀 부서지거나 거대한 파도에 실려 더욱 잔잔한 물길로 들어서게 될 거요. 바로 지금의 나처럼 말이오.

나는 오늘 같은 날이 좋소. 강철 같은 저 하늘빛이 좋고 서리에 뒤덮인 황량하고 고요한 이 세상도 좋소. 난 손필드가 좋소. 낡고 외진 것까지도 말이오. 까마귀가 많은 고목과 가시나무들도, 이 집의 잿빛 외벽과 금속 빛 하늘을 비추는 어두운 창문들도 마음에 들어요. 하지만 얼마나 오랜 시간 이 집을 생각하는 것만으로도 진저리를 쳤는지 모른다오. 마치 무서운 전염병이 든 집처럼 피했지. 아직도 내가 얼마나 싫어하는지……."

로체스터 씨는 이를 갈더니 그만 입을 다물었다. 그러고는 발걸음을 멈추고 단단한 땅바닥을 장화 신은 발로 쿵 하고 내리찍었다. 어떤 기분 나쁜 생각이 그를 사로잡아 움직이지 못하도록 꽉 붙잡고 있는 듯했다.

우리는 너도밤나무 길을 함께 올라가고 있었다. 이때 눈앞에 정원이 보였다. 그는 이전에도 그리고 그 후에도 본 적 없는 눈빛으로 저택의 흉벽을 노려보았다. 고통, 수치, 분노, 초조, 증오, 혐오 등의 감정이 그의 검은 눈썹 아래 커다랗게 뜬 눈동자 속에서 싸우고 있는 것 같았다. 서로 간에 치열한 싸움이 벌어졌다. 하지만 또 다른 감정이 솟구쳐 다른 감정들을 물리쳤다.

그는 계속해서 말했다.

"에어 양, 나는 방금 입을 다물고 있던 사이에 내 운명의 여신과 담판을 지었소. 운명의 신이 저기 너도밤나무 옆에 서 있더군. 포레스의 황야에서 맥베스 앞에 나타났던 그 늙은 마녀 말이오. 마녀는 '손필드를 좋아한다고?'라고 물으며 손가락을 쳐들더군. 그러더니 허공에 이런 문구를 쓰며 경고했소. 저택의 정면, 2층과 아래층 창문 사이의 긴 공간에 무시무시한 상형문자를 써내려가더군. '할 수 있으면 좋아해봐! 그럴 용기가 있다면 좋아해 보라고!' 나는 '좋아할 거요. 그만한 용기도 있소'라고 대답했소. 그 말을 지킬 거요. 내가 행복하거나 선하게 살지 못하도록 방해하는 장해물을 모조리 쳐부술 생각이오. 맞소, 선을 위해서요. 나는 예전의 나 그리고 지금의 나보다 더 나은 사람이 되고 싶소. 〈욥기〉의 괴물 리바이어던이 창과 화살, 사슬갑옷까지 부쉈듯이 나는 세상 사람들이 강철이나 무쇠처럼 생각하는 것들을 지푸라기와 썩은 나무로 여기겠소."

이때 아델이 셔틀콕을 들고 그에게 달려왔다.

"저리 가! 떨어져 있어. 아니면 소피한테 가라고!"

로체스터 씨가 사납게 소리쳤다. 계속해서 말없이 걷던 나는 그가 느닷없이 화제를 바꾸자 다시 예전 얘기로 돌아가려고 이렇게 말했다.

"바렝 양이 들어왔을 때 발코니에서 안으로 들어가셨나요?"

때를 놓친 질문에 핀잔을 듣겠다 싶었는데 오히려 인상을 잔뜩 구긴 채 멍해 있던 그가 정신을 차리고 나를 보았다. 어두웠던 그의 얼굴이 밝아졌다.

"아 참! 셀린 얘기를 잊고 있었군! 그래, 그 이야기로 돌아가지. 내 연인이 어떤 기사와 함께 들어오는 걸 본 순간 쉿 하는 소리와 함께 달빛이 비치는 발코니에 똬리를 틀고 있던 파란 뱀이 내 조끼로 미끄러져 올라와 이 분 만에 내 심장 한가운데를 파먹어 들어갔소. 그런데 이상하지 않소?"

그는 다시 화제에서 벗어나더니 이렇게 말했다.

"이런 이야기를 당신한테 털어놓다니. 게다가 당신은 잠자코 듣고만 있군. 마치 당신처럼 세상물정이라곤 전혀 모르는 괴짜 아가씨한테 나 같은 남자가 오페라 무용수 애인 이야기를 들려주는 게 당연한 것처럼 말이오. 하지만 전에도 말했듯이 당신이 잘 들어주니 나도 말할 기분이 나는군. 당신은 진중하고 사려 깊고 조심스러워 비밀을 털어놓기에 안성맞춤이지. 게다가 나는 지금 이야기를 털어놓는 상대가 어떤 마음인지 알고 있소.

남에게 쉽게 물들지 않지. 독특하고 드물어. 그 마음에 해를 입히고 싶지도 않거니와 내가 그러려고 해도 해를 입을 리 없소. 당신과 나는 이야기를 나누면 나눌수록 더 좋을 거요. 왜냐하면 나는 당신을 해치는 일이 없을 거고, 당신은 내게 활력을 되찾아줄 테니까."

그러고는 다시 본론으로 돌아왔다.

"나는 발코니에 남아 있었소. 틀림없이 두 사람이 셀린의 방으로 들어올 거라고 생각했거든. '숨어 있자!' 그래서 나는 열린 창문 사이로 손을 넣어 안을 들여다볼 수 있을 정도의 틈만 남기고 커튼을 쳤소. 그리고 여닫이 창문도 연인들이 속삭이는 소리가 들릴 정도만 열어두었지. 그다음에 재빨리 의자로 돌아가 앉으니 두 사람이 들어오더군. 창문 틈으로 다가가 안을 들여다봤소. 셀린의 하녀가 들어와 램프에 불을 켜서 탁자 위에 올려두고 나갔소. 그러니까 그 둘이 더 또렷이 보이더군. 둘 다 외투를 벗었소. 바렝은 새틴 드레스를 입고 보석으로 치장해 반짝반짝 빛이 나더군. 물론 내가 사준 것들이었지. 함께 온 사내는 장교 제복을 입고 있었소. 내가 알기론 젊은 자작으로 난봉꾼이었소. 사교계에서 가끔 마주치는 망나니 같은 녀석이었지. 나는 깔끔하게 그를 무시해온 터라 그자가 싫다는 생각을 해본 적도 없었소. 그래서 놈을 알아본 순간 질투라는 뱀의 독이빨이 부러져버렸소. 셀린을 향한 내 사랑이 그와 동시에 촛

272

불 꺼지듯 사그라져버렸기 때문이오. 그런 놈 때문에 나를 배신한 여자를 두곤 싸울 가치조차 없었으니까. 그저 경멸스러울 뿐이었소. 하지만 그런 여자에게 속은 내가 더 한심했지. 둘은 대화를 시작했소. 두 사람의 이야기를 듣고 있자니 마음이 진정됐지. 경박하고 돈밖에 모르는 무의미한 대화였소. 듣다 보니 화가 나는 게 아니라 지루해지더군. 탁자 위에 내 명함이 놓여 있었는데 그걸 보곤 나에 대해 이야기하더라고. 두 사람은 나를 그럴듯하게 비난할 능력도 재치도 없었소. 그저 자신들의 저급한 방식으로 치사하게 나를 비웃었지. 특히 셀린은 내 외모상의 결점을 '불구'라고까지 표현하면서 과장하더군. 늘 버릇처럼 내 '남성미'를 찬양하던 여자가 말이오. 당신과는 전혀 달랐지. 우리가 두 번째로 만났을 때 당신은 내가 잘생기지 않았다고 딱 잘라 말했소. 그때 둘이 너무도 달라서 깜짝 놀랐소."

아델이 또다시 달려왔다.

"아저씨, 존이 와서 그러는데 대리인이 아저씨를 뵙기 위해 왔대요."

"아! 그렇다면 간단히 말해야겠군. 나는 창을 열고 그들에게 다가갔지. 셀린한테 더는 돌봐주지 않을 테니 이 호텔을 나가라고 했소. 당장 쓸 돈만 던져줬지. 그녀가 아우성을 치고, 히스테리를 부리고, 애원하고, 항의하고, 발작을 일으켜도 무시

273

했소. 그 자작 놈과는 숲에서 만나기로 약속했지. 그리고 다음 날 아침 나는 그자를 만났소. 병든 병아리 날개같이 가냘프고 허약한 그의 팔에 총알을 한 방 먹이곤 모두 끝났다고 생각했소. 그런데 불행히도 그 6개월이 되기 전에 바렝은 아델을 낳았고 내 핏줄이라고 우기더군. 사실일지도 모르지. 하지만 저 아이 얼굴에서 나같이 험상궂은 얼굴을 닮은 구석이라고는 찾아볼 수 없지 않소. 차라리 파일럿이 나를 더 닮았을 거요. 내가 인연을 끊은 지 몇 년이 지난 뒤 그 여자는 딸을 버리고 음악가인지 가수인지 하는 놈과 이탈리아로 달아났소. 나는 당연히 내가 아델을 길러야 할 책임이 있다고는 생각하지 않았고 그건 지금도 마찬가지요. 내 딸이 아니니까. 하지만 저 애가 몹시 궁핍하다는 소식을 듣고 파리의 진창 속에서 건져다가 여기 데려온 거요. 그리고 영국 시골 정원의 건강한 흙 위에서 제대로 자랄 수 있게 저 애를 가르치려고 페어팩스 부인이 당신을 데려왔소. 하지만 지금 선생은 저 애가 프랑스 오페라 무용수의 사생아라는 사실을 알게 되었으니 본인의 일과 학생에 대해 다른 생각을 하게 될 수도 있지. 언젠가 내게 와서 새로 일자리를 구했다거나 다른 가정교사를 구하라고 할지도 모르고. 안 그렇소?"

"아니요, 아델은 자기 엄마나 당신의 잘못에 책임이 없어요. 저는 아델을 아끼는 데다가 방금 저 애가 고아나 마찬가지라는 것을 알게 되니 오히려 전보다 더 가까워져야겠다는 생각이

274

드네요. 엄마에게 버림받은 데다가 당신은 자기 딸이 아니라고 하시니까요. 가정교사를 귀찮게 여기는 부잣집 어리광쟁이보다는 가정교사를 친구삼아 의지하는 외로운 고아가 훨씬 예쁘지 않겠어요?"

"그렇게도 볼 수 있군! 그럼 이제 안으로 들어가야겠소. 날이 어두워지는군."

그러나 나는 아델, 파일럿과 함께 좀 더 밖에 머물렀다. 아델과 달리기 경주도 하고 배드민턴도 쳤다. 그리고 나서 집에 들어와 모자와 외투를 벗겨주고 내 무릎에 앉혔다. 아델은 예뻐해주면 정도가 지나쳐 제멋대로 굴지만 오늘은 어지간하면 꾸중도 하지 않고 한 시간이나 그대로 있었다. 프랑스인 어머니한테서 물려받은 듯 영국인 정서에 맞지 않은 천박한 성격이 있었지만 그 애도 나름 장점이 있었다. 그리고 나는 그런 점들을 최대한 인정해주고 싶었다. 그 애의 표정이나 생김새에서 로체스터 씨와 닮은 점을 찾아보았지만 한 군데도 발견하지 못했다. 특징이나 표정의 변화에도 어느 한구석 부녀 사이로 보이는 점이 없었다. 안타까웠다. 조금이라도 자신을 닮았더라면 그는 이 아이를 좀 더 아꼈을 것이다.

그날 밤 나는 내 방으로 돌아온 뒤에야 로체스터 씨가 들려준 이야기를 곰곰이 생각해보기 시작했다. 그가 말한 것처럼 그 이야기의 내용 자체는 조금도 놀랍지 않았다. 돈 많은 영국인이 프랑스의 오페라 무용수를 사랑하다가 배신당한 이야기는 사교계에선 늘 일어나는 일이었다. 하지만 로체스터 씨가 현재에 만족하고 옛집과 환경에서 새롭게 기쁨을 되찾았다는 이야기를 하면서 그때 갑자기 감정의 동요를 드러내던 모습은 확실히 이상해 보였다. 의아한 생각이 들기는 했지만 당장은 설명할 방도가 없어 서서히 그 생각을 접고 그 대신 나를 대하는 주인의 태도를 생각해보았다. 그는 나의 신중한 성격에 대한 찬사로 내게 친절히 대해주는 것 같았다. 나는 그렇게 여기고 받아들였다. 최근 몇 주 동안 나를 대하는 그의 태도에는 변덕이 많이 줄어들었다. 귀찮아하지도 않고 쌀쌀맞거나 거만하게 굴지도 않았다. 우연히 마주치면 반가워하는 듯 보였다. 항상 말을 걸고 내게 웃어 보이기도 했다. 공식적으로 부르면 정중하게 대접해줘 마치 나한테 그를 기쁘게 만드는 힘이 있다고 느껴질 정도였다. 그런 자리 또한 나를 위한 것이 아니라 자기가 좋아서 마련했다는 생각도 들었다.

사실 나는 말을 하기보다는 재미있게 듣는 쪽이었다. 그리고 그는 말하기 좋아하는 성격이었다. 세상물정에 어두운 사람한테 이 세상의 다양한 모습을 들려주는 걸 좋아했다(타락한 모습이나 나쁜 생활방식이 아니라 그 규모와 신기함 때문에 흥미로운 것들 말이다). 나는 그가 설명하는 새로운 생각을 듣거나 그가 펼쳐보이는 새로운 곳들을 머릿속으로 함께 따라가며 정말 즐거워했다. 단 한 번도 듣기 거북하거나 당황스러웠던 적이 없었다.

　로체스터 씨의 편안한 태도 덕분에 답답한 구속에서 벗어날 수 있었다. 친절하고 솔직하면서 다정하고 점잖게 대해주는 그에게 마음이 끌렸다. 때때로 그가 주인이 아닌 혈육처럼 느껴지기도 했다. 여전히 고압적으로 구는 일도 많았지만 개의치 않았다. 그것은 그저 그의 습관이었기 때문이다. 삶에 이런 새로운 흥밋거리가 더해지면서 나는 정말 행복하고 만족스러워 친척을 애타게 그리워하지 않게 되었다. 가느다란 초승달 같던 내 운명이 점점 커지는 듯했다. 무의미한 내 존재도 의미를 찾아가는 것 같고 건강도 좋아져서 살도 찌고 힘도 세졌다.

　그 당시에도 내 눈에 로체스터 씨가 추남으로 보였을까? 아니다. 그의 얼굴을 보면 감사하고 기분 좋은 생각이 떠올라 가장 보고 싶은 얼굴이 되었다. 방에 함께 있을 때 그의 모습은 환하게 타오르는 불꽃보다도 내 기분을 밝게 해주었다. 그러나 나는 그의 단점을 잊지 않았다. 사실 잊을 수가 없었다. 수시로 내 앞에 드러났으니 말이다. 그는 자기보다 못한 사람에게는 거만하고 냉소적이며 가혹했다. 내게 베푸는 커다란 친절은 다른 사람들한테 가혹하게 구는 부당한 행동을 대신하는 것이라고 혼자 생각했다. 그는 또 이유 없이 우울해하곤 했다. 책을 읽어달라는 부탁을 받고 서재에 가면 팔짱을 낀 채 두 팔에 머리를 파묻고 있다가 고개를 들곤 했다. 그럴 때면 그의 표정은 시무룩하다 못해 악의에 찬 듯 보였는데, 인상을 잔뜩 찌푸린 채 노려볼 때도 있었다. 하지만 나는 그의 우울함이나 엄격함, 과거의 도덕적 실수('과거'라고 한 이유는 지금은 고쳐진 듯 보여서다)의 원인이 잔인한 운명의 장난이라고 생각한다. 나는 로체스터 씨가 환경의 영향과 교육을 받아서, 아니면 운명에 이끌려 완성된 지금의 모습보다 선천적으로 훨씬 더 착한 성품과 고상한 신념, 순수한 취향을 가졌다고 믿었다. 원래 훌륭한 자질을 가졌지만 지금은 이런 부분들이 다소 망가지고 서로 얽혀 있는 거라고 생각했다. 그의 슬픔이 무엇이든 그 때문에 나도 슬펐고 그 슬픔을 덜어주고 싶었다.

나는 촛불을 끄고 침대에 누웠다. 하지만 너도밤나무 길에서 운명의 신이 나타나 손필드에서 할 수만 있다면 행복해져보라 했다고 말하던 그의 얼굴이 생각나서 쉽사리 잠이 오지 않았다.

'왜 행복해질 수 없지? 왜 이 저택에 머물지 못하지? 곧 이곳을 떠날까? 페어팩스 부인 말로는 한 번에 두 주 이상 여기 머문 적이 없다고 했지만 벌써 팔 주째 머무르고 있는데. 그분이 떠나면 얼마나 쓸쓸할까? 그분 없이 봄, 여름, 가을을 지낸다고 생각하면 제아무리 맑고 화창한 날이라도 전혀 기쁘지 않을 것 같아!'

그러다 잠이 들었는지 졸았는지 모르겠지만 어렴풋이 중얼거

278

리는 소리가 들려 나는 정신이 번쩍 들었다. 기괴하고 서글픈 소리가 바로 내 머리 위에서 들리는 것 같았다. 나는 '촛불을 켜 둘걸' 하며 후회했다. 침대에서 일어나 앉아 귀를 기울였지만 주변은 잠잠했다.

나는 다시 잠을 청했다. 그러나 불안한 마음에 가슴이 두근거렸다. 정신이 사나웠다. 아래층 홀의 시계가 두 시를 쳤다. 바로 그때 누군가 내 방문을 건드린 것 같았다. 마치 어두운 복도를 손으로 더듬으며 가다가 방문을 스친 듯했다.

"누구세요?"

대답이 없었다. 그 순간 공포로 몸이 오싹해졌다.

문득 나는 파일럿일지 모른다는 생각이 들었다. 파일럿은 이따금 부엌문이 열려 있으면 로체스터 씨의 침실 근처까지 가기도 했다. 아침에 주인 침실 앞에 엎드려 있는 모습을 본 적도 있다. 그런 생각이 들자 조금 안심이 되었다. 나는 다시 누웠다. 아무 소리도 들리지 않자 긴장이 풀렸다. 그리고 온 집안이 고요해지자 졸음이 몰려왔다. 하지만 그날은 도저히 잠을 잘 수가 없었다. 등골까지 오싹하게 만든 두려운 사건이 벌어져 잠귀신도 놀라 달아난 것이다.

악마의 웃음소리였다! 나지막이 숨죽인 듯 굵은 웃음소리가 내 방 열쇠 구멍 너머에서 들려오는 것 같았다. 침대 머리가 방문 쪽을 향해 놓여 있어서 처음에는 누군가 침대 옆에서, 아니

베개 옆에 웅크린 채 악마처럼 웃고 있다는 생각이 들었다. 일어나 주위를 둘러봤지만 아무도 없었다. 주변을 더 자세히 살피는 동안에도 그 이상한 소리가 다시 들렸다. 방문 판자를 스치는 소리였다. 나는 벌떡 일어나서 방문을 잠갔다. 그리고 "누구세요?" 하고 다시 물었다.

누군가 목구멍을 그르렁거리며 신음하는 소리가 들렸다. 그러더니 곧이어 복도를 지나 3층 계단으로 향하는 발소리가 들렸다. 최근 3층으로 올라가는 계단을 막는 문을 달았는데 그 문이 열렸다가 닫히는 소리가 들리더니 다시 잠잠해졌다.

'그레이스 풀이었나? 혹시 귀신에 씌었나?'

이런 생각이 들자 도저히 혼자 있을 수가 없어서 페어팩스 부인 방으로 가려고 허둥지둥 옷을 입고 숄을 걸쳤다. 떨리는 손으로 빗장을 풀고 문을 열었다. 그런데 방문 바로 옆 복도 매트 위에서 촛불 하나가 타고 있었다. 사방이 연기로 가득 차 눈앞이 온통 뿌옇게 보였다. 이 푸르스름한 연기가 어디서 나오는 건지 이리저리 두리번거리는 사이에 타는 냄새는 점점 더 짙어졌다.

삐걱거리는 소리가 났다. 살짝 열린 문에서 나오는 소리였다. 바로 로체스터 씨의 방문이었다. 그리고 열린 틈으로 연기가 구름처럼 뭉게뭉게 피어나오고 있었다. 더는 페어팩스 부인도, 그레이스 풀도, 그 웃음소리도 생각나지 않았다. 나는 곧

장 로체스터 씨의 침실로 뛰어들었다. 불길이 침대를 집어삼킬 듯 주변에서 타오르고 커튼에도 불길이 옮겨가고 있었다. 불길과 연기가 가득한 가운데 로체스터 씨는 깊은 잠에 빠져 꼼짝 않고 누워 있었다.

"일어나세요! 어서 일어나요!"

나는 소리를 지르며 로체스터 씨를 흔들었지만 그는 알아들을 수 없는 소리를 중얼거리며 돌아누웠다. 연기 때문에 몸이 말을 듣지 않는 것 같았다. 지체할 틈이 없었다. 불길이 이불까지 타들어 가고 있었다. 나는 대야와 물통이 있는 곳으로 뛰어갔다. 다행히 널찍한 대야와 바닥이 깊은 물통에 물이 가득 차 있었다. 나는 그것들을 가져와 침대와 로체스터 씨에게 끼얹고 다시 내 방으로 뛰어들어가 물병을 가져온 뒤 침대에 물세례를 퍼부었다. 천만다행으로 하늘이 도우셨는지 침대를 집어삼키려던 불길이 꺼졌다.

쉭쉭 하면서 불이 꺼지는 소리, 물을 끼얹고 내던진 물통이 깨지는 소리 그리고 무엇보다 내가 마음껏 퍼부은 물이 후두둑 쏟아지면서 로체스터 씨가 잠에서 깨어났다. 방 안은 컴컴했지만 그가 깨어났다는 것을 알 수 있었다. 자신이 물바다 한가운데서 누워 자고 있었다는 걸 발견한 그가 욕설을 내뱉었기 때문이다.

"홍수라도 났나?"

그가 소리쳤다.

"아니에요, 불이 났어요. 어서 일어나세요. 불은 꺼졌어요. 촛불을 가져올게요."

"도대체 무슨 일이오? 당신 제인 에어 맞소? 나한테 무슨 짓을 한 거요. 마녀나 마법사요? 당신 말고 여기 또 누가 있소? 나를 물에 빠뜨려 죽일 셈이었나?"

"촛불을 가져올게요. 제발 일어나세요. 누군가 음모를 꾸민 거예요. 누가 무슨 짓을 했는지 얼른 알아보세요."

"자, 이제 일어났소. 마른 옷으로 갈아입을 때까지 이 분만 기다려요. 안 젖은 옷이 남아 있나? 옳지, 여기 가운이 있군. 이제 촛불을 가지러 가시오!"

나는 뛰어가서 복도에 놓여 있던 촛불을 가지고 왔다. 로체스터 씨는 촛불을 받아 들고 침대를 살폈다. 모두 타서 새카맣게 그을려 있었다. 이불은 흠뻑 젖고 주변 카펫도 물에 잠겨 있었다.

"이게 어찌 된 일이오? 누가 그랬지?"

그가 물었다.

나는 자초지종을 간단히 설명했다. 복도에서 들려온 괴상한 웃음소리와 3층으로 올라가는 발소리가 들렸고, 내가 연기와 타는 냄새를 맡고 그의 방으로 온 것, 불길을 발견한 다음 물이란 물은 다 가져와서 그에게 쏟아부은 일까지 다 말했다.

로체스터 씨는 심각한 표정으로 귀를 기울였다. 내가 이야기를 할수록 그의 얼굴은 놀란 표정에서 몹시 걱정하는 표정으로 변했다. 이야기를 마쳤는데도 그는 바로 입을 열지 않았다.

"페어팩스 부인을 모셔올까요?"

"페어팩스 부인? 아니, 뭐하러 그녀를 부르겠소? 부인이 뭘 할 수 있다고? 괜히 자는데 방해하지 말아요."

"그럼 리어를 불러올게요. 존 부부도 깨우고요."

"아니, 그냥 가만히 있어요. 당신 지금 숄을 걸치고 있소? 추우면 저기 있는 내 외투를 두르고 여기 의자에 앉아요. 자, 내가 입혀주지. 발은 젖지 않게 의자 위에 올려두고. 잠시 나갔다 올 테니 당신은 여기 그대로 있어요. 촛불은 내가 가져갈 거요. 돌아올 때까지 생쥐처럼 가만히 여기 꼼짝 말고 있어요. 3층에 다녀올 거요. 명심해요. 움직이거나 누굴 불러서는 안 돼요."

로체스터 씨가 방을 나갔다. 나는 멀어지는 불빛을 가만히 지켜봤다. 그가 조심스레 복도를 지나 소리 나지 않게 계단 문을 열고 들어가 문을 닫자 희미한 불빛도 사라졌다. 나는 칠흑같은 어둠 속에 남겨졌다. 귀를 기울여보았지만 아무런 소리도 들리지 않았다. 꽤 오랜 시간이 흘렀다. 나는 점점 지루해졌고 외투를 입고 있어도 추웠다. 생각해보니 이 집 사람들을 깨우지 말라고 했으니 여기 있을 필요도 없었다. 지시를 어겼다고 로체스터 씨가 언짢아해도 그냥 나가야겠다고 생각하던 순간 희미한 불빛이 다시 복도 벽에 나타났다. 그리고 맨발로 복도 매트를 걷는 소리가 들렸다. 나는 '제발 무서운 것 말고 그분이 었으면' 하고 생각했다.

그는 창백한 얼굴에 무척 침울한 표정으로 들어왔다.

"무슨 일인지 알았소. 내 짐작대로군."

그가 촛불을 세면대 위에 내려놓으며 말했다.

"어떻게 된 거예요?"

그는 대답도 없이 팔짱을 낀 채 바닥만 내려다보았다. 그리고 몇 분 뒤 다소 묘한 말투로 물었다.

"당신이 방문을 열었을 때 뭔가 봤다고 했소?"

"아니에요. 복도 매트에 촛불만 있었어요."

"기괴한 웃음소리를 들었다고 하지 않았소? 그전에도 그 소리나 비슷한 소리를 들었을 것 같은데?"

"네, 들었어요. 이 집에서 재봉 일을 하는 그레이스 풀이라는 여자가 그렇게 웃는대요. 이상한 여자예요."

"그렇지, 그레이스 풀이요. 그 여자는 당신 말처럼 이상한 여자야. 그런데 이 문제는 잘 생각해봐야겠소. 오늘 밤 이 사건을 자세히 알고 있는 사람이 나와 당신 둘 뿐이라 다행이군. 당신은 쓸데없이 입을 놀리지 않으니까. 이 일에 대해선 아무 말도 하지 마시오. 이 사태는 (침대를 가리키며) 내가 잘 설명하겠소. 그럼 이제 당신 방으로 가시오. 나는 오늘 밤 서재 소파에서 자면 될 거요. 벌써 네 시군. 두 시간 뒤에는 하인들이 일어날 거요."

"그럼 안녕히 주무세요."

나는 그 방을 나서며 말했다.

그러자 그가 놀란 표정을 지었다. 방금 내게 가라고 말하더니 저렇게 놀란 표정을 짓다니 이해하기 어려웠다.

"뭐요? 벌써 가는 거요, 이렇게?"

그가 외쳤다.

"가라고 하셨잖아요."

"인사도 없이 가라고 하지는 않았소. 고맙다는 말 한두 마디는 듣고 가야 할 것 아니오. 그렇게 금방 쌩하니 가버리다니! 당신이 내 생명을 구해주었소. 끔찍하고 괴로운 죽음에서 나를 구원해줬지. 그런데 전혀 모르는 사이처럼 그냥 지나가는 게 어디 있소? 악수 정도는 해야지."

로체스터 씨가 손을 내밀었다. 나도 손을 내밀었다. 그는 한 손으로 내 손을 잡았다가 이어서 양손으로 잡았다.

"당신이 내 생명을 구했소. 큰 빚을 당신에게 지게 되어 기쁘오. 더는 할 말이 없소. 내가 당신 아닌 다른 사람에게 이런 은혜를 입었다면 견딜 수 없었을 거요. 하지만 선생이라면 경우가 다르지. 당신에게 입은 은혜는 전혀 부담스럽지 않으니까."

그는 말을 멈추고 나를 찬찬히 살펴보았다. 할 말이 있는 듯

입술이 눈에 띌 정도로 달싹거렸으나 말을 하지는 않았다.

"그럼 다시 한 번 안녕히 주무세요. 이런 경우에는 빚이나 은혜 그리고 부담 같은 말은 어울리지 않아요."

"나는 알고 있었소. 당신이 언젠가 어떤 방식으로든 나를 도와주리라는 걸 말이오. 처음 보았을 때 당신 눈에서 그걸 보았지. 그 눈빛과 미소가 결코(그는 다시 말을 멈췄다), 결코(그의 말이 빨라졌다) 아무 이유 없이 내 마음에 기쁨을 느끼게 해준 게 아니었소. 사람들은 흔히 서로 통하는 사이라고 말하지. 수호신 이야기도 있고. 허무맹랑한 옛날이야기에도 진리는 들어 있지. 내 소중한 수호자여, 잘 자요!"

그전과 달리 그의 목소리와 표정에는 격렬한 감정이 담겨 있었다.

"마침 깨어 있던 게 정말 다행이었어요."

나는 이렇게 말하고 방을 나가려던 참이었다.

"아! 가는 거요?"

"추워서요."

"춥다고? 그래요, 물바다에 서 있었군! 그럼 가봐요. 제인, 어서 가요!"

그렇지만 그는 여전히 내 손목을 놓지 않았고 도저히 뿌리칠 수가 없었다. 결국 다른 방법을 생각해냈다.

"페어팩스 부인이 일어난 것 같아요."

내가 말했다.

"그럼 가봐요."

마침내 그가 내 손을 놓아주었고 나는 내 방으로 돌아왔다. 침대에 누웠지만 잠이 오지 않았다. 아침이 되어 동이 틀 때까지 나는 기쁨의 파도 아래, 걱정이라는 물결이 요동치는 바다 위를 떠다녔다. 이따금 거센 파도 너머로 뷸라(《천로역정》에 등장하는 휴식의 땅—옮긴이)의 언덕처럼 아름다운 해변이 보였다. 그리고 가끔 희망이 깨워준 상쾌한 바람이 내 영혼을 당당하게 그곳으로 날라주는 것 같았다. 하지만 나는 상상 속에서도 그곳에 닿지 못했다. 육지에서 자꾸 바람이 불어와 나를 밀어냈다. 지각이 환상을 몰아내고 분별력이 열정을 억눌렀다. 너무 들떠 있어 쉴 수 없었던 나는 동이 트자마자 자리에서 일어났다.

제16장

잠 못 이루던 밤이 지나고 다음 날이 되자 나는 로체스터 씨가 보고 싶으면서도 한편으로는 만나기가 두렵기도 했다. 다시 그의 목소리가 듣고 싶었지만 그와 눈을 마주치는 게 두려웠다. 아침나절 내내 그가 오기를 기다렸다. 자주는 아니었지만 평소에도 이따금씩 공부방에 들르곤 했는데 왠지 그날도 그가 얼굴을 비출 것만 같았다.

그러나 그날 아침은 아델과 조용히 공부를 했을 뿐 아무 일도 없었다. 아침 식사가 끝나자 로체스터 씨의 침실 근처가 소란스러워졌다. 페어팩스 부인과 리어, 요리사인 존의 아내 목소리뿐 아니라 존의 걸걸한 목소리까지 들렸다.

"주인어른이 침대 위에서 돌아가실 뻔했다니까!"

"촛불을 켜놓고 자는 건 늘 위험해!"

"그 와중에 물통을 떠올리시다니 하늘이 도왔네!"

"왜 아무도 안 깨우셨지?"

"서재 소파에서 주무신 것 같은데 감기에 걸리시지 않아야 할 텐데."

한참을 두런두런 잡담을 하더니 뒤이어 걸레로 문질러 닦고 물건을 정리하는 듯한 소리가 들렸다. 점심을 먹으러 아래층으로 내려가는 길에 지나치며 열린 문틈으로 들여다보니 방 안은 아무 일도 없던 것처럼 말끔히 정리되어 있었다. 침대 커튼만 벗겨져 있었을 뿐이다. 리어가 창틀에 올라서서 연기에 그을린 유리창을 닦고 있었다. 이 사건에 대해 무슨 이야기를 들었는지 궁금했던 나는 그녀에게 말을 걸어보기로 했다. 그래서 방으로 들어서려는데 방 안에 또 한 사람이 있었다. 침대 옆 의자에 앉아 새 커튼에 고리를 꿰고 있던 사람은 다름 아닌 그레이스 풀이었다.

밤색 모직 옷에 체크무늬 앞치마와 하얀 목수건을 두른 그레이스 풀은 모자를 쓴 채 평소처럼 뚱한 표정으로 앉아 있었다. 일에 열중해 정신이 팔려 있는 듯했다. 누군가를 죽이려는 여자들한테서 나타날 법한 새파랗게 겁에 질리거나 초조해하는 표정 따위는 없었다. 자신이 노리던 사람이 방에까지 쫓아가 범죄를 추궁(내가 알기로는)했는데도 말이다. 놀랍고 당혹스러웠다. 계속 그레이스 풀을 쳐다보고 있는데 그녀가 고개를 들었다. 놀라지도 않고 죄책감을 느끼거나 발각될까 봐 두려워하는 기색도 없었다.

"선생님, 안녕히 주무셨어요?"

평소와 다름없이 그녀는 차갑고 간결한 말투로 인사하더니 다른 고리와 끈을 집어 계속해서 꿰어나갔다.

'시험을 해봐야겠어. 어쩌면 저렇게 아무렇지도 않을 수 있지? 도저히 정말 이해할 수가 없군!'

나는 속으로 말했다.

"그레이스, 잘 잤어요? 그런데 여기 무슨 일 있어요? 아까 보니 다들 모여서 얘기하는 것 같던데."

"주인어른께서 어젯밤 침대에서 책을 읽으시다가 촛불을 켜놓은 채로 잠이 드셨대요. 그래서 커튼에 불이 붙었는데 다행히 이불이나 가구에 불이 옮겨붙기 전에 깨어나셨대요. 그리고 용케 물통에 있던 물로 불을 끄셨다네요."

"이상한 일이네!"

나는 나지막한 목소리로 그녀를 뚫어지게 쳐다보며 말했다.

"로체스터 씨가 아무도 안 깨우셨다니 말이에요? 그렇게 움직이는 소리를 아무도 못 들은 거예요?"

그레이스 풀은 고개를 들어 나를 쳐다봤다. 뭔가 알고 있는 듯한 빛이 언뜻 보였다. 그녀는 조심스럽게 나를 살피더니 대

290

답했다.

"아시겠지만 하인들 방은 멀리 떨어져 있어서 무슨 소리를 듣기는 어렵죠. 페어팩스 부인과 선생님 방이 가장 가까운데 페어팩스 부인은 아무 소리도 못 들었다고 하시네요. 사람들은 나이가 들면 잠귀가 어두워지잖아요."

그녀는 말을 멈췄다가 무심한 척 의미심장한 투로 덧붙였다.

"하지만 선생님은 젊으시니 잠귀가 밝지 않나요? 아무 소리도 못 들으셨어요?"

"들었어요. 처음에는 파일럿이 내는 소리인 줄 알았어요. 그런데 파일럿은 웃을 수가 없잖아요. 확실히 웃음소리였거든요. 진짜 기괴한 웃음소리요."

나는 유리창을 닦고 있던 리어가 들을 수 없게 작은 소리로 말했다. 그레이스는 한 바늘 분의 실을 끊어서 조심스럽게 왁스칠을 하고 능숙하게 바늘귀에 꿰었다. 그러고 나서 침착하게 말했다.

"그렇게 위험한 상황인데 주인어른께서 웃으셨을 리가요. 아마 분명히 꿈을 꾸셨을 거예요."

"꿈이 아니에요."

그레이스의 뻔뻔하고 냉담한 태도에 살짝 흥분해 말했다. 그녀는 다시 무언가를 알고 있는 듯이 나를 물끄러미 바라보다가 물었다.

"주인어른께도 웃음소리를 들었다고 말씀하셨나요?"

"아침에 말할 기회가 없었어요."

"문을 열고 복도를 내다볼 생각은 안 하셨어요?"

그녀가 나를 심문하는 듯했다. 슬며시 내게서 정보를 캐내려 하고 있었다. 문득 내가 자신의 죄를 알고 있거나 자신을 의심한다는 사실을 그녀가 알아챘다면 해코지를 할 수도 있겠다는 생각이 들었다. 조심해야 했다.

"오히려 방문을 걸어 잠갔지요."

"주무시기 전에 항상 빗장을 지르지 않으시는 거예요?"

'악마 같으니라고! 내 습관을 알아내서 또 음모를 꾸미려고?'

또다시 조심성 없이 화가 치밀어 올랐다. 나는 재빨리 대답했다.

"지금까지는 문을 잠그지 않을 때가 많았죠. 그럴 필요가 없다고 생각했으니까요. 손필드 저택에서 위험하거나 골치 아픈 일을 조심해야 하는 줄 몰랐어요. 그런데 앞으로는 (나는 이 말을 강조했다) 잠자리에 들기 전에 안전한지 꼭 살펴야겠네요."

그러자 그녀가 말했다.

"그러시는 게 좋을 거예요. 저는 여기만큼 조용한 곳을 본 적이 없어요. 그리고 이 저택이 세워진 뒤로 도둑이 들었다는 소리를 한 번도 들어본 적이 없어요. 찬장에 수백 파운드어치는 족히 되는 접시들이 들어 있다는 걸 누구나 알지만 말이에요.

보시다시피 이렇게 큰 집에 하인은 몇 명 안 되고요. 주인님께서 여기 오래 계시지도 않거니와 딸린 식구도 없으니 시중들 일도 별로 없고요. 그래도 항상 지나치다 싶을 정도로 조심하는 게 좋다고 생각해요. 문 잠그는 정도는 금방 할 수 있는 데다가 언제 일어날지 모르는 재앙과 나 사이에 빗장을 지르는 것과 마찬가지거든요. 많은 사람이 모든 걸 하느님 뜻에 맡겨요. 하지만 하느님이 수단까지 생략해주시는 건 아니죠. 수단을 신중하게 사용할 때 축복을 내려주시기도 하니까요."

그레이스는 열변을 토했다. 그녀로서는 정말 긴 이야기를 퀘이커 교도처럼 엄숙하게 말했다.

믿을 수 없을 정도로 침착한 데다가 이해할 수 없으리만치 위선적인 그녀의 모습에 나는 말문이 턱 막혀 그대로 서 있었다. 그때 요리사가 들어와 그레이스에게 말했다.

"풀 부인! 하인들 식사 준비가 다 됐습니다. 내려오실래요?"

"아니에요. 쟁반에 흑맥주 한 병하고 푸딩 좀 담아줘요. 위층으로 올라갈 거예요."

"고기도 좀 드실래요?"

"조금만요. 치즈 한 조각도요. 그거면 돼요."

"사고(sago, 야자수 열매에서 얻어지는 전분을 밀가루처럼 가공한 것—옮긴이)는요?"

"지금은 됐어요. 이따 차 마시는 시간이 되기 전에 아래층으로 내려가서 직접 만들게요."

그러고 나서 요리사가 내게 페어팩스 부인이 기다린다고 하기에 나는 방을 나왔다.

점심을 먹으면서 페어팩스 부인이 커튼이 불에 탄 이야기를 해주었지만 내 귀에는 거의 들리지 않았다. 그레이스 풀이라는 수수께끼 같은 인물에 온 신경이 쏠려 있었기 때문이다. '손필드 저택에서 그녀는 무슨 일을 하는 거지? 왜 오늘 아침에 붙잡히지 않은 걸까? 적어도 해고되어야 하는 거 아냐?' 하는 의문이 들었다. 로체스터 씨는 어젯밤 일어난 일이 그녀의 소행이라고 거의 단정하다시피 말했다. 무슨 말하지 못할 사정이 있어 그녀에게 죄를 묻지 못하는지, 왜 내게 비밀을 지키도록 하는 건지 이상했다. 주인은 대담하고 복수심이 강한 데다가 거만하다. 그런 남자가 자신이 고용한 사람들 중에서도 가장 비열한 사람에게 꼼짝 못 하고 있었다. 그녀의 손바닥 위에서 자신의 목숨을 위협당해도 감히 죄를 밝혀 처벌하기는커녕 책임조차 묻지 못했다.

그레이스가 젊고 예쁘다면 나는 로체스터 씨가 그녀를 경계하거나 두려워한다기보다 그녀에게 애정이 있어서 감싼다고 생각했을 것이다. 하지만 못생기고 나이 많은 그녀를 보면 그럴 리가 없었다.

'그레이스도 젊은 시절이 있었을 테지. 로체스터 씨와 비슷한 세대니까. 그레이스가 이 집에 꽤 오래 전부터 살았다고 페어팩스 부인이 얘기한 적이 있었지. 예전에도 그리 예뻤을 것 같지는 않지만 부족한 외모는 눈에 보이지 않을 정도로 특별한 매력이 있는지도 몰라. 로체스터 씨는 결단력이 있고 독특한 사람을 좋아하는데 그레이스가 괴짜인 건 맞잖아. 예전에 잠깐 그와 같이 성급하고 고집 센 사람에게 흔히 나타나는 변덕 때문에 저 여자의 손아귀에 붙잡혔을지도 몰라. 그가 거부할 수도 없고 그렇다고 감히 무시할 수도 없도록 그녀가 비밀스러운 영향력을 행사하는 건 아닐까?'

여기까지 추측해보다가 그레이스의 떡 벌어진 어깨와 펑퍼짐한 몸매, 못생긴 데다가 건조하다 못해 거친 얼굴을 떠올리자 '아니, 불가능해. 그럴 리가 없잖아' 하는 생각이 떠올랐다. 하지만 마음속에서 은밀한 목소리가 들렸다.

'너도 예쁘진 않잖아. 하지만 로체스터 씨는 너를 마음에 들어 하지. 어쨌든 그렇게 느낄 때가 있지. 그리고 어젯밤 그분이 했던 말을 잘 생각해봐! 그의 표정과 목소리를 떠올려보라고.'

나는 하나도 빼놓지 않고 또렷하게 기억하고 있었다. 그의 말과 눈빛, 억양까지 생생하게 되살아나는 듯했다. 그때 나는 아델의 등 뒤에서 허리를 숙여 연필 쥐는 법을 가르치며 아이와 공부방에서 그림을 그리는 중이었다.

그때 아델이 놀라 나를 올려다보며 말했다.

"선생님, 무슨 일이에요? 선생님 손가락이 나뭇잎처럼 떨려요. 볼도 빨개졌어요. 앵두처럼 새빨개요."

"아델, 몸을 수그리고 있으니 더워서 그런 거야."

나는 그레이스 풀에 대한 불쾌한 상상을 머릿속에서 서둘러 지워버렸다. 생각하기도 싫었다. 그레이스와 나 자신을 비교해본 뒤 비슷한 곳이 전혀 없다는 결론을 내렸다. 베시 리븐은 내게 귀부인 같다고 했다. 그건 사실이었다. 나는 귀부인처럼 보였다. 그리고 베시가 보았을 때보다 훨씬 더 나아졌다. 혈색도 좋아지고 살도 붙었으며 훨씬 건강하고 생기가 넘쳤다. 또한 그때보다 희망은 더 밝아지고 즐거움도 더 커졌다.

"벌써 저녁이 됐네."

나는 창밖을 바라보며 혼자 중얼거렸다.

'오늘은 로체스터 씨의 목소리와 발소리를 듣지 못했지만 밤이 되기 전에는 들을 수 있겠지. 아침에는 마주치기 두려웠지만 지금은 보고 싶어. 너무 오래 기대가 어긋났더니 초조해지네.'

어둠이 깔리고 아델이 소피와 놀겠다며 아이들 방으로 가버리자 나는 그가 더욱 간절하게 보고 싶었다. 나는 아래층에서 종이 울리지 않는지, 리어가 말을 전하러 오지 않을지 궁금해하면서 귀를 기울였다. 가끔 로체스터 씨의 발소리가 들리는 듯했고 그가 문을 열고 들어올 것 같아 문 쪽으로 고개를 돌리기도 했다. 하지만 문은 굳게 닫혀 있었고 창을 통해 어둠만 스며들었다. 그래도 아직 늦지 않았다. 그는 일곱 시나 여덟 시에 나를 부를 때도 있었다. 이제 겨우 여섯 시니까 시간은 충분했다. 할 이야기가 이렇게나 많은데 오늘밤에는 꼭 만나고 싶었다. 그레이스 풀의 이야기를 꺼내 그의 대답을 듣고 싶었다. 어젯밤의 끔찍한 음모를 꾸민 사람이 그레이스였다면 왜 그렇게 사악한 짓을 비밀로 하는지 물어보고 싶었다. 내 지나친 호기심에 그가 화를 낼 수도 있다는 사실은 중요치 않았다. 나는 그를 화나게 했다가 달래는 것이 즐거웠다. 이 일은 매우 즐거웠는데, 도를 넘지 않는 선이 어딘지 직관적으로 알고 있었다. 상대방을 화나게 하는 경계를 절대 지나치지 않았다. 나는 아슬아슬한 상황에서 이 능력을 시험해보고 싶었다. 매 순간 존경의 형식을 갖추고 내 지위에 걸맞은 예의를 지키면서 두려움이나 긴장감 없이 그를 만날 수 있었다. 그리고 그게 우리 두 사람의 성격과도 잘 맞았다.

마침 누군가 계단을 올라오는 소리가 들렸다. 리어였다. 하지만 페어팩스 부인 방에 차가 준비되었다고 알려주기 위한 것이었다. 나는 아래층으로 내려갈 수 있어서 기뻤다. 로체스터 씨 곁으로 좀 더 가까이 갈 수 있었기 때문이다. 내가 내려가 자리에 앉자 페어팩스 부인이 말했다.

"차를 마시고 싶어 할 것 같아서요. 점심을 별로 안 먹어서 걱정이 돼서요. 오늘 몸이 안 좋은 것 같은데요? 얼굴이 불그스름한 게 열이 있어 보이기도 하고."

"아니에요, 정말 괜찮아요. 평소보다 더 좋은데요."

"많이 드시면 그 말을 믿을게요. 내가 이 한 줄을 뜨는 동안 찻주전자에다 차를 채워주겠어요?"

뜨개질을 다 끝낸 부인이 창문의 덧문을 내리려고 일어났다. 바깥은 빠르게 어두워지고 있지만 되도록 오랫동안 햇빛이 들게 하려고 지금까지 올리고 있었던 것 같다.

"별이 많지는 않지만 날씨는 맑군요. 이 정도면 로체스터 씨가 여행하기에 좋은 날씨네요."

부인이 창밖을 보면서 말했다.

"여행이오? 어디 가셨어요? 나가셨는지 전혀 몰랐네요."

"그랬군요. 아침을 드시자마자 리스 저택에 가셨어요. 밀코트에서 반대편으로 16킬로미터쯤 떨어진 에스턴 씨 댁이죠. 다들 모이신다고 하더라고요. 잉그램 경, 조지 린 경, 덴트 대령과 그 밖에 여러분이 오신다고 하더라고요."

"오늘 밤에 돌아오시나요?"

"아뇨. 내일도 안 오실 거예요. 적어도 일주일은 거기에 머무르실 것 같아요. 그렇게 훌륭한 상류층 신사와 숙녀들이 한자리에 모이면 서둘러 헤어질 리가 없거든요. 온통 고상하고 흥겨운 분위기에 휩싸일 테고, 편안하게 즐길 수 있도록 대접도 잘 받으실 테니까요. 그럴 때는 신사분들이 특별히 인기가 많으신

298

데 로체스터 씨는 재주도 많고 재미있으서서 다들 좋아한대요. 부인들이 얼마나 좋아하는지 몰라요. 선생님은 부인들이 그분의 외모에 큰 매력을 느끼지 않을 거라고 생각하겠지만, 학식이나 능력 그리고 아마도 많은 재산과 훌륭한 가문 덕분에 외모가 조금 부족하더라도 신경 쓰지 않을 거예요."

"리스에도 부인들이 계시죠?"

"애슈턴 부인과 세 따님이 있는데 참 우아한 아가씨들이에요. 그리고 최고로 아름다운 블랜치 잉그램 아가씨와 메리 잉그램 아가씨가 있죠. 육칠 년쯤 전에 블랜치 아가씨가 열여덟 살이었을 때 본 적이 있어요. 로체스터 씨가 연 크리스마스 무도회와 파티에 왔거든요. 선생님도 그날 연회를 봤으면 좋았을 텐데. 장식이 어찌나 화려하고 불빛도 현란한지 몰라요. 최고 상류층 신사와 숙녀만 족히 오십 명은 오셨을 거예요. 잉그램 아가씨는 그날 파티의 꽃이었답니다."

"잉그램 양을 보셨나요? 어때요?"

"아무렴 봤죠. 연회장 문이 활짝 열려 있었거든요. 크리스마스니까 하인들도 홀에 모여 아가씨들이 부르는 노래와 연주를 들을 수 있게 해주셨어요. 로체스터 씨가 들어오라고 하시기에 한쪽 구석에 앉아 구경했거든요. 그렇게 멋진 광경은 처음 봤어요. 부인들은 전부 화려하게 차려입고 다들, 아니 아가씨들은 거의 다 아름다웠죠. 하지만 잉그램 양은 확실히 돋보이는 외모로 여왕처럼 보였어요."

"어떻게 생겼는데요?"

"키는 크고 가슴은 풍만한 데다가 둥근 어깨에 목선이 길고 우아해요. 그리고 얼굴은 까무잡잡하게 올리브 빛이 돌고 피부는 투명하면서 이목구비는 귀티가 나요. 로체스터 씨처럼 크고 검은 눈은 몸을 치장하고 있는 보석처럼 반짝반짝 빛나더군요. 게다가 윤기가 흐르는 새까만 머리칼은 잘 빗어 뒤쪽으로 땋아 올리고 앞쪽으로 길고 윤이 나는 곱슬머리를 늘어뜨렸어요. 눈처럼 하얀 드레스에 어깨와 가슴에는 황금색 스카프를 걸쳐 옆으로 맸는데 가장자리의 긴 장식 술이 무릎 아래까지 내려왔어요. 머리에는 담황색 꽃을 꽂았는데 풍성하고 새까만 곱슬머리와 잘 어울렸고요."

"다들 감탄했겠네요."

"그럼요. 아름다운 데다가 교양도 있는 분이니까요. 노래도 했지요. 어떤 신사분이 피아노를 연주하고 그 아가씨와 로체스터 씨가 함께 노래를 불렀어요."

"로체스터 씨가요? 노래를 하시는지는 몰랐네요."

"웬걸요! 저음이 얼마나 멋지신데요. 음악에 조예도 깊으시고요."

"잉그램 양은요?"

"성량이 풍부하고 힘 있는 목소리였어요. 즐겁게 노래를 부르더군요. 아가씨의 노래를 듣는 것만으로도 특별한 선물을 받은 것 같았어요. 나중에는 피아노도 치시더라고요. 나는 음악에는 문외한이지만 주인님이 대단히 훌륭한 연주였다고 칭찬하셨어요."

"그런데 예쁘고 재주와 능력도 많은 아가씨가 아직 결혼을 안 하셨나요?"

"안 하셨을 거예요. 그분과 동생은 재산이 많지 않나 봐요. 잉그램 경이 소유한 영지 대부분을 큰아들이 상속받았거든요."

"하지만 돈 많은 귀족이나 신사분들 가운데 누군가는 잉그램 양을 좋아하지 않겠어요. 로체스터 씨 같은 분도 있고요. 로체스터 씨도 부유하잖아요, 그렇죠?"

"아, 그럼요. 그런데 나이 차이가 많이 나지요. 주인님은 이제 마흔이 다 되어가는데 잉그램 양은 스물다섯 살밖에 안 됐거든요."

"그게 어때서요? 차이 나는 결혼도 다들 하잖아요."

"그렇긴 하네요. 하지만 주인님은 그렇게 생각하시지 않는 것 같아요. 그건 그렇고 아무것도 안 드시네요. 차만 마시고 다른 건 손도 안 대시잖아요."

"목이 말라 못 먹겠어요. 차나 한 잔 더 마셔도 될까요?"

내가 로체스터 씨와 아름다운 잉그램 양의 결혼 가능성을 다시 이야기하려는 순간 아델이 들어와 대화 주제가 바뀌었다.

혼자 있게 되자 조금 전에 들었던 이야기를 되짚어보기 시작했다. 내 마음을 곰곰이 들여다보기도 하고 생각과 감정을 살펴보기도 했다. 상상 속에서 끝도 없고 길도 없는 황야를 헤매고 다니는 나를 다시 상식이라는 안전한 우리 안에 데려다 놓으려고 애썼다.

내 마음속 법정에 소환되자 '기억은 어젯밤부터 내가 간직해온 희망이나 바람, 감정을 지난 두 주간 내가 빠져 있던 내 마음 상태의 증거로 내밀었다'. 이성은 앞으로 나와서 늘 그렇듯 있는 그대로 차분하게 내가 어떻게 현실을 거부하고 미친 듯이 이상을 갈구했는지 말했다. 나는 이와 같은 판결을 내렸다.

'지금껏 제인 에어만큼 어리석은 이는 세상에 없었다. 너보다 더한 바보도 달콤한 거짓말로 배를 채우고 꿀인 양 독을 마시지는 않았다.'

나는 또 생각했다.

'로체스터 씨가 너를 좋아한다고? 그분을 기쁘게 해줄 능력이 있다고? 어떤 식으로든 네가 저분에게 각별하다고? 꺼져! 네 어리석음에 넌더리가 날 지경이야. 너는 그분이 어쩌다 호의를 보이면 그저 설레고 좋지. 명문가의 신사이고 산전수전 다 겪은 남자가 자신이 고용한 철부지한테 늘 하는 표현일 뿐인데도 말이야. 너 따위가 감히! 이 불쌍한 멍청아! 너 자신을 위해서라도 좀 더 현명해질 수 없겠니? 어젯밤 있었던 그 짧은 순간을 오늘 아침에도 되새겨봤지? 창피한 줄 알라고! 네 눈을 칭찬했다고? 정말 눈먼 애송이구나! 눈을 똑바로 뜨고 봐. 네가 얼마나 어리석은지! 결혼할 생각도 없고 자기보다 신분도 높은 사람이 추켜세운다고 좋을 게 뭐가 있어? 어떤 여자든 마음속에서 은밀한 사랑을 불태우는 건 미친 짓이라고. 사랑받지 못하고 알아주지 않으면 결국에는 사랑에 빠진 그 사람까지 집어 삼켜버리거든. 그리고 상대가 그 감정을 알아채고 사랑해준다 해도 도깨비불처럼 아무도 모르는 진흙 구덩이로 널 끌고 들어가 버릴 거야.

제인 에어, 너한테 형을 선고하겠다. 내일 거울 앞에 앉아 크레용으로 네 얼굴을 그려봐. 있는 그대로 말이야. 결점을 미화하지 말고 보기 싫은 선 하나도 빼먹지 말고 있는 그대로 그려봐. 마음에 들지 않는 못난 곳까지도 그려야 해. 그리고 밑에다 '의지할 곳 하나 없으며 가난하고 못생긴 어느 가정교사의 초상화'라고 써넣어. 그다음에는 새하얀 종이를 한 장 꺼내는 거야. 팔레트를 꺼내 가장 밝고 아름다우며 깨끗한 색을 섞어. 네가 가진 가장 좋은 낙타털 붓으로 상상할 수 있는 가장 사랑스러운 얼굴을 그려. 페어팩스 부인이 블랜치 잉그램 양의 얼굴을 묘사한 대로 가장 부드러운 색으로 예쁜 선들이 도드라지게 칠해. 검고 윤기 나는 새까만 곱슬머리와 동양적인 눈도 잊지 말고. 뭐? 로체스터 씨의 눈을 그리겠다고? 시키는 대로 해! 칭

얼대지 마! 후회하지도 말고! 이제 이성과 결단력만 허용하겠어. 위엄 있지만 조화로운 이목구비, 그리스 조각 같은 목덜미와 가슴을 기억해. 토실토실하고 눈부신 팔과 섬섬옥수를 그려넣으라고. 다이아몬드 반지와 금팔찌 같은 보석도 잊지 말고. 하늘거리는 레이스와 반짝이는 새틴 드레스, 우아한 스카프와 황금빛 장미꽃 같은 옷차림도 그려. 그리고 그 밑에 '교양 있는 명문가 숙녀 블랜치'라는 제목을 달아. 앞으로 로체스터 씨가 네게 호의를 보이는 것처럼 느껴지면 이 그림 두 장을 꺼내 비교해봐. 로체스터 씨는 마음만 먹으면 아름다운 아가씨의 사랑을 얻을 수 있을 거야. 그런데 너처럼 가난하고 하찮은 서민에게 감정을 낭비할 리 있겠어?'

나는 그림을 그리겠다고 마음먹었다. 결정하고 나니 마음이 진정되어 잠들 수 있었다.

나는 약속을 지켰다. 크레용으로 자화상을 그리는 데는 한두 시간이면 충분했다. 그리고 이 주일도 되지 않아 내 상상만으로 블랜치 잉그램 양의 초상화를 그렸다. 굉장히 아름다운 얼굴이었다. 크레용으로 그린 얼굴과 비교해보니 내 자제심이 바라던 만큼 차이가 극명했다. 이 작업을 한 보람이 있었다. 머리와 손이 바빴기 때문에 영원히 남겨둘 만한 새로운 생각이 마음속에 새겨진 것이다.

얼마 지나지 않아 나는 어렵사리 감정을 억제하는 훈련을 한

성과를 확인할 수 있었고 무척 기뻤다. 훈련 덕분에 이후 일어나게 된 사건을 침착하게 맞닥뜨릴 수 있었다. 준비가 되지 않았다면 남들이 모두 알아챌 정도로 동요했을 것이다.

옮긴이 최인하

이화여자대학교 국어국문학과를 졸업하고 미국에서 어학연수를 한 뒤, 수년간 국내외에서 통번역 및 국제 인턴으로 활동하면서 경력을 쌓았다. 성균관대학교 번역대학원에서 본격적으로 번역 공부를 한 뒤 번역학과 석사학위를 취득하고 현재 출판번역에이전시 베네트랜스에서 전문 번역가로 활동 중이다

제인 에어 1

큰 글씨 책

1판 1쇄 발행 2015년 9월 21일

지은이 샬럿 브론테
옮긴이 최인하
발행인 오영진 김진갑
발행처 (주)심야책방

출판등록 2013년 1월 25일 제2013-000028호
주소 서울시 마포구 월드컵북로5가길 12 서교빌딩 2층
전화 02-332-3310 **팩스** 02-332-7741

ISBN 979-11-5873-010-9 04840
        979-11-86283-76-9 (set)

내 인생을 위한 세계문학 시리즈 (큰 글씨 책)

이방인 알베르 카뮈 | 김옥진 옮김 | 24,000원

"빈손처럼 보일지 몰라도 확신이 있다. 나 자신에 대한, 모든 것에 대한."
부조리에 저항하라. 무의미한 삶이기에 우리에겐 '의미'가 필요하다

젊은 베르터의 슬픔 요한 볼프강 폰 괴테 | 김해생 옮김 | 28,000원

"빌헬름, 사랑 없는 세상이 무슨 의미가 있지?"
사회적 부조리와 모순에 갇혀 더 이상 나아가지 못한 열정과 순수의 모든 것

사람은 무엇으로 사는가 레프 톨스토이 | 김환 옮김 | 32,000원

"자신에 대한 돌봄이 아니라 사랑으로 산다는 것을 알았노라."
왜 사는지, 자신의 존재는 이 세상에서 어떤 의미를 갖는지 질문에 답하다

위대한 개츠비 프랜시스 스콧 피츠제럴드 | 김소연 옮김 | 32,000원

"그렇게 우리는 싸울 것이다. 과거로 끊임없이 떠밀려가면서."
내 인생은 나의 것, 이룰 수 없는 꿈이라도 그곳을 향해 돌진하라

동물 농장 조지 오웰 | 우진하 옮김 | 24,000원

"그렇지만 어떤 동물은 다른 동물보다 더 평등하다."
최고의 정치우화가 말하는 권력의 타락과 속임수, 착취의 공식

마지막 잎새 오 헨리 | 이미정 옮김 | 28,000원

"마지막 잎이 거기 떨어졌던 날 밤에, 저건 그린 거야."
아무리 얇게 잘라내도 삶에는 언제나 희망과 절망의 양면이 존재한다

어린 왕자 앙투안 드 생텍쥐페리 | 박효은 옮김 | 24,000원

"마음으로 보아야 해. 중요한 것은 눈에 보이지 않아."
존재를 마음으로 대하는, 관계의 미학을 이야기하다

노인과 바다 어니스트 헤밍웨이 | 정지현 옮김 | 24,000원

"인간은 파멸당할 수 있을지언정 패배는 하지 않아."
도전이 두려운 이들에게 보내는, 절망의 끝에서 희망을 노래하는 법

키다리 아저씨 진 웹스터 | 이선희 옮김 | 28,000원

"나는 우리 모두 왕처럼 행복해야 한다고 믿는다."
작고 순수한 행복을 손에 쥐게 만드는 따뜻하고 아름다운 고전

인형의 집 헨리크 입센 | 신승미 옮김 | 24,000원

"어느 쪽이 옳은지 밝혀낼 거에요. 세상인지, 아니면 나인지."
기적을 원한다면 왜곡된 틀을 깨고 바로 서야 한다

데미안 헤르만 헤세 | 김세나 옮김 | 28,000원

"내 속에서 저절로 우러나오는 삶을 살고자 했을 뿐이다. 그런데 그것이 왜 그토록
어려웠을까?"
알을 깨고 나와 완전한 자신에게로 들어갈 때, 바로 그곳에 '진정한 삶'의 문이 존재한다

이상한 나라의 앨리스 루이스 캐럴 | 최지원 옮김 | 28,000원

"밤새 내가 변한 건가? 가만 보자. 내가 변했다면 지금의 나는 누구지?"
나를 찾아 떠나는 수수께끼와 농담으로 가득 찬 이상한 세계로의 여행

거울 나라의 앨리스 루이스 캐럴 | 최지원 옮김 | 28,000원

"여기선 보다시피 같은 곳에 머물러 있으려면 쉬지 않고 달려야 해."
거울 속에 숨겨진 거꾸로 된 세상, 그 속에서 만나는 매력적인 부조리의 법칙

오만과 편견 1, 2 제인 오스틴 | 엄자현 옮김 | 각 권 28,000원

"지위, 명예, 재력을 갖춘 사람의 오만과 이에 대한 편견은 과연 정당한가?"
결혼이라는 제도와 낭만적 사랑에 대해 본질적으로 접근하다

제인 에어 1, 2, 3 샬럿 브론테 | 최인하 옮김 | 각 권 28,000원

"제가 가난하고 미천한데다가 작고 못생겼다고 영혼이나 감정도 없는 줄 아세요? 잘 못 생각하셨어요!"

영국 빅토리아 시대를 뒤흔들었던 '불온하고 위험한' 사랑 이야기

* 내 인생을 위한 세계문학 시리즈(큰 글씨 책)는 계속 출간됩니다.

토네이도 큰 글씨 책

내가 알고 있는 걸 당신도 알게 된다면 칼 필레머 | 박여진 옮김 | 30,000원

"8만년의 삶, 5만년의 직장생활, 3만년의 결혼. 그들에게 길을 묻습니다."

미국 〈라이브러리 저널〉이 선정한 2011년 최고의 책!

이 모든 걸 처음부터 알았더라면 칼 필레머 | 김수미 옮김 | 30,000원

"삶, 사랑 그리고 사람에 대한 30가지 지혜"

세계를 감동시킨 코넬대학교 인류 유산 프로젝트